Читайте все романы Александры Марининой:

Стечение обстоятельств
Игра на чужом поле
Украденный сон
Убийца поневоле
Смерть ради смерти
Шестерки умирают первыми
Смерть и немного любви
Черный список
Посмертный образ
За все надо платить
Чужая маска
Не мешайте палачу
Стилист
Иллюзия греха
Светлый лик смерти
Имя потерпевшего никто
Мужские игры
Я умер вчера
Реквием
Призрак музыки
Седьмая жертва
Когда боги смеются
Незапертая дверь
Закон трех отрицаний
Соавторы
Воющие псы одиночества
Тот, кто знает. Опасные вопросы
Тот, кто знает. Перекресток
Фантом памяти
Каждый за себя
Замена объекта
Пружина для мышеловки
Городской тариф
Чувство льда
Все не так
Взгляд из вечности. Благие намерения
Взгляд из вечности. Дорога
Взгляд из вечности. Ад
Жизнь после Жизни
Личные мотивы
Смерть как искусство. Маски
Смерть как искусство. Правосудие
Бой тигров в долине
Оборванные нити
Последний рассвет
Ангелы на льду не выживают
Казнь без злого умысла
Обратная сила. 1842 - 1919
Обратная сила. 1965 - 1982
Обратная сила. 1983 - 1997
Цена вопроса. Том 1
Цена вопроса. Том 2
Горький квест. Том 1
Горький квест. Том 2
Горький квест. Том 3
Другая правда. Том 1
Другая правда. Том 2
Безупречная репутация. Том 1
Безупречная репутация. Том 2
Дебютная постановка. Том 1
Дебютная постановка. Том 2

Адрес официального сайта Александры Марининой в Интернете
http://www.marinina.ru

Александра Маринина

Дебютная постановка

Том 1

Москва
2024

УДК 821.161.1-312.4
ББК 84(2Рос=Рус)6-44
М26

Коллаж на обложке *Ю. Девятовой*

Маринина, Александра.
М26 Дебютная постановка. Том 1 / Александра Маринина. — Москва : Эксмо, 2024. — 320 с. — (А. Маринина. Больше чем детектив).

ISBN 978-5-04-201993-7

Ошеломительная история о том, как в далекие советские годы был убит знаменитый певец, любимчик самого Брежнева, и на что пришлось пойти следователям, чтобы сохранить свои должности.

1966 год. В качестве подставки убийца выбрал черную, отливающую аспидным лаком крышку рояля. Расставил на ней тринадцать блюдец, а на них уже — горящие свечи. Внимательно осмотрел кушетку, на которой лежал мертвец, убрал со столика опустошенные коробочки из-под снотворного. Остался последний штрих, вишенка на торте... Убийца аккуратно положил на грудь певца фотографию женщины и полоску бумаги с короткой фразой, написанной печатными буквами. Полвека спустя этим делом увлекся молодой журналист Петр Кравченко. Легендарная Анастасия Каменская, оперативник в отставке, помогает ему установить контакты с людьми, причастными к тем давним событиям и способными раскрыть мрачные секреты прошлого...

УДК 821.161.1-312.4
ББК 84(2Рос=Рус)6-44

ISBN 978-5-04-201993-7

Июнь 1966 года

Место преступления

Бардак. Сразу понятно, что здесь недавно закончилась бурная вечеринка. Тарелки с остатками еды, стаканы, бокалы и рюмки, на столе недопитые бутылки, на полу вдоль стен — пустые. Пепельницы с горами окурков.

Конечно, все это свинство портит идеальную картину, но не затевать же уборку в чужом доме...

Ничего, для своей цели он использует кабинетный рояль, гладкая крышка которого даже в темноте светится, отражая проникающий из открытого окна лунный свет. Рояль — это святое, даже самые пьяные и разнузданные гости знают: хозяин не допустит, чтобы на инструмент поставили чашку или любой другой посторонний предмет. На рояле могут лежать только ноты.

В поселке частенько случаются перебои с электричеством, и керосиновые лампы или запас свечей имеются в любом доме. Для этих хозяев керосин — слишком вульгарно, зато свечи они любят зажигать по всякому поводу, значит, их должно быть много. Все верно, вот они, в ящике на веранде.

Чистые блюдца нашлись в тяжеловесном резном старинном буфете. Сервиз на двадцать четыре персоны. Ну, так много ему не требуется, вполне хватит тринадцати. Чертова дюжина — как раз то, что нужно. Расположить затейливой линией на крышке рояля, на каждое поставить зажженную свечу, предварительно подтопив воск в нижней части, чтобы крепче держалась. Свечи толстые, устойчивые сами по себе, но для надежности не помешает подстраховаться, а то упадет — и пожар может вспыхнуть, а это в план не входит.

Владилен лежит на удобной кушетке, расположенной в углу просторной комнаты, между роялем и стеной. Рядом, у изголовья, столик на изящных гнутых ножках, на инкрустированной овальной столешнице пустая бутылка из-под водки и две упаковки таблеток. Упаковки тоже пустые, а таблетки — импортное снотворное. Или не снотворное? Кто их разберет, эти заграничные лекарства... Может, чистый наркотик или еще что-то ядовитое, но убивает действительно быстро, если в больших дозах да под водочку. Пустые коробочки с надписью на чужом языке убрать, выбросить в мусорное ведро.

На грудь, широкую и массивную, положить фотографию. Сверху, строго по диагонали черно-белого прямоугольного снимка, поместить узенькую полоску бумаги с короткой надписью, сделанной печатными буквами.

Окинуть глазами сцену. Кажется, все идеально. Безупречно.

Прощай, Владилен Семенович. Покойся с миром.

Октябрь 2021 года

Петр Кравченко

Очутившись на улице, Петр моментально сорвал с лица маску и принялся стягивать с рук перчатки. Черт бы побрал этот коронавирус и все пандемийные ограничения, вместе взятые! Ну сколько можно! Полтора года уже люди мучаются, запуганные и задерганные бесконечным потоком устрашающих цифр заболеваемости и смертности, полтора года всяческих ограничений, теперь вот вакцинацию требуют, без сертификата или кью-ар кода, свидетельствующих о том, что ты сделал прививку, во многие учреждения просто не пускают. В опасность ковида Петр не очень-то верил и заболеть не боялся, так что будь его воля — на пушечный выстрел не подошел бы к месту, где делают прививки, но работа есть работа. А работа требовала посещения самых разных мест, где трудятся или обитают самые разные люди. Даже если статус «привитого» не требовался для входа, велик риск нарваться на отказ разговаривать с потенциальным носителем заразы. Собственно, именно такой отказ и сподвиг молодого журналиста и писателя Петра Кравченко забыть о собственном ковид-диссидентстве и все-таки пойти и вакцинироваться. Месяц назад он пришел к матери полицейского, убитого в 2018 году, чтобы поговорить, задать ряд вопросов, предварительно получил по телефону ее согласие на визит и беседу, однако когда явился в назначенное время — услышал из-за запертой двери квартиры непреклонное требование показать в глазок сертификат о прививке.

— Без прививки я вас не впущу, — твердо заявила женщина. — Мне жить еще не надоело.

В тот раз Петру пришлось уйти несолоно хлебавши. Через пару часов, когда растерянность прошла, а злость утихла, он снова позвонил ей по телефону и договорился об интервью по скайпу. Ничего сложного, скайпом после марта 2020 года владели практически все, даже очень пожилые люди. В принципе материал при таких раскладах можно собирать, не выходя из дома, но Петр предпочитал разговоры живые, настоящие, реальные. Бог его знает почему.

Пришлось наступить себе на горло и сделать прививку. Первый укол, потом пауза в три недели и второй укол, после которого ты получаешь заветное свидетельство того, что... А, собственно, чего? О чем свидетельствует сертификат или получаемый от Госуслуг код? О том, что ты не болен и не можешь никого заразить? Конечно же, нет. Новая малоизученная вакцина пока еще плохо проверена и вообще ничего такого не гарантирует. Если ею привиться, то «может быть, риск подцепить вирус ковид-19 станет несколько ниже», только и всего. Именно что «может быть» и «риск заразиться несколько ниже». Но и это не точно. Так зачем же всякие учреждения и организации так оголтело требуют, чтобы ты был непременно привит, иначе внутрь не впускают? Смысл в чем?

Петр сердился и негодовал, постоянно изливая свое возмущение девушке, вместе с которой приехал в Москву, чтобы собирать материал для новой книги о сотрудниках правоохранительных органов, погибших при исполнении служебных обязанностей. Но злись не злись, а мир не перевернешь и свои порядки не установишь. Зато сегодня он получил вторую дозу вакцины, и уже через час на его телефон придет заветный кью-ар код, при помощи которого будут открываться многие двери, ранее закрывавшиеся прямо перед носом. А это совсем не лишнее, учитывая, что в три часа дня ему нужно быть у очень и очень немолодого человека, который давно уже перешагнул порог «шестьдесят пять плюс» и считался в условиях пандемии представителем группы повышенного риска. Мало ли какие тараканы в голове у старика, а терять такого собеседника Петру очень не хотелось.

* * *

На звонок домофона ответил мелодичный женский голос, а когда Петр поднялся на второй этаж, дверь ему открыла миловидная моложавая дама, об истинном возрасте которой можно было догадываться (и то весьма приблизительно) только по отросшим седым корням крашеных волос. Стройная и подтянутая, женщина на первый взгляд казалась едва ли сорокалетней.

— Проходите, Николай Андреевич ждет вас, — пригласила она с улыбкой.

— Я привит, — сразу же сообщил Петр, хотя его об этом не спрашивали.

Женщина снова улыбнулась и кивнула:

— Любопытная примета времени, не находите? Сейчас первое, о чем люди говорят при встрече, это переболел ли, привился ли и какой уровень антител. Не волнуйтесь, дядя Коля у нас фаталист, он считает, что от судьбы не уйдешь и каждый человек так или иначе проживет ровно столько, сколько ему отмерено.

— Дядя Коля? — переспросил Петр чуть насмешливо: его позабавило такое панибратство.

— Я — племянница Николая Андреевича, — пояснила женщина, ничуть не смутившись. — Для меня он всю жизнь был дядей Колей.

Николай Андреевич Губанов, полковник милиции в отставке, плавно подбирался к завершению девятого десятка, но, несмотря на физическую немощь, сохранил ясный ум, во всяком случае, именно так показалось Петру при телефонном разговоре, и журналист очень рассчитывал на его воспоминания об убийстве следователя Садкова в 1981 году. Морщинистое лицо Губанова со слезящимися мутноватыми глазами в первый момент вызвало у Петра оторопь: «Совсем дряхлый. Ничего он не вспомнит и не расскажет. Зря я на него надеялся». Однако при первых же звуках его голоса, твердого и уверенного, опасения развеялись.

— Добрый день, юноша. Присаживайтесь. Петр, кажется?

— Да, — с облегчением выдохнул журналист. — Петр Кравченко.

— По телефону вы сказали, что хотите поговорить о гибели Садкова, я не ошибся?

— Не ошиблись.

— Поговорим, — кивнул Губанов. — Только сперва вы мне объясните, почему интересуетесь этой старой историей. Присаживайтесь, располагайтесь, разговор нам с вами предстоит долгий. Сейчас Светочка принесет нам чаю. Или вы предпочитаете кофе?

— Нет-нет, чаю выпью с удовольствием, — соврал Петр.

Чай он не особо любил, но перед самым визитом заскочил по дороге в кафе, пообедал и заполировал невкусную еду двумя чашками эспрессо. Кофе в заведении оказался на диво крепким, и теперь сердце трепыхалось, как у перепуганного зайца.

Пока устраивался, доставал из сумки диктофон и блокнот, успел осмотреться и составить первое представление. Комната средних размеров, примерно пятнадцать-восемнадцать квадратов, светлая, с двумя большими окнами, мебелью не загромождена, но все необходимое имеется: книжный шкаф, диван, тумба с плазмой, прямоугольный стол с четырьмя стульями. И кожаное кресло с высокой спинкой, на темно-коричневом фоне которой ярко выделялась густая копна ослепительно седых волос полковника в отставке, одетого в толстый свитер с объемным воротником, как у Хемингуэя на знаменитой фотографии. Колени прикрыты пледом, из-под которого виднеются домашние тапки, но Петр отчего-то был уверен, что между свитером и тапками надеты не старые заношенные треники, а приличные цивильные брюки, пусть и не первой молодости. Кругом идеальный порядок, ни пылинки, ни соринки. Интересно, кто-то постоянно наводит здесь чистоту или специально прибрались к приходу визитера?

— Вы живете один? — спросил Петр как бы между прочим, листая блокнот.

Губанов усмехнулся.

— Юноша, посмотрите на меня внимательно. Как, по-вашему, я могу справляться? Света, моя племянница, приходит каждый день. Она на удаленке, так что ночует у себя дома, а с утра до вечера здесь со своим ноутбуком.

— А потом? Что будет, когда пандемия закончится и удаленку отменят? У вас есть кто-то, кто будет вам помогать?

— Мне восемьдесят семь лет, молодой человек, так что до конца пандемии я вряд ли доживу. Ну а уж если бог пошлет дожить, тогда и буду думать.

Светлана принесла чай, вазочки с печеньем и еще чем-то сладким и неслышно удалилась. От дымящейся чашки исходил аромат земляники и апельсина. Губанов молчал, глядя куда-то поверх головы Петра, и журналисту показалось, что хозяин квартиры впал в спячку, совершенно позабыв, что перед ним сидит гость. «Какой же он старый, — подумал Петр. — Совсем-совсем старый. Напрасно я пришел, наверное». Может, и напрасно, но в архивы МВД, прокуратуры и суда его пока не пускают, заявления и разрешения рассматривают почему-то очень долго, и люди — его единственный источник информации. Дело сорокалетней давности — штука непростая, найти живых свидетелей, которые что-то знают и помнят, сложно. Если бы дело было только в убийстве 1981 года, проблема решалась бы куда проще, но ведь на самом деле всей истории на пятнадцать лет больше. И тем, кто еще жив, знает и помнит, уже больше восьмидесяти. Вот в этом-то вся засада и состоит.

Николай Андреевич молча пил чай мелкими глоточками, по-прежнему глядя в пространство, и Петр никак не мог решиться прервать молчание.

— Я жду, молодой человек. Так почему вас заинтересовало дело Садкова?

От неожиданности Петр вздрогнул и чуть не пролил горячий напиток себе на колени.

— Простите, — пробормотал он. — Мне показалось, вы задумались. Не хотел вам мешать. Дело в том, что я собираю материал для книги о сотрудниках правоохранительных органов, погибших в связи с исполнением служебных обязанностей.

— Да? Любопытно. И с чего вдруг вы решили взяться за такую тему?

От неожиданности Петр даже слегка поежился. Губанов был далеко не первым, с кем он встречался за последние два месяца, и каждому, у кого брал интервью, приходилось объяснять, с какой целью журналист задает свои вопросы. Реакция во всех без исключения случаях была примерно одинаковой: как это хорошо, как правильно, люди жертвуют жизнью во имя долга, давно пора отдать им дань уважения, а то нынче все сплошь критика и очернение. Короче, в таком духе. Намерение написать подобную книгу ни у кого не вызывало ни удивления, ни возражения. Никому даже в голову не приходило поинтересоваться: а с чего это вдруг?

Пришлось рассказывать о своей первой книге, написанной по материалам дела Андрея Сокольникова, в невиновности которого Петр Кравченко был изначально абсолютно убежден и намеревался провести собственное журналистское расследование, чтобы доказать, что человек осужден несправедливо и отбывает срок ни за что.

— Я поддался влиянию общего потока информации о том, что начиная с девяностых годов правоохранительная система стала быстро терять профессионализм, расцвели коррупция и силовое предпринимательство, никто ничего толком не расследует, уголовные дела фальсифицируют. И мне показалось, что в деле Сокольникова это проявилось так ярко, так несомненно... Но мне довольно быстро показали, что я ошибаюсь.

— Кто показал?

— Человек, который меня консультировал, помогал разобраться в материалах дела.

— И кто же вас консультировал?

Петр помялся. Вообще-то его не просили не называть имен, все было открыто и официально, и имя полковника милиции в отставке Анастасии Павловны Каменской указано в опубликованной книге в разделе «Благодарности». Но он все равно отчего-то колебался.

— Бывший сотрудник уголовного розыска, — промямлил он неуверенно.

Глубокие морщины на лице Губанова шевельнулись, складываясь в ироничную гримасу.

— Я ценю вашу деликатность, юноша, но хотелось бы услышать имя. Возможно, я знаю этого человека, а в мои годы всегда приятно услышать знакомое имя из прошлой жизни. Так кто вам помогал?

— Каменская Анастасия Павловна.

Повисла пауза, затем тонкие, почти неотличимые от морщин губы старика дрогнули в полуулыбке.

— Каменская... Лично не знал ее, но много слышал. Помнится, оформлял ей разрешение на преподавание в Высшей школе. Потом она диссертацию защитила без отрыва от работы в розыске, мы еще тогда удивлялись, как сил и времени хватило. Это ведь она, я не путаю?

— Она, — подтвердил Петр.

— Вы назвали ее бывшим сотрудником. Значит, ушла из розыска? Небось сыщицкий горький хлеб променяла на бизнес?

— Она ушла на пенсию. В смысле — в отставку, — поправился Петр. — Еще в десятом году, когда ей исполнилось пятьдесят.

Губанов со стуком поставил чашку на блюдце и откинулся на спинку кресла.

— Очень странное чувство появляется, когда узнаешь, что те, кого ты когда-то считал зеленым молодняком, уже давно на пенсии. Пенсионер, отставник, который моложе тебя на четверть века... Ужасно! Только в такие моменты и начинаешь понимать, как же долго ты живешь. Ладно, это все лирика. Так почему после того дела... как вы сказали? Соколова?

— Сокольникова, — быстро подсказал Петр.

— Да, Сокольникова. Почему после того дела вы решили обратиться к погибшим сотрудникам? Какая связь?

Петр вздохнул. Связь была очень простой и называлась «чувство вины». Даже не столько вины, сколько неловкости за собственный юношеский максимализм и за доверчивость. Повелся на бесконечные разговоры о том, что правоохранительная система вся насквозь прогнила и состоит сплошь из одних халтурщиков и взяточников, взялся доказывать невиновность осужденного, не сомневался в успехе. А вышло все совсем иначе. Да, в работе по раскрытию и расследованию преступлений, в отправлении правосудия по уголовным делам много грязи, денег, личных интересов и самых низменных побуждений, это правда. Но есть и честность, и жертвенность, и подвиги, и это тоже правда. И пока молодой журналист работал над своей первой книгой, в нем созрело желание написать о тех, у кого борьба с преступностью забрала жизнь в буквальном смысле слова. О «плохих парнях» из милиции и полиции он написал множество статей, опубликованных в его родной Тюмени, пришла пора отдать дань и тем, кто погиб, выполняя свой служебный долг.

— Получается, вы начали с оголтелого охаивания системы, а теперь решили принести свои извинения? Или просто хотите продемонстрировать непредвзятость, дескать, и такие явления есть, и другие? — строго вопросил Губанов, выслушав объяснения.

— Ну... да, примерно так. Я хочу, чтобы все было правильно. В деле Сокольникова не было халтуры и подкупа, там были чисто ведомственные интересы, в результате которых произошло сокрытие доказательств. Именно поэтому материалы дела выглядели так странно и давали основания полагать, что там не все чисто. На это я и купился. Свои первоначальные подозрения я озвучил в книге, ничего не скрывая, а потом последовательно их опровергал. Но за эти подозрения мне неловко.

— Хорошо, — кивнул Николай Андреевич. — Будем считать, что я принял ваши аргументы. Что вам известно об убийстве Садкова?

— Очень немногое. Только то, что он был убит в восемьдесят первом и это как-то связано с делом Астахова.

Губанов снова умолк надолго. Потом неожиданно спросил:

— Как сегодня на улице? Холодно? Ветрено?

— Нет, — удивленно ответил Петр. — Погода очень приятная, сухо, ветра нет. А что?

«Меняет тему, — с неудовольствием подумал он. — Не хочет рассказывать. Ну что ж, это не первая неудача и наверняка не последняя».

— Давайте-ка выйдем, прогуляемся.

— А разве... — невольно вырвалось у Петра, который тут же осекся и залился краской, одновременно ругая себя за бестактность и ненавидя за дурацкую особенность краснеть при малейшем волнении.

— Ноги пока неплохо держат, — с усмешкой ответил Губанов на незаданный вопрос, — а вот сосуды — дрянь, голова часто кружится, могу потерять равновесие. Со Светочкой не рискую выходить, если что — она мои девяносто килограммов не удержит, рухнет вместе со мной. А вы, как я вижу, молодой, сильный, в хорошей форме, с вами не страшно.

Он оперся руками на подлокотники и медленно поднялся. Плед соскользнул на пол, и Петр убедился, что оказался прав в своих первоначальных предположениях: на полковнике надеты не заношенные спортивные штаны, а мешковатые старомодные брюки с заглаженными до бритвенной остроты стрелками. Похоже, племянница Светлана и впрямь старательно ухаживает за старехньким дядюшкой.

Ну что ж, гулять так гулять.

* * *

— Начинать, видимо, придется с самого начала. Как говорится, от печки, — проговорил Губанов, когда они, медленно прошагав минут пятнадцать по аллее, усыпанной опавшими желтыми и красными листьями, присели на лавочку: старик устал и хотел отдохнуть. Шагал Николай Андреевич не очень-то уверенно, то и дело опасно покачивался, и Петр каждую секунду готовился к тому, что его спутник начнет падать и нужно успеть его подхватить. Однако обошлось.

Едва усевшись на выкрашенную светло-голубой краской грязноватую скамейку, Петр тут же извлек из кармана и включил диктофон. «Надо было и блокнот прихватить, — с досадой подумал он. — Почему-то я решил, что мы будем все время ходить, так что блокнот не понадобится. Вот же остолоп я!»

— Вы хотя бы приблизительно представляете себе, какой была милиция в шестидесятые годы?

Вопрос был, разумеется, риторическим. Откуда Петру Кравченко знать? Это было так давно!

Следующие двадцать минут Николай Андреевич рассказывал о бесконечных слияниях и разделениях органов внутренних дел и госбезопасности, о переименованиях, о переводах из союзного управления в республиканское и обратно. Каждая такая перемена сопровождалась кадровыми перестановками, сокращениями или, наоборот, увеличением штатов. Одним словом, о стабильности в организации борьбы с преступностью можно было только мечтать.

— Как видите, в пятидесятые годы беспорядка было хоть отбавляй, но подробности я опущу, возьмем только шестидесятые, это поближе к тем событиям, которые вас интересуют, — мерно и неторопливо говорил Губанов. — Вот представьте: в январе шестидесятого Хрущев подписал постановление об упразднении МВД СССР. То есть министерства внутренних дел будут только в союзных республиках, а на уровне страны в целом — нет. Это сразу привело к ослаблению координации, нарушило обмен информацией, нормативное регулирование пошло вразнос, ведь каждая республика стремилась устанавливать собственные правила. Через полтора года в МВД РСФСР сменили министра, сняли Стаханова, назначили Тикунова. А что такое смена министра? Правильно, это смена всей команды. Каждый новый руководитель стремится подтянуть к себе поближе тех, кому может доверять, на кого может положиться или кому хочет оказать услугу, облагодетельствовать или отдать долг. Одних перевели или отправили на пенсию, других назначили. Еще через год, в середине шестьдесят второго, Министерство внутренних дел преобразовали в Министерство охраны общественного порядка. В середине шестьдесят шестого — новые перемены, теперь министерство стало союзно-республиканским, то есть в каждой республике свое МООП плюс союзное. Двух месяцев не прошло — опять все меняется: МООП РСФСР упраздняют и его функции передают союзному министерству. За какие-то жалкие шесть лет столько преобразований! Понятно, что систему лихорадило, люди буквально перелетали с должности на должность и даже не успевали сообразить, что им нужно делать в новом кресле, как их уже опять куда-то переводили. Но это только одна сторона вопроса.

— А какая другая сторона? — с любопытством спросил Петр.

Он даже не ожидал, что у МВД такая запутанная история. И если совсем честно, название «Министерство охраны общественного порядка» он слышал впервые. Неужели это и вправду было? Наверное, было, не станет же Губанов выдумывать, подобные факты проверяются за полторы секунды, спасибо «Гуглу».

Мимо них прошла элегантно одетая пожилая дама, ведя за руку девчушку лет пяти, прямо навстречу им мчался подросток на электросамокате. Судя по белым наушникам и отрешенному выражению лица, смотреть по сторонам ему было неинтересно. Петр на мгновение зажмурился от ужаса:

ему показалось, что столкновения не избежать. Однако паренек ловко вильнул в сторону, а дама с девочкой, в свою очередь, испуганно шарахнулись, остановились и гневно посмотрели вслед юному спортсмену. Да уж, не погулять Николаю Андреевичу самостоятельно в нынешних условиях... Скейты, ролики, электросамокаты, курьеры на велосипедах. Особенно курьеры, бесившие Петра до потери самообладания: ездят на высокой скорости прямо по тротуарам, вперив при этом глаза в телефоны, ничего толком не видят вокруг себя, с пешеходами вообще не считаются. Конечно, за последние полтора года курьерская доставка набрала обороты из-за ковида, число заказов увеличилось в разы, курьеры торопятся, маршруты смотрят в навигаторе, можно все это понять. Но нельзя не признать, что в нынешнее время старикам опасно гулять в одиночестве, особенно в сумерках и в темноте.

— Другая сторона состояла в качестве кадрового состава и уровне профессионализма, — продолжал между тем Губанов, который, кажется, даже не заметил едва не случившейся беды. — Как вы думаете, сколько людей с высшим образованием служило в МВД?

Петр мысленно прикинул: наверное, процентов восемьдесят-девяносто. Но если Губанов задает вопрос, то наверняка с подвохом. Значит, меньше.

— Пятьдесят? — проговорил он неуверенно.

Смех Николая Андреевича был громким и раскатистым.

— Юноша, вы большой оптимист! Какие пятьдесят, побойтесь бога! В середине шестидесятых высшее образование имели только двенадцать процентов начсостава, проще говоря — каждый восьмой. Причем это высшее образование далеко не всегда было именно юридическим. Юристов с высшим образованием насчитывалось вообще только девять процентов. Девять! Среднее юридическое образование имел один из пяти, и это мы говорим о начсоставе, об офицерах при должностях. А уж про рядовой и сержантский состав и говорить нечего, десятилетку окончил каждый десятый, остальные девять даже общего среднего образования не имели.

— Как же так? Ведь столько школ милиции было... Мне рассказывали, что в каждой республике была Высшая школа, в РСФСР даже не одна, и в каждом крупном городе — средняя.

— Это все уже потом, при Щелокове, а в середине шестидесятых Высших школ имелось всего четыре на всю огромную страну: в Москве, Киеве, Ташкенте и Омске. Все остальные школы были средними плюс всякие областные пункты подготовки и переподготовки. Одним словом, с квалифицированными кадрами в нашем министерстве был полный швах.

— Вы так точно помните все цифры, — недоверчиво заметил Петр.

— Это моя работа, — коротко ответил Губанов. Потом горько улыбнулся: — Бывшая работа. Нет, не так: это дело, которым я занимался не один десяток лет. Поэтому не удивляйтесь, что я много чего помню. Я совсем немножко поработал в уголовном розыске, а потом до самой пенсии сидел на аппаратной деятельности, сначала в кадрах, потом в управлении учебных заведений, потом эти службы объединили, сделали Главное управление кадров и учебных заведений, потом опять разъединили. Но я всегда занимался одной и той же проблемой: какими должны быть принципы комплектования личного состава и расстановки кадров и как организовать подготовку этих кадров. Ладно, я чувствую, что вам эти детали малоинтересны. Я-то могу часами говорить о кадровых проблемах, а вы поди ждете, когда же я до дела Астахова доберусь. Доберусь, не беспокойтесь. Но сперва я вам приведу только один пример, чтобы вы понимали, насколько непрофессионально могли сработать ребята из угрозыска в те годы. Просто чтобы вы ничему не удивлялись. Это произошло в конце шестидесятых в Красноярском крае. В проруби обнаружили труп подростка, мальчика-школьника. Опознали сразу, пошли к нему домой — пусто, родителей нет. В сарае нашли труп матери, зверски убитой. Подозрение, естественно, сразу пало на отца, принялись искать его, нигде не нашли. Спустя какое-то время озаботились тем, чтобы получше изучить личность мальчика, снова осмотрели дом, порылись в его тетрадях, записках. Прошло еще несколько дней — и дом внезапно загорелся. Пожар потушили и среди рухнувших обломков обнаружили труп отца с веревкой на шее. Понимаете, что произошло? Отец тоже был убит, его тело висело на чердаке дома, а оперативники дважды дом осматривали и ничего не нашли. На чердак не заглянули. Дважды, юноша! И ведь речь не о дворце, в котором сто пятьдесят комнат и десятки потайных помещений, это самый обычный частный домишко в селе, пара комнат, чердак и надворная постройка в виде сарая. Как можно было не найти третий труп? Вот как?! Конечно, сначала стали говорить, мол, отец убил сына и жену, сбежал, потом раскаялся, вернулся домой и сам повесился уже после того, как опера второй раз дом осмотрели. Но судебно-медицинская экспертиза сделала совершенно однозначный вывод: человек не сам повесился, а был убит, причем давность наступления смерти точно такая же, как у мальчика и женщины. И никакие разговоры о том, что во время первых двух осмотров третьего трупа в доме не было, уже не проходили.

Звучало, конечно, чудовищно. Петру трудно было в такое поверить.

— Неужели правда?

— Если мне не верите — посмотрите документальный фильм об этом деле. Я не хочу сказать, что все сыщики в те времена так работали, это было бы неправдой. Но то, что были и такие сотрудники, которые на пятидесяти квадратных метрах не находили тело повешенного, тоже факт. Просто не забывайте об этом, когда будем говорить о деле Астахова. Началось все летом шестьдесят шестого, в июне...

Июнь 1966 года

Михаил Губанов

В квартире было тихо, никаких запахов еды.

— Проспали, что ли? — проворчала Нина и прямо с порога закричала: — Колька, Лариса, пора вставать!

Пока Михаил аккуратно закрывал дверь, девушка проскочила в комнату, и сразу же послышался ее возмущенный голосок:

— Ларка! Хорош дрыхнуть, всем на работу надо, давай завтракать.

В ответ донеслось сонное и тягучее:

— Да иди ты...

Через несколько минут Лариса в халате выползла на кухню. Лицо припухшее, недовольное.

— А где мой высокородный братец? — спросил Михаил.

— Вчера на дачу укатил, а сегодня прямо оттуда на службу, — зевая объяснила Лариса. — Продукты отвозил.

— А ты чего, — не отставал Миша, — не поехала с ним? Опять со своими поэтами хвостом крутила?

Лариса тряхнула головой, отбрасывая упавшие на лицо спутанные темные волосы, посмотрела сердито.

— Не хвостом крутила, а слушала хорошие стихи. Куда тебе до настоящей поэзии... Ты в литературе вообще не разбираешься. Нин, чайник поставь.

— Да поставила уже, — буркнула Нина, которая резала белый батон и докторскую колбасу, не дожидаясь указаний жены старшего брата. — Ничего, кроме бутербродов, уже не успеем. Хоть бы предупредила с вечера, что идешь на свою гулянку, мы бы сами позавтракали, на тебя не надеялись бы. Безответственная ты, Ларка!

— Ой, можно подумать, ты очень ответственная, — вяло протянула Лариса.

Она выдвинула из-под стола табуретку, уселась, достала из кармана мятую пачку «Родопи» и закурила.

— Ненавижу лето, — заявила молодая женщина, выпустив дым после первой затяжки. — Весь год живем как нормальные люди, а как лето — так делают из меня ломовую лошадь. Между прочим, Нинулечка, ты могла бы сама готовить на всех, пока бабушка с Юриком на даче, а не сваливать все на меня. Я не нанималась все ваше семейство обслуживать.

— Иди лучше зубы почисти, вместо того чтобы курить, — зло отозвалась Нина. — Не отсвечивай тут, и без тебя не повернуться.

Кухня была небольшой, всего пять с половиной квадратных метров, и двум хозяйкам здесь действительно тесновато.

Михаил стоял, прислонившись к дверному косяку и с усмешкой слушая перебранку своих родственниц. И ведь обе — нормальные девки, что Нина, младшая сестренка, что Лариса, жена старшего брата Николая, а вот почему-то недолюбливают друг друга. Вроде и не ссорились, и делить им нечего, а поди ж ты... Вообще-то Нина на самом деле Антонина, именно так ее назвали при рождении и это имя записано в ее паспорте, но девушка, еще будучи старшеклассницей, сочла имя немодным и требовала, чтобы все сократили его до более современной Нины.

— Нинусь, а может, Ларка права? Когда мама в городе, то понятно, что она всем нам готовит, она же на пенсии, а почему летом-то мы заставляем Ларису стоять у плиты? Почему она должна готовить, а не ты? — сказал Михаил, когда Лариса ушла в ванную.

Сестра вскинула на него возмущенный взгляд:

— Обалдел? Во-первых, у нас служба, а у Ларки — работа из серии «не бей лежачего», нам и приходить нужно пораньше, и возвращаемся мы черт знает когда, рабочий день ненормированный. А у нее что? Моет свои колбочки-пробирочки и глазки строит молодым ученым, вот и вся ее работа, ровно с девяти до шести. Не надорвется.

— Ладно, а во-вторых что?

— У нас квартира меньше. И кухня меньше на целый квадратный метр.

Это правда, кухня в той квартире, где проживали Михаил, Нина и их мать, действительно меньше, как и в целом общий метраж жилых комнат. Но по сравнению с бараком, в котором все они жили до 1962 года, квартира-хрущевка казалась раем. В бараке у семьи Губановых была всего одна комната, в которой они обитали впятером: отец с матерью и трое детей. Потом отец умер, брат Николай ушел в армию, вернулся, почти сразу женился на Ларисе, родился Юрка. Причем родился так скоро после свадьбы, что даже десятиклассник Миша не сомневался: старший брат женился, что называется, «по залету». Став старше, Миша кое-что узнал и в глубине души начал посмеиваться над Николаем: надо же, чтобы так не повезло! До ноября 1955 года аборты в СССР были запрещены, а Ларка, судя по дате рождения ребенка, забеременела в начале лета, доверенного врача, который сделал бы подпольный аборт, вовремя найти не сумели, вот и пришлось в срочном порядке регистрировать брак. Когда в ноябре запрет на аборты упразднили, метаться было уже поздно, срок большой.

Так и жили, ютясь в барачной комнате: мать, Миша с Ниной да Николай с молодой женой и малышом. Печку топили дровами, отхожее место — на улице, соседи — самые разные, в том числе и пьющие были, и скандальные, и вороватые. Через два года восемнадцатилетний Михаил Губанов ушел в армию, где жизнь по бытовому комфорту мало чем отличалась от жизни в бараке, кроме одного существенного обстоятельства: по ночам было тихо. Не плакал и не кряхтел маленький ребенок, не визжала от ужаса несчастная соседка тетя Клава, за которой по длинному коридору мимо всех дверей регулярно гонялся пропивший остатки мозгов ее муж Федор, размахивая ножом и угрожая зарезать... Ночную тишину в казарме нарушал только мерный негромкий храп, но крепкому юношескому сну он ничуть не мешал. А после армии — все тот же барак, только на смену тяжелому алкоголику Федору, которого все-таки посадили за убийство жены, пришла семья тихого школьного учителя, и по ночам уже никто не визжал от страха и не раздавались громогласные пьяные угрозы вперемешку с матом, которые обильно изрыгал муж покойной тети Клавы. И уже одно это казалось Мише Губанову счастьем.

А уж когда стало известно, что барак будут сносить, а всем жильцам дадут квартиры в новеньких пятиэтажках, радости не было предела! Горячая вода, центральное отопление, газовая плита, свой туалет! Заранее прикидывали, как будут размещаться, советовались со знакомыми, считали метры. На одного человека полагалось не меньше 9 квадратных метров, их шестеро, значит, квартира должна быть никак не меньше 54 метров, а в новых домах таких квартир не бывает. Самые большие, трехкомнатные, имеют метраж в 45 квадратов. Мать тогда пошла в профком у себя на фабрике выяснять, что да как, и с изумлением узнала, что ей, передовику производства и вдове участника войны, выделят на семью аж две квартиры в одном доме: семья-то большая, дети разнополые, так что все по закону.

— Тебе, Степановна, через полгода на пенсию выходить, так что будет тебе подарок от государства за столько лет самоотверженного труда, — сказал председатель профкома. — И не смущайся. Заслужила.

Вот и вышло, что теперь в одной двухкомнатной квартире жили Николай с женой и сыном, в другой — мать с Ниной и Михаилом. Но все равно Губановы продолжали привычно существовать одной семьей, благо жилплощадь им выделили в одном доме, только в разных подъездах, и каждое утро мама, Татьяна Степановна, поднималась спозаранку, открывала своим ключом квартиру старшего сына и принималась готовить завтрак для всех. Чуть позже к Николаю домой подтягивались брат и сестра, все завтракали и разбегались на работу: Коля — в управление кадров ГУВД, Миша — в районное управление, где с прошлого года работал следователем, Нина — в детскую комнату милиции, Лариса — в свой научный институт, она там лаборанткой трудилась. Ну а Юрка, само собой, отправлялся в школу. После школы мальчик был присмотрен и накормлен, к вечеру всех ждал горячий ужин.

Однако с наступлением июня все менялось. Татьяну Степановну с Юркой отправляли на дачу на все лето, но Миша и Нина по заведенному порядку приходили завтракать и ужинать к Николаю. Обычно Лариса принимала это как должное, не ворчала и ничего такого не высказывала, но иногда вдруг срывалась, вот как сегодня.

Михаил и его сестра торопливо жевали бутерброды и прихлебывали чай: им через десять минут уже выходить, до места работы обоим далеко, добираться больше часа. Лариса, умытая, причесанная и заметно подобревшая, лениво откусывала маленькие кусочки хлеба с колбасой и никуда не торопилась, ей до института пятнадцать минут пешочком. Недавнее раздражение куда-то исчезло, теперь она стала благодушной и даже, кажется, испытывала некоторую неловкость за собственную резкость и за то, что оставила родственников без полноценного завтрака.

— Ребята, что хотите на ужин? — спросила она. — Принимаю заказы.

— Мне мясо, — тут же отозвался Михаил. — Маленькими кусочками, тушенное в сметане.

— Заметано, — кивнула Лариса. — А тебе, Нинулька?

— Я на диете, — буркнула Нина. — Ужинать не буду. Кефирчику выпью.

— Ладно, куплю тебе кефир.

— Сама куплю, — огрызнулась девушка. — Лучше о своем муже позаботься, пока он не выгнал тебя к чертовой матери за твои загулы.

Лариса фыркнула и отвернулась к окну, ничего не ответив.

* * *

Нина Губанова

По пути к остановке автобуса, на котором предстояло минут 40 ехать до ближайшей станции метро, Нина Губанова не упускала ни единой возможности бросить искоса взгляд на свое отражение в стеклах витрин. Форма на ее аппетитной фигурке сидит ладно, любо-дорого смотреть! Брат Миша тоже выглядит неплохо, китель с погонами делает его узкие плечи шире и прямее. Надо же, как природа смешно распорядилась: старший братишка, Николай, статный красавец, взял от родителей все лучшее; сама Нина, младшая из троих, сумела урвать у строптивой генетики только отцовский рост и мамино телосложение с пышной грудью и округлыми бедрами, а личико — так, ничего особо выдающегося, но если на ночь накрутить волосы на бигуди и утром правильно накрасить глаза, навести жирные черные «стрелки», то все в целом выглядит очень даже привлекательно; средний же брат, Мишка, вообще неизвестно чем занимался, пока гены распределялись. Или что там распределяется? Хромосомы? Нина в школьные годы не больно-то напрягалась за партой, в институт поступать не собиралась. Так вот, Миша ухитрился не быть похожим ни на маму, ни на отца, а вышел точной копией бабушки, маминой мамы. Хлипкий, весь какой-то узенький, невысокий, блеклый, с реденькими волосиками. Про таких говорят: без слез не взглянешь. Поставить его рядом с Николаем и Ниной — никто не поверит, что одна кровь.

— Чего ты на Ларку вызверилась? — вполне миролюбиво спросил Миша. — Плохо спала, что ли, на своих дырявых железках?

Бигуди и прочие женские штучки всегда вызывали у него насмешливое презрение.

— Нормально я спала. Но я не понимаю, почему Коля терпит эти ее фокусы! Ходит на какие-то сборища, где куча молодых мужиков со стихами и винищем. Вот чем она там на самом деле занимается, а? Да любой нормальный муж уже сдох бы от ревности, а Колька ни слова ей не говорит, зато после работы тащится на электричке на дачу, чтобы отвезти продукты ее сыну. Подкаблучник он!

От возмущения Нина даже голос повысила.

— Это их сын, а не только ее, — спокойно возразил Михаил. — И мама тоже не ее, а наша. Что ты лезешь в чужую семейную жизнь? Организуй свою собственную и распоряжайся в ней, как хочешь. И вообще радуйся, что у нашего брата с женой все спокойно. Если бы они собачились каждый раз, тебе было бы лучше?

— При чем тут это? Я просто не понимаю, как можно было так распустить жену и все ей разрешать!

— Если не понимаешь — читай учебники, давно пора умнеть. Лучше бы документы в педучилище подала и образование получила, а не ковырялась в чужих отношениях.

— Больно надо! Мне и с десятью классами неплохо, меня на работе хвалят, — горделиво улыбнулась Нина.

Зачем образование, когда имеешь дело с малолетками? Тут характер нужен, а не диплом, а уж характера-то Антонине Андреевне Губановой не занимать, это все признают. Вон Николай, например, тоже сначала всего восемь классов отучился, пошел на завод и доучивался уже в вечерней школе — и ничего, отлично двигается по служебной лестнице, сидит в своих кадрах, бумажки перебирает, очередные звездочки на погоны получает. И она, Нина, точно так же сможет. А Миша зачем-то решил затеять всю эту возню с высшим образованием, поступил на заочный, работал в дознании и учился. После третьего курса образование уже считается неоконченным высшим, и Мишу повысили, он теперь следователь. Ну и что хорошего? Дела такие же мелкие и пустяковые, как в дознании: хулиганка, кражи, побои и всякая бытовуха, только возни и бумаг намного больше. Стоило из-за этого над учебниками корпеть и лишать себя личной жизни по вечерам и выходным? Нина была твердо уверена, что не стоило. Впрочем, какая у Мишки может быть личная жизнь? На него ни одна приличная девчонка не позарится. Уж сколько своих подружек Нина приводила, знакомила с братом, расхваливая его покладистый миролюбивый нрав и природные способности, а все равно ни одна не клюнула. Так что ему все одно заняться нечем, кроме работы да учебы.

Народу на остановке скопилось — целая толпа, в первый из подошедших автобусов Нине и Михаилу втиснуться не удалось, пришлось ждать следующего. Ничего удивительного: большой район новостроек, метро далеко, а всем надо на работу, так что второй автобус это еще удача, ведь бывает, что влезть получается только в третий, а то и в четвертый.

Сжатые в душном салоне автобуса, они с трудом развернулись, чтобы стоять лицом друг к другу.

— Послезавтра твоя очередь ехать к маме, — напомнил Михаил.

— Знаю, — уныло вздохнула Нина.

Правильно Ларка делает, что не любит лето. Нина тоже не любит. То есть само по себе лето это отлично, но вот бесконечные поездки на дачу с сумками, набитыми продуктами... Тоже еще, дачный поселок называется! Даже продмага нет нормального, есть на самой окраине лавка сельпо, так в ней одни макароны из серой муки и консервы, а мама вбила себе в голову, что ее семья должна питаться самыми лучшими продуктами и Юрочка остро нуждается в витаминах и во всем свежем и полезном. Холодильника в доме нет, еда быстро портится на жаре, запасов не сделаешь и впрок не наготовишь, вот и приходится мотаться туда через день. А все почему? Юрочке, видите ли, нужен свежий воздух, и вообще ребенок каникулы должен проводить на природе, а не в каменном мешке сидеть. Хотя что плохого в городе летом? Нина никогда этого не понимала, природу не любила и прекрасно чувствовала себя в Москве: здесь и кино, и подружки, и кавалеры случаются, и модные журнальчики есть где полистать, и по телевизору хорошие фильмы показывают. А на даче что? Нет, если ты старожил в поселке, где издавна построены красивые просторные дачи для всяких важных людей, то понятно, что всех знаешь и своя компания давно сложилась, ходят вместе купаться, шашлыки жарят, коньячок попивают, заграничные пластинки слушают. В таких компаниях Ниночка Губанова и сама была бы не прочь проводить и выходные дни, и отпуск. Но Губановы для обитателей дачного поселка — чужие, они из другого круга. Да и дача-то не их собственная, а съемная: когда-то, до войны еще, этот большой красивый дом с участком был «пожалован» известному художнику. Художник давно умер, его жена тоже, а сын оказался пьяницей, пропивающим всю зарплату. На водку не хватает, вот и сдает по дешевке, за такие смешные деньги, что, считай — даром. Губановы снимают у него уже несколько лет на весь сезон, на три месяца. Ниночка впервые приехала в поселок еще школьницей, обрадовалась сперва, что здесь так много хорошо одетых, модных и современных молодых людей, но близкого знакомства ни с кем не получилось и в компанию ее не приняли. А вот братья смогли как-то завязать отношения, завели знакомых и с удовольствием проводили время в их обществе. Особенно хорошо это получалось почему-то у невзрачного негромкого Миши, он вообще знал в поселке почти всех, и дачников, и местных. И ведь братишка совсем не рубаха-парень и не душа компании, на гитаре не играет, песен Высоцкого не поет, даже анекдоты рассказывать не умеет, а вот поди ж ты... Нина сначала даже немного завидовала ему, не понимала, почему ему удается то, что не смогла она, юная красавица, а потом нашлось объяснение, вполне ее удовлетворившее: «Эти девицы-дачницы видят во мне соперницу, боятся, что я уведу их кавалеров, вот и сторонятся, не принимают к себе. А Мишка ни для кого не соперник, его местные мужики всерьез не воспринимают». Обсудила свою догадку с парой подружек, встретила полную поддержку с их стороны и выбросила из головы мечты о дачных компаниях молодежи в импортных шмотках и с заграничными пластинками. Не больно-то ей нужны эти дачные развлечения! Захочет замуж — найдет себе жениха в Москве или где-нибудь на курорте, у моря, когда поедет в отпуск. Ухажеров и в городе полно, нужно будет — выберет.

Тут Нина вдруг сообразила, что накануне, вчера то есть, на дачу вообще никто не должен был ездить, ведь только позавчера Лариса отвозила продукты. Сегодня очередь Миши.

— Слушай, а чего Колька вчера на дачу потащился? — озадаченно спросила она.

— Да мать затеяла «Наполеон» испечь, она же дружит со старухой Ковалевой, а у той сегодня день рождения, семьдесят пять лет. Вот захотела подарок ей сделать, попросила муку привезти, маргарин, масло, еще что-то. В общем, Коля все купил и повез.

Нина наморщила носик, пытаясь вспомнить, кто такая старуха Ковалева.

— Через дом от нас, — пояснил Михаил. — Такая противная бабка, ты ее сто раз видела, она постоянно у калитки торчит, все высматривает, какие женщины к Астахову ходят, чтобы было о чем посплетничать.

— А, эта... Не знала, что она Ковалева. Бабка и бабка. Она и вправду противная.

Михаил неодобрительно покачал головой:

— Ох, сестрица, нет в тебе внимания к людям. Человек живет через дом от нашей дачи, а ты даже имени его не знаешь.

— Да больно надо!

— Но хотя бы кто такой Астахов, ты в курсе?

— Ну, певец такой. И что?

— И ничего. — В голосе брата появились сердитые нотки. — Ты же с людьми работаешь, Нина! И ничего не хочешь о них знать. Как можно так к ним относиться? Зря ты в милицию пошла, ничего у тебя не получится с таким отношением.

Ну, с этим Нина Губанова спорить не стала. Была б ее воля — ни за что в милицию не пошла бы. На свете есть множество по-настоящему интересных занятий, и ей, если честно, хотелось бы стать модельером, придумывать и шить красивые наряды, работать, например, в Доме моды на Кузнецком Мосту. Но ее ведь не спрашивали. Отец так решил. И перед смертью твердо наказал, а они все так же твердо пообещали. Старший брат Николай обещание выполнил, потом Миша, а потом и ее очередь подошла. Как это вообще можно не сдержать слово, данное отцу? Никак.

* * *

Лариса Губанова

Телефон в лаборатории был только один, и в обязанности лаборантки, помимо всего прочего, входило отвечать на звонки и подзывать к аппарату сотрудников. Когда раздался очередной звонок, Лариса быстро промчалась через все помещение к столу у окна и схватила трубку. Хоть бы попросили к телефону Льва Ильича! Тогда она подойдет к нему, такому замечательному, такому красивому и умному, тихонько тронет за плечо, скажет негромко: «Лев Ильич, вас к телефону», а он обернется, кивнет и скользнет по ней теплым ласковым взглядом. И никто из сотрудников лаборатории ни за что не догадается, что строгий доктор наук Лев Ильич Разумовский для лаборантки Ларисы Губановой давно уже просто Левушка. Господи, как же он ей нравится! Может быть, она даже любит его. Ну так, немножко. Потому что какой смысл по-настоящему любить женатого доктора наук? Перспектив нет.

Но надежды не оправдались. В трубке зазвучал бездушный женский голос:

— Губанову вызывает Успенское.

Да чтоб тебя! Наверняка свекрови понадобилось что-то еще и сегодня кому-то из них придется переться на электричке на дачу. Сама Лариса ездила позавчера, вчера продукты возил Коля, а сегодня снова-здорово...

— Это я, — огорченно отозвалась Лариса.

— Соединяю.

Голос Татьяны Степановны звучал перепуганно и заполошно:

— Ларочка!

Лариса помертвела от ужаса: неужели что-то с Юрой?

— Что случилось, Татьяна Степановна? — еле выговорила она.

— Тут у нас такое... Милиции понаехало — жуть! По домам ходят, всем вопросы задают. Я подумала, что мальчикам нужно об этом сказать, побежала на почту заказывать разговор, но они же не любят, когда я им на службу звоню, вот я тебе и...

— Да что случилось-то? — нетерпеливо перебила Лариса. — С Юрой что-то?

— Астахова убили сегодня ночью. Ну, певца этого знаменитого. Ты представляешь, какой ужас?!

Свекровь продолжала верещать в трубку, но половины слов Лариса уже не слышала. С сыном все в порядке, вот что важно! А певец Астахов... Хотя, конечно, новость знатная. Если общественность и узнает о трагической смерти знаменитости, то далеко не сразу, и еще не факт, что официально объявят об убийстве, могут просто написать в некрологе, мол, скоропостижно скончался. Уж сколько таких некрологов Лариса видела, а потом ей шепотом рассказывали, что человек покончил с собой, или ехал пьяным за рулем и разбился, или напился и ввязался в драку, в которой его убили. Она потом спрашивала у мужа, но Николай всегда отмалчивался или скупо бросал: «Я в кадрах работаю, а не в следствии, сведениями не располагаю».

Мишка, младший брат мужа, тоже наверняка знал правду, следователь все-таки, но тоже болтать не любит, ему нравится секретность вокруг себя разводить, это ему веса придает. Конечно, при таких данных, как у него, только секретностью и тайнами можно хоть как-то себя приукрасить. Ну, Лариса тоже не дура, понимает, что если бы знаменитость умерла своей смертью, то Коля бы так и ответил, дескать, не распускай сплетни, человек сам умер от болезни. А коль не отвечает, значит, что-то не так.

Ее буквально распирало желание немедленно поделиться новостью. Положив трубку, Лариса на цыпочках подошла к длинному столу, за которым, уткнувшись в микроскопы, сидели Лев Разумовский и еще двое сотрудников — суровая толстуха Лидия Марковна и молоденький аспирант Мухин.

— Народ, никто из вас не собирается в ближайшее время в Большой театр на Астахова? — спросила она небрежно, как бы между прочим.

Первым откликнулся всегда веселый Мухин, симпатяга и балагур:

— Милая Лариса, разве мы похожи на людей, у которых есть такой мощный блат? А без блата в Большой не прорвешься.

— Ты, Мухин, вообще не похож на человека, который ходит в театры на классику, — отпарировала Лариса. — Тебе бы что попроще, на гитаре во дворе побренчать или в кино на «Русский сувенир» сходить.

— Я попрошу! — делано возмутился Мухин. — «Русский сувенир» — эталон советского комедийного кинематографа. Только истинные знатоки могут оценить.

Лариса не выдержала и хихикнула. Над комедией, зачем-то снятой больше десяти лет назад великим Григорием Александровым, потешалась вся лаборатория. Фильм вышел лубочным, глупым, ужасно фальшивым, совершенно не смешным и откровенно пропагандистским. На экранах он долго не продержался, но по телевизору его то и дело показывали. Для сотрудников лаборатории название картины превратилось в некий пароль, с помощью которого обозначались пошлость и примитивность.

Лидия Марковна, хоть и выглядела суровой и неприступной, не лишена была обычного женского любопытства. Бросив недовольный взгляд на младшего коллегу, она с показным равнодушием спросила:

— Чем вызван ваш повышенный интерес к Большому театру, Лариса?

Один из старейших сотрудников института, Лидия Марковна была единственной в лаборатории, кто обращался к лаборантке на «вы». Она вообще ко всем обращалась на «вы» и почти ко всем, кроме самых молодых, — по имени-отчеству, а уж фразы строила — будто на дипломатическом приеме вела переговоры. Старая школа, дворянское воспитание. А может, просто выпендривается.

— Если у вас куплены билеты на Астахова, то имеет смысл их сдать, — загадочно улыбнулась Лариса, мечтая, чтобы Лев Ильич поднял наконец голову и подключился к беседе. Однако Разумовский словно и не слышал их разговора.

Но нет, он все отлично слышал.

— А что случилось? — проговорил он, не отрываясь от окуляра. — Астахов эмигрировал за границу и спектакли с его участием отменили? Или умер? Или внезапно потерял голос? Было бы жаль, он прекрасный тенор, месяц назад я слушал его в «Пиковой даме».

— Я на перекур, — объявила Лариса. — Не хочу отрывать вас от работы. Кому интересно — можете присоединяться, поделюсь подробностями.

Она уже поняла, что сглупила и разговором об Астахове невозможно вытащить некурящего Левушку на лестницу. Конечно же, за ней увязался Мухин, и такую потрясающую новость пришлось потратить на аспиранта.

— Только не болтай об этом, ладно? — попросила Лариса. — Я тебе по секрету рассказала.

— Так ведь не только мне, — усмехнулся Мухин. — Лев Ильич слышал, и Марковна тоже.

— Ничего они не слышали, я же ничего и не сказала, только посоветовала билеты сдать, если они есть.

— Ты так прозрачно намекнула, что не понять невозможно. Вот я сейчас вернусь, они меня спросят, и что мне отвечать? Что мы с тобой обсуждали новые стихи Евтушенко? Кстати, как они тебе?

— Мне вчера про старый дом понравилось стихотворение, — живо отозвалась Лариса. — «Качался старый дом, в хорал слагая скрипы...» Оно такое печальное, безысходное, прямо как моя жизнь. Там такие образы поэтичные!

— Да ну тебя, Лара, тебе бы все про любовь. А мне вот это запало: «Меняю славу на бесславье», там хорошо сказано про канаву, в которой я бы тоже хорошенечко выспался. Но выпили мы вчера, конечно, многовато. Пойло какое-то сомнительное было... Как у тебя голова сегодня, не болит?

— С утра болела, я даже проспала, своих без завтрака оставила, придется вечером отрабатывать повинность.

Именно Мухин два года назад ввел Ларису в компанию молодых поэтов и просто любителей и ценителей поэзии. С тех пор она постоянно принимала участие в их посиделках, иногда камерных, а порой шумных и многолюдных. Никакого специального образования у Ларисы не было, за спиной обычная десятилетка, но молодая женщина оказалась обладательницей необыкновенно чуткого слуха, позволявшего ей очаровываться музыкой словосочетаний. Она даже не подозревала, что может так влюбиться в поэзию, и уж тем более не ожидала, что ее мнением по поводу стихов кто-то может заинтересоваться. В этой новой среде она ощущала себя своей, нужной, востребованной, оцененной и теперь все чаще удивлялась: как она могла выйти замуж за Колю Губанова? Зачем она это сделала? Смутно припоминала, что, кажется, очень хотела обрести мужа, родить ребенка, завести полную семью... Тогда ей было всего девятнадцать, замужество казалось самодостаточной ценностью, а Коля, рослый, статный и привлекательный, так красиво за ней ухаживал! Разве могла она подумать одиннадцать лет назад, что ей будет смертельно скучно рядом с ним? Его, кажется, корежит от одного только упоминания о поэзии. И вообще ему ничего не интересно. Пресный он. Недалекий. Сидит в своем отделе кадров, бумажки перебирает. То ли дело Разумовский, ее Левушка...

* * *

Михаил Губанов

Лариса подала Михаилу ужин — тушенную в сметане говядину, как он и заказывал еще утром, и отварной картофель, молодой, посыпанный укропчиком и мелко порубленным чесночком, — и скрылась в Юркиной комнате с книжкой. Брат Николай давно поел и теперь сидел на диване и ждал, когда Миша насытится. Хорошо ему, в шесть вечера запер кабинет — и свободен, домой приходит вовремя, не то что Михаил, который сегодня почти весь день провел в Бутырке, по очереди допрашивал арестованных по групповому грабежу, потом еще три часа у себя в райотделе бумаги отписывал. Да уж, следственная работа и кадровая — две большие разницы и одна маленькая, как говорится.

— Ты можешь узнать, кто из оперов занимается делом Астахова? — внезапно прервал молчание Николай.

От удивления Михаил чуть не поперхнулся.

— Зачем тебе?

— Ты тупой, да? Я же на даче был вчера вечером, и ночью тоже был. Я тебе больше скажу: я заходил к Владилену, разговаривал с ним. Нужно, чтобы меня допросили или хотя бы просто задали мне какие-то вопросы. А вдруг я что-то важное видел, слышал, знаю?

— А, ну да, — равнодушно протянул Михаил. — Я совсем забыл, что ты с этим певцом приятельствуешь. А ты что, действительно что-то видел или слышал?

— Мишка, перестань строить из себя идиота! — Николай слегка повысил голос, и Михаил понял, что надвигается буря. Характер у старшего брата, может, и неплохой, а вот темперамент поистине бешеный, чуть что — сразу в крик, а то и вмазать может. — Я же не знаю обстоятельств дела, поэтому не могу сказать, видел ли я то, что важно для следствия, или не видел. Пусть меня спросят! У меня же есть глаза, и уши тоже есть, и мозги, значит, я видел, слышал и понимал происходящее вокруг, но откуда я могу знать, важно это или нет? Да твою же мать, ты — следователь, ты должен лучше меня такие вещи понимать, а ты сидишь с тупым видом!

— Я ем, — невозмутимо сообщил Михаил. — И во время приема пищи могу иметь любой вид по собственному выбору, я не на службе.

— Ты — сотрудник милиции, ты на службе круглые сутки и за свой ненормированный рабочий день получаешь оклад содержания. Забыл?

Голос Николая быстро наливался яростью.

— Ты же кадровик, вот ты мне и напоминай, это твоя обязанность.

Наезды старшего брата Мишу ничуть не напрягали, наоборот, даже развлекали. В те минуты, когда Коля выходил из себя, повышал голос, начинал браниться, а то и бушевать, Миша сохранял полное хладнокровие и наслаждался собой. «Кто яростен — тот слаб, кто спокоен — тот силен», — мысленно повторял он когда-то услышанную фразу, хотя теперь уже даже не пытался припомнить, кто и при каких обстоятельствах ее произнес. А может, и не услышал, а вовсе даже прочитал где-то... Да и какая разница, кто придумал такое замечательное правило! Главное, что оно помогает Мише Губанову в некоторых ситуациях чувствовать себя выше и сильнее, а ведь при его невысоком росточке и довольно-таки хилом телосложении такое удовольствие выпадает далеко не каждый день. Младший брат зачастую умышленно провоцировал старшего, зная его взрывной темперамент. Ну, возможно, не совсем умышленно, не с заранее обдуманным намерением, но подходящего случая никогда не упускал.

— Я не понимаю, чему тебя вообще учат! Как ты ухитряешься сдавать экзамены, если после третьего курса все еще не понимаешь элементарных основ расследования! — Николай уже почти кричал.

Миша не спеша дожевал последний кусок мяса, подобрал вилкой остатки картошки, отодвинул тарелку и потянулся за чашкой, в которую заранее был налит чай: Губанов-младший не любил кипяток и чай всегда пил изрядно подостывшим.

— Если тебе так приспичило поделиться своими знаниями, я завтра узнаю, кому это может быть интересно, — спокойно пообещал он. — Ну все? Ты закончил орать? Я могу хотя бы чаю выпить в тишине?

— Если бы ты был настоящим следователем, ты бы снял телефонную трубку и узнал это прямо сейчас за десять минут, а через полчаса я бы уже разговаривал с теми, кто занимается делом Астахова, — с холодной яростью проговорил Николай. — Но ты не настоящий следователь и никогда, видимо, им не станешь. Посуду помой за собой, здесь тебе не ресторан.

— Обойдешься, — хмыкнул Миша, прихлебывая чай.

* * *

Николай Губанов

Следователь, получивший в производство дело об убийстве Владилена Семеновича Астахова, солиста Большого театра, заслуженного артиста РСФСР, оказался вдумчивым и тщательным, но при этом раздражающе медлительным. На вид лет примерно сорока или около того, полноватый, в очках, напоминающий старательного бухгалтера, сводящего годовой баланс, он неторопливо задавал вопросы и записывал в протокол ответы аккуратным, некрасивым, но разборчивым почерком. К этому следователю по фамилии Дергунов Николая Губанова привел сотрудник уголовного розыска, имя которого сообщил, выполняя данное накануне обещание, брат Миша. Оперативник Саня Абрамян оказался знакомым, Николай знал его еще по давней кратковременной работе в уголовном розыске. Впрочем, сейчас Абрамян был уже не простым опером в одном из райотделов Московской области, а начальником отдела. Тот, выслушав Губанова, счел, что имеет смысл, не теряя времени, «допроситься под протокол», и они вместе поехали в прокуратуру к следователю.

— Там явно какая-то месть, — говорил Абрамян, сверкая яркими темными глазами. — Ты только представь: на рояле свечи расставлены, догоревшие, конечно, к тому моменту, как все обнаружилось, рядом на кушетке покойничек лежит, на груди фотография какой-то девахи и записка по-иностранному. На столе пустая бутылка из-под водки, а в мусорке упаковка из-под импортного лекарства. Судмедэксперт, который выезжал с группой, сразу сказал, что это сильное снотворное и если его с водкой принять, то эффект, как говорится, гарантирован.

— Так может, самоубийство? — предположил Николай. — Таблетки под водочку — и тихий отход.

— Как же, самоубийство! — фыркнул Саня. — А свечи с затейливым рисунком зачем? А карточка с запиской?

— Ну мало ли... Несчастная любовь, все такое... Человек творческий, мало ли какие затеи в голову придут. Что в записке-то? Может, она предсмертная, с объяснениями?

— Так какого хрена тогда она непонятно на каком языке написана? Написал бы по-русски, чтобы все понятно было. А тут... — Он удрученно махнул рукой. — Отдали спецам в Институт иностранных языков, они сказали — написано по-французски: «Мне пришлось убить того, кого я обидел». Ну, приблизительно что-то в таком роде. На предсмертную как-то не похоже. Да ты сам подумай, Коляныч: стал бы человек, который хочет с собой покончить, выбрасывать в мусорку пустую упаковку от таблеток? Глупо же. Если уж этот Астахов был таким аккуратистом и не хотел после себя беспорядок оставлять, то и пустую бутылку выбросил бы. И вообще прибрался, а там такой свинарник — страшно сказать! Объедки, бутылки, окурки... У Астахова вечером куча гостей была. Похоже, кто-то из них подзадержался, остался последним и траванул хозяина, подсыпал ему таблеток в водку. Потом устроил эту декорацию со свечами и фотографией и смылся. Ладно, чего гадать, вскрытие покажет. Бутылку экспертам отдали, они тоже работают.

— А что сами гости говорят? Вы их всех нашли?

— Как же, всех, — недовольно пробурчал Абрамян. — Пока только двоих отловили, за остальными по всей Москве ребята носятся. Это ж такая публика, которая на рабочих местах с девяти до шести не сидит. Музыканты всякие, журналисты, критики, деловые и прочая богема.

— У него мать где-то под Иркутском живет, может, она знает, кто эта девушка на фотографии, — задумчиво произнес Губанов. — Мать-то нашли? Сообщили ей?

— Созвонились с местными еще вчера, пока толку никакого. Вот потому я и считаю, что тебе надо срочно со следователем побеседовать, у нас каждый свидетель на вес золота, а ты с Астаховым виделся в вечер убийства.

И вот теперь Николай Губанов сидел в кабинете следователя Дергунова и добросовестно и подробно отвечал на вопросы.

— Как давно вы знакомы с потерпевшим Астаховым?

— Несколько лет, с тех пор как мы снимаем дачу в Успенском.

— У вас близкие отношения? Доверительные?

— Я бы так не сказал. Между нами не было того, что называется крепкой мужской дружбой, но мы подолгу общались на всякие нейтральные темы, я бывал у него в гостях.

Губанов старался тщательно выбирать слова и по мере сил правильно строить предложения, и это требовало немалых усилий. Он не был мастером устной речи, но перед следователем хотелось выглядеть достойно.

— Выпивали вместе?

— Конечно, — улыбнулся Николай. — Как же без этого?

— Потерпевший рассказывал вам о своей личной жизни?

— Очень скупо. Давал понять, что у него нет отбоя от женщин и что его это не огорчает.

— Потерпевший когда-нибудь объяснял вам причину, почему он не женат?

— Владилен считал, что для поклонниц их кумир должен быть досягаемой мечтой, доступной. Он сам так выражался. Он полагал, что женатый кумир никогда не сможет иметь столько влюбленных в него женщин и девушек, потому что никто не станет мечтать о мужчине, обремененном семьей, и неистово обожать его. А пока они мечтают, они прорываются на спектакли и концерты, караулят у служебного входа и возле дома, дарят цветы и сувениры, бурно аплодируют. Для Владилена это было важно, он купался в их обожании, подпитывался им. Ну и кроме того...

Николай замялся. Он не был уверен, нужно ли говорить об этом.

— Да? — Следователь поднял на него глаза, оторвавшись от протокола. — Что вы хотели добавить?

Губанов глубоко вздохнул.

— Владилену нравилась свобода. Я не имею в виду распущенность, ни в коем случае, но он стремился хотя бы в чем-то быть свободным от обязательств. Он несколько раз упоминал о том, что расписание репетиций, выступлений, гастролей, мастер-классов, занятий с учениками в Гнесинке и всего прочего накладывает очень много ограничений и он почти не волен распоряжаться собой. У него было такое выражение: «Обслуживание глотки — это большой труд». То есть нужно четко следить за режимом дня, питанием, здоровьем, физическими нагрузками, чтобы петь так, как пел Астахов. И ему хотелось хотя бы в личной жизни быть свободным от слова «надо». Я понятно объяснил?

— Да, вполне, — кивнул Дергунов. — Значит, вы заходили к Астахову позавчера вечером?

— Заходил.

— Зачем? У вас было к нему какое-то дело? Или он сам вас пригласил?

Николай почувствовал, что устал. Говорить правильными длинными фразами, как это делают умные образованные люди, было тяжело. Он решил, что произвел уже достаточное впечатление на Дергунова, можно отпустить вожжи и разговаривать нормальным языком, привычным и простым.

— Да я просто вышел прогуляться перед сном, проходил мимо, вижу — Владилен сидит на крылечке, курит. Я и подошел поздороваться.

— В котором часу это произошло?

— Около одиннадцати вечера. Может, в начале двенадцатого.

— Что было дальше? Вы поздоровались и?..

— Я подошел и присел рядом.

— Почему? Вы хотели о чем-то поговорить? Или Астахов сам вас позвал?

«Хороший следователь, — одобрительно подумал Губанов. — Дотошный, ни одной мелочи не упустит. Вот бы Мишке таким же стать! Но ведь не станет, кишка тонка. Умом-то бог его не обидел, да только ум этот не в ту сторону направлен. Эх, обидно!»

— В доме Владилена все окна были нараспашку, я видел, что там полно гостей, музыка доносится, голоса, смех, в общем, народ веселится. А хозяин сидит один на крыльце. Меня будто по сердцу резануло, понимаете? Печальный, одинокий... И я подумал, что, может, нужно поддержать как-то или просто побыть рядом.

— То есть он вас не звал, не приглашал?

— Нет, — покачал головой Николай. — Я сам подошел.

— Хорошо. О чем вы говорили?

— Да так, ни о чем особенном. Немножко о футболе, немножко о погоде. Владилен обычно разговорчивый, всегда в центре внимания, любит рассказывать, особенно про поездки на гастроли, всякие смешные истории вспоминает, анекдоты травит, а тут сидел и еле-еле слова из себя выдавливал.

— То есть был подавленным?

— Ну, наверное, можно и так сказать.

— Как вам показалось, Николай Андреевич, Астахов был именно подавленным или, например, испуганным? Или просто расстроенным?

Губанов не очень уловил разницу между «подавленным» и «расстроенным», но следователю, конечно, виднее, особенно такому дотошному и внимательному. А вот был ли Владилен испуганным? Пожалуй, нет. Точно нет. Понятно, почему Дергунов спрашивает об этом: возможно, среди приехавших на дачу гостей оказался кто-то, кого певцу стоило бояться. Кто-то, кто знал о Владилене что-то нехорошее или даже опасное. Шантажировал его или угрожал... Но Астахов ни словом не обмолвился ни о чем таком. Николай отчетливо помнил исходящий от сидящего рядом соседа запах одеколона, смешанный со свежим перегаром, и тихий, какой-то монотонный голос, безразличный, угрюмый. «А какой смысл? — проговорил Астахов, когда обсуждали победу «Торпедо» в недавнем матче. — Какой смысл во всех этих играх и этих победах? В этих голах и очках? Нет никакого смысла». Николай удивился, но спорить не стал, хотя и не был согласен. Заговорили о погоде, о том, что давно не было дождя и даже ночью не наступает освежающая прохлада, и снова Владилен сказал что-то о смысле, дескать, какой смысл думать об этом и переживать, если мы все равно не можем ни на что повлиять или что-то изменить.

— Нет, — твердо ответил Губанов, — испуганным он не выглядел, в этом я уверен.

— Потерпевший не называл вам имена гостей, которые позавчера находились у него на даче? Может быть, не имена, а должности, места работы?

— Да я не спрашивал, — пожал плечами Губанов. — Какая мне разница? Все равно я никого из них не знаю.

— Ну да, ну да, — понимающе покивал следователь.

Они проговорили почти два часа, Николай сперва во всех деталях описал свою последнюю встречу с Астаховым, затем пошли вопросы о более ранних событиях. Что рассказывал Астахов о себе, о своей жизни, о своих женщинах, об интригах в театральной среде? Кто к нему приезжал за все годы, что Губанов был знаком с соседом? С кем из соседей по даче Астахов общался, с кем дружил, кто был вхож к нему в дом? Что говорят о Владилене Семеновиче в поселке, не ходят ли какие сплетни о нем? Какие напитки предпочитал употреблять потерпевший и много ли мог выпить зараз?

В конце Губанов внимательно прочитал протокол, написал, что замечаний и дополнений не имеет, поставил подпись и, уже уходя, вдруг спросил:

— Какое у вас образование, товарищ Дергунов?

Тот глянул недоуменно, помолчал немного, будто осмысливая неожиданный и не вполне уместный вопрос.

— Высшее. А в чем дело? Почему вы интересуетесь?

— Я же кадровик, — улыбнулся Николай. — У нас в системе МООП острая нехватка квалифицированных кадров, вот я и хотел узнать, где готовят таких хороших следователей.

— Ах это... — Лицо Дергунова, слегка напрягшееся, снова расслабилось. — У меня непрофильное образование, я окончил педагогический, по диплому — учитель истории. На следственную работу направлен по комсомольской путевке, но мне очень повезло с наставником. Знаете, бывают такие старые опытные сотрудники, которые хорошо умеют объяснять, передавать свои знания. Натаскивать, одним словом. А про ваши кадровые проблемы я наслышан. Если честно, то и у нас не лучше.

Да понятно, что не лучше. Откуда хорошим следователям взяться, если уголовный процесс в том виде, в каком он существует в середине шестидесятых, имеет всего пять лет от роду? До нового Уголовно-процессуального кодекса, введенного в действие с 1 января 1960 года, предварительное следствие регулировалось кодексом, принятым еще в начале 1920-х годов, да и на него с течением времени внимания обращалось все меньше и меньше. Если по общеуголовным преступлениям положения закона более или менее выполнялись, то по делам, имевшим хотя бы минимальную политическую окраску, сотрудники НКВД должны были руководствоваться различными уголовно-процессуальными актами так называемого чрезвычайного характера.

Актов этих принималось великое множество, и они вынуждали проводить следствие очень быстро, в усеченном виде и с усеченными требованиями к доказательствам, а также запрещали кассационное обжалование приговоров. Иными словами: твори что хочешь, никто тебя не проверяет и никто тебе не указ. В результате предварительное следствие подчинялось вообще не закону, а различным особым режимам, предусмотренным для разных категорий дел. После смерти Сталина за кодификацию уголовно-процессуального права взялись всерьез, приняли сначала Основы уголовного судопроизводства, а потом и новый УПК, но ведь тех, кто работает в следствии, нужно обучить работать по новым правилам. Сам Николай Губанов в институте не учился, высшего образования не получал, но прекрасно понимал, что и как должно происходить, чтобы на практической работе оказались квалифицированные следователи. Сперва умные люди, ученые и специалисты, должны как следует изучить новые законы, понять, что стоит за каждой строчкой и каждым словом, написать толковые подробные учебники, подготовить плеяду преподавателей, которые будут науку нового уголовного процесса доносить до учеников, студентов. Потом эти студенты должны провести в стенах своих вузов сколько-то лет, прийти на следственную работу и начать набираться опыта. На это тоже нужно отвести лет пять как минимум. Только тогда можно надеяться, что расследованием преступлений станут заниматься толковые и знающие специалисты. А сейчас, в середине 1966 года, разве можно на это рассчитывать? Понятно, что нельзя. Кадровику Губанову это было более чем очевидно. Такие, как Дергунов, встречались пока крайне редко и могли рассматриваться только как случайное везение, а не как закономерность. Да и то лишь в прокуратуре, куда несколько десятилетий назад передали следствие. В МВД, которое теперь называется МООП, следователи появились не так давно, и, если учесть, какие низкие требования предъявляются к уровню образования сотрудников, можно себе представить, какова квалификация этих следователей. Спасибо, что хоть читать умеют: могут открыть кодекс и посмотреть, что там написано. Если захотят, конечно. Взять того же Мишку, младшего братца: всего три курса пока отучился, а уже назначен на должность. И ладно бы еще, если бы он действительно хотел стать хорошим профессионалом, все-таки парень он способный, учителя еще в школе это отмечали. С его мозгами он до многого мог бы и сам дойти, не дожидаясь, пока его научат, было бы желание. Так ведь нет у него такого желания, как ни обидно это признавать. Быть следователем, носить форму с погонами, иметь в кармане удостоверение, гордо представляться: «Следователь Губанов Михаил Андреевич» — вот что ему нравится. Допрашивать, строго посматривая из-под нахмуренных бровей. Разговаривать с подследственными вкрадчивым и язвительным тоном. Выглядеть великодушным и понимающим, общаясь с потерпевшими и обставляя все так, будто расследованием дела и привлечением виновного к ответственности он делает огромное одолжение, приносит великое благо, причем совершенно бескорыстно и безвозмездно. Наслаждаться властью.

Эх, Мишка, Мишка...

Саня Абрамян на протяжении всего допроса тихонько сидел в уголке, но ничего не записывал, не задавал вопросов и даже, кажется, не слушал. То газетой шуршал, то в окно смотрел. «И чего он тут отсиживает? — с неудовольствием думал Губанов, время от времени поглядывая на давнего знакомого. — Неужели работы никакой нет? Лучше бы делом занимался, преступников ловил, а не сидел сложа ручки».

— Ну что, по пивку? — весело предложил оперативник, когда они вдвоем с Губановым вышли на улицу. — Здесь рядом забегаловка есть, грязновато, конечно, зато у них закусь дельная.

Николай посмотрел на часы: на службу возвращаться смысла уже нет, его отпустили с обеда до конца рабочего дня, встреча со следователем — причина более чем уважительная. Тем более такое важное дело, убийство не кого-нибудь, а солиста Большого театра.

— Можно, — согласился он.

В полуподвальном помещении с затейливо выписанной вывеской «Пиво — воды» действительно было не очень опрятно, зато к пенному напитку можно было взять тарелку вареных креветок, крупных и сочных. Кроме того, имелись бутерброды с соленым салом на черном хлебе и с соленой рыбкой — на белом. Свободного стола не нашлось, и Николай с Саней присоседились к двум мужикам с испитыми лицами, которые, оглядываясь, плескали в кружки с пивом водку из спрятанной под пиджаком бутылки. Ну да, пиво без водки — деньги на ветер. Мужики, прихлебывая «ерш», азартно обсуждали недавно подписанный договор с итальянским концерном «Фиат» и перспективы производства советского автомобиля новой модели.

— Тоже будем на хороших машинах ездить, не хуже ихних! — радостно предвкушал один из соседей по столу.

— Не, мы не доживем, — пессимистично возражал второй. — Говорят, еще даже место не выбрали, где автозавод будет, потом сто лет будут строить. А когда построят, то машины будут делать — полное дерьмо.

— С чего это дерьмо-то? У итальянцев отлично получается, а мы чем хуже?

— Мы — лучше, — наставительно произнес изрядно нетрезвый пессимист. — Только через сто лет это будем уже не мы, а неизвестно кто. И нам с тобой все равно новая машина не достанется.

Тема будущих советско-итальянских автомобилей так увлекла и возбудила потребителей «ерша», что они не обращали ни малейшего внимания на Губанова и Абрамяна, которые методично чистили креветки, запивали их пивом и очень тихо, сблизив головы, говорили о своем.

— А чья карточка была — известно? — поинтересовался Николай.

Следователь Дергунов и ему показал ту фотографию, которую нашли на теле покойного певца, но Губанов честно ответил, что не знает, кто это, и никогда эту девушку не видел.

— Пока нет, — беззаботно ответил Саня. — Те двое, которых мы нашли, ее не опознали. Но в принципе идея понятна: какая-то любовная история в прошлом, деваха брошена, объявился мститель. Или брат, или отец, или муж, или жених какой-нибудь. Сейчас главное — разыскать и хорошенько потрясти всех, кто был у Астахова в гостях, а дальше все раскроем за пару дней, делов-то. Установим девицу с фотографии, возьмем в оборот ее саму и ее окружение, кто из них по-французски говорит — тот и преступник. Наверняка окажется, что он и на даче у Астахова в вечер убийства был. Ничего сложного.

— Что-то ты не особо задницу рвешь свидетелей искать, — неодобрительно заметил Губанов. — Полдня ничего не делал, сидел у Дергунова и газетку почитывал. А теперь пиво со мной пьешь. Большим начальником заделался, что ли? Всю работу на подчиненных перевалил?

— А ты поработай в розыске, как я, сразу начнешь ценить возможность тихо отсидеться, — обиженно огрызнулся Абрамян. — То-то, я смотрю, ты год всего пропахал на земле и на бумажную работу свалил, с девяти до шести и обед с часу до двух по расписанию.

Упрек был справедливым, конечно. Николай Губанов действительно начинал службу в уголовном розыске. После армии он пошел работать на завод, а в январе 1958 года ЦК КПСС принял постановление «О фактах нарушения законности в милиции», в соответствии с которым требовалось пополнить милицейские ряды партийно-комсомольскими кадрами. Вот по этому комсомольскому набору, одному из великого множества, Николая и направили на службу: он сам, едва услышав по радио о постановлении, первым делом прибежал в заводской комитет комсомола, напомнил, что с самого начала говорил о своей мечте стать милиционером. После двухмесячных курсов «молодого бойца» его определили в один из московских райотделов, но уже через год пошла новая волна — пусть с преступностью борются широкие массы трудящихся, нечего государству содержать такой огромный аппарат сотрудников милиции. Начались сокращения штатов, из органов внутренних дел массово увольняли людей, потребовались кадровые перестановки, работников тасовали, как карты в колоде, переводили в другие службы. Николай Губанов оказался в другом подразделении, занимался паспортами, а в начале 1960 года Хрущев объявил об упразднении МВД СССР, и, соответственно, упразднялось и Главное управление милиции, в связи с чем последовала новая кадровая чехарда. После того как Министерство внутренних дел РСФСР в 1962 году превратилось в Министерство охраны общественного порядка, Губанов был назначен в кадровую службу сначала районного, затем Московского управления. Так что Саня Абрамян прав, в розыске Николай отработал всего ничего. Жалел ли он об этом? Вспоминал ли о тех временах с ностальгией? Вот уж нет! Если у Губанова и были по молодости какие-то романтические иллюзии, то теперь их не осталось. Ни одной.

Октябрь 2021 года, Москва

Петр Кравченко

— Николай Андреевич, как так получилось, что вы с братом и сестрой, все трое, пошли работать в милицию? — спросил Петр Кравченко. — Это случайно вышло, просто так сложилось, или вы все этого хотели?

— Этого хотели наши родители.

Прогулка по бульвару закончилась, теперь Губанов и его гость снова сидели в квартире, только теперь уже за накрытым столом, и поедали блинчики с творогом и сметаной, и не вдвоем, а в обществе племянницы Светланы. Блинчики были вкусными, но когда Петр попытался сделать комплимент кулинарным талантам Светланы, та рассмеялась и ответила, что купила их в ближайшей кулинарии. И не потому, что ей лень готовить или она не умеет, просто навести жидкое тесто ровно на четыре блина никак не удается, даже на шесть не получается, выходит куда больше, а для чего? Только деньги тратить и продукты переводить. Николай Андреевич тут же скептически заметил, что по новомодным правилам питание должно быть разнообразным и пищевой рацион нельзя обеднять, а вот в прежние-то времена готовили на несколько дней впрок и ели одно и то же — и ничего, никто не помер, а некоторые так даже и до весьма преклонных лет дожили.

— Сейчас доедим — и я расскажу, почему мы все в милицию служить пошли, — сказал он. — Нечего Светке по ушам ездить, она все это с детства знает, тысячу раз слышала.

Петр с трудом удержался, чтобы не рассмеяться: в устах пожилого солидного отставного полковника современное выражение «ездить по ушам» прозвучало забавно и немного нелепо. Вряд ли Губанов много общается с молодежью, скорее всего, смотрит всякие сериалы и черпает оттуда знания о сленге.

Николай был старшим ребенком в семье Андрея Митрофановича и Татьяны Степановны Губановых, он родился в 1934 году. В 1940-м родился Мишка, а в 1941-м Андрей Митрофанович ушел на фронт. Мать с двумя сыновьями уехала в эвакуацию, в 1944-м вернулись в Москву, в 1945-м пришел с войны отец, а в 1946-м на свет появилась младшая сестренка Антонина.

Послевоенная разруха, голод, продуктовые карточки... И огромное количество ворья и бандитов. Тот день Коля Губанов никогда не забудет. Он, двенадцатилетний, вел за руку шестилетнего Мишку, чуть сзади — мама с грудной Тонечкой на руках. Все вместе ходили к маминой двоюродной сестре, поздравляли с днем рождения, Тонечку показывали, на обратном пути собирались отоварить карточки. Как и откуда налетел бандит — Коля не увидел, обернулся только на сдавленный визг матери. Тут же вместе с Мишкой бросились на защиту. Мать, судорожно прижимая к себе дочку и боясь уронить малышку, уже не в силах была бороться за сумку, где лежали карточки, а мальчишки, подпрыгивая и царапаясь, пытались повиснуть на грабителе, здоровенном молодом парне в заношенном солдатском обмундировании. Силы были явно неравны, и остаться бы всей семье Губановых без пропитания на весь ближайший месяц, если бы не милиционер, который случайно проходил неподалеку. Схватка была короткой и яростной, грабитель сумел сбежать, а милиционер остался сидеть на земле с ножевой раной в животе. Но карточки были спасены, отобрать сумку бандит так и не успел, отвлекся на служителя порядка.

— Это же надо быть такой мерзотиной! — горячился Андрей Митрофанович, забирая жену и детей из приемного покоя, где семейство Губановых дожидалось, когда их спасителя прооперируют и врачи вынесут вердикт. — Увидел бабу с младенцем на руках и точно рассчитал, что ребенка будут защищать, а на сумку уже сил не хватит. Не на мужика напал, а на слабую женщину. Хорошо, что мать позади шла, эта гнида и не сообразила, что пацаны при ней. И как только земля таких выродков носит!

Целый месяц мама, отец и Коля с Мишкой по очереди ходили в больницу навещать своего спасителя, выкраивая из скудного продуктового пайка хлеб, сало, сахар, а то и банку тушенки, чтобы подкормить раненого. Звали того милиционера Иваном Миняйло, был он одиноким, шутил, мол, до войны жениться не сподобился, а после войны еще не успел, и позаботиться о нем было особо некому. Товарищи по службе навещали, но не каждый день, да вот Губановы полным составом. Мать себя не помнила от благодарности, каждый раз начинала плакать, войдя в палату, а отец считал Ивана настоящим героем и ставил сыновьям в пример.

— Дядя Ваня готов был жизнь отдать, чтобы вы не голодали, — наставительно говорил он каждый день. — Не для того он на войне кровь проливал, чтобы в мирное время люди от голода страдали. И вы должны вырасти и стать такими же смелыми и мужественными, как дядя Ваня, чтобы защищать людей от бандитской нечисти.

Сам Иван радовался приходу мальчишек, с удовольствием рассказывал им всякие поучительные истории про преступников и непременно добавлял:

— Вы молодцы, парни, не растерялись, не испугались, кинулись матери на выручку. Я-то уже через время подбежал, так что, если бы не вы, эта сволочь бандитская точно сумку бы вырвала. Вам обоим прямая дорога в милицию, преступников ловить, очищать от них наше советское общество. Нам нужны такие смелые ребята, как вы.

Андрей Митрофанович и Иван Миняйло крепко сдружились, и через пару недель после того, как Иван выписался из больницы и вернулся к несению службы, отец заявил, что уходит из конторы, где он работал старшим техником, и с завтрашнего дня будет служить в милиции, чему активно поспособствовал его новый друг. Мама отнеслась к известию одобрительно, а мальчишки — с восторгом. Милиционер — это вам не какой-нибудь техник, он — человек уважаемый, героический, самоотверженный, он людей защищает и не дает их в обиду. Есть чем гордиться!

За полгода до того, как Коле Губанову предстояло идти в армию, отец тяжело заболел, и врачи со скорбным видом советовали готовиться к худшему.

Николай к тому времени, окончив восьмилетку, работал на том же заводе, что и мама, параллельно учась в вечерней школе. В милицию несовершеннолетних не принимали, так что сначала предстояло отслужить срочную, а уж потом выполнять наказ отца. Болезнь Андрея Митрофановича оказалась скоротечной. Незадолго до кончины он потребовал от детей дать честное слово, что все они посвятят свои жизни работе в милиции и защите людей от воров, бандитов и убийц.

— Поклянитесь, — сказал отец голосом слабым, но по-прежнему твердым. — Я подал вам пример, вы должны ему следовать и стать такими же, как дядя Ваня.

— И Тонька тоже? — недоверчиво переспросил двенадцатилетний Миша. — Она же девчонка, а девчонок в милицию не берут.

— Еще как берут, — усмехнулся отец и надсадно закашлялся. — Ты что, не видишь, сколько женщин в милицейской форме ходит по городу?

— Ну это так, на ерундовую работу берут, — презрительно отозвался Миша. — А на настоящую борьбу с бандитами — нет.

— Ерундовых работ не бывает, они все важны, — строго ответил Андрей Митрофанович. — Никакой борьбы с бандитами и убийцами не получится, если не делать другие важные вещи. Вот на фронте тыловое обеспечение — первое дело, без обмундирования, еды и транспорта никакую битву не выиграть. И без той работы, которую в милиции делают женщины, преступность никогда не победить. Ты понял?

Татьяна Степановна мужа боготворила и после его смерти даже мысли не допускала, что его завет не будет выполнен. Сыновья, собственно, и не помышляли о том, чтобы нарушить данное отцу слово, а вот Антонина, чей подростковый возраст совпал с оттепелью, зарубежными веяниями и вообще с воздухом свободы, попыталась сопротивляться. Идти в милицию и отдавать службе двадцать пять лет ей совсем не хотелось. Но мать была непреклонна.

— Папа сказал: все. Все дети должны работать в милиции, и обсуждать тут нечего. Ты умирающему поклялась, а теперь хочешь отступить. Неужели тебе не стыдно?

Наверное, Тонечке и впрямь стало стыдно, потому что разговор тот состоялся только один раз. Больше она эту тему не поднимала. И в восемнадцать лет пришла на работу в детскую комнату милиции на должность инспектора, чтобы заниматься устранением детской безнадзорности и бороться с правонарушениями несовершеннолетних, помогать родителям воспитывать детей и возвращать в лоно семьи и школы тех, кто предпочитает вольную жизнь в обществе сомнительных элементов.

— Отец последние годы жизни служил в милиции, так что у нас получилась целая династия, — довольным голосом говорил Николай Андреевич.

Рассказывал он со вкусом и видимым удовольствием, и Петр сперва даже мысленно отругал себя за то, что задал вопрос. Ему не терпелось узнать о событиях, которые в конце концов привели к убийству следователя, а теперь из-за неуместного любопытства приходилось тратить время на выслушивание длинной семейной истории. Но уже через несколько минут он с удивлением понял, что ему интересны все эти подробности. Даже мелькнула где-то на задворках сознания мысль, что, может, имеет смысл собрать материал и сделать совсем другую книгу, не о погибших сотрудниках правоохранительных органов, а о метаморфозах, происходивших с самими органами правопорядка... Все-таки интересно было бы разобраться, как и почему с ними происходило то, что происходило. То, о чем рассказывал Губанов, звучало, на взгляд Петра, совершенно немыслимо. Как может работать следователем человек, которого не готовили к следственной работе? Как можно раскрывать преступления и ловить преступников, если тебя не учили всем хитростям и премудростям? Как можно охранять закон, не понимая, а зачастую даже и не зная самого закона?

— Это уже много позже в Волгограде открыли Высшую следственную школу, — сказал Николай Андреевич. — А в шестьдесят шестом такие следователи, как тот же Дергунов, были огромной редкостью. Самородок, которому еще и с наставником повезло.

— Вы много с ним общались? — спросил Петр.

— Да вот только раз и побеседовали. Больше не довелось. Все, что знал, я ему тогда рассказал, и больше во мне надобности не возникало. А к самому делу я вернулся только через месяц с лишком.

— И что же случилось через месяц?

— О-о! В конце июля мы все уже на ушах стояли...

Июль 1966 года

Николай Губанов

Саня Абрамян старался говорить спокойно и непринужденно, но даже по телефону Губанову было слышно, что старый приятель нервничает и сгорает от нетерпения.

— Давно не виделись, Коляныч. Может, дернем по сто грамм после работы?

«Сто грамм после работы» Николая, конечно, не обманули. В последние два-три дня все московское и республиканское начальство только и делало, что вспоминало старых знакомых, с которыми ну просто очень срочно нужно было встретиться и поговорить «за жизнь». Все объяснимо. 23 июля ЦК КПСС и Совет Министров СССР приняли постановление «О мерах по усилению борьбы с преступностью», чем ясно дали понять: власти недовольны работой Министерства охраны общественного порядка и считают, что в деле борьбы с преступностью крайне много недоработок и слабых мест. Прошло всего три дня — и уже 26 июля вышел Указ Президиума Верховного Совета СССР, в соответствии с которым создавалось союзно-республиканское Министерство охраны общественного порядка. Постановление «О мерах по усилению...», как оказалось, было принято не просто так: оно выполнило роль подкладки под указ. Вы плохо работаете, и нужно вас переформировать и все переделать на новый лад. Всего пять с половиной лет прошло с тех пор, как союзное министерство разогнали, — и вот его создают заново.

Помимо очередного витка кадровой неразберихи, новых назначений, переводов и увольнений, тревогу вызывал вопрос: кто будет министром РСФСР, а кто возглавит охрану общественного порядка на уровне всей страны? Нынешний министр, Вадим Степанович Тикунов, пребывал в должности с 25 июля 1961 года, и кадровик Губанов, прекрасно владевший всей информацией о приказах по своей линии, с удивлением подумал, что даты до странности совпадают: ровно 4 года и один день. Тикунов был назначен Хрущевым, ничем себя не запятнал, пользовался уважением среди личного состава. Совершенно логично, казалось бы, сделать его союзным министром, а на РСФСР «поднять» кого-нибудь, кто заслужил. С другой стороны, Вадим Степанович уже на деле доказал, что хорошо справляется на уровне республики, а справится ли со всей огромной страной — еще вопрос. А с третьей стороны, удержится ли Тикунов вообще в ранге министра? Он — ставленник старой хрущевской команды, но теперь уже два года как на смену Хрущеву пришел новый человек, Брежнев, который, разумеется, хочет окружить себя своими людьми и отстранить от власти тех, кто в этой власти весьма удобно расположился при Хрущеве. Если бы Хрущев заболел и умер, все было бы не так остро, но ведь он не умер, его сняли, отстранили от власти, устроив нечто вроде дворцового переворота, и в перевороте этом участвовали две группировки, в одну из которых входил Брежнев, в другую — Шелепин. И после отстранения Хрущева именно Александр Шелепин был наиболее ожидаемым новым руководителем партии и страны, недаром же в верхах за ним закрепилось прозвище Железный Шурик. Ан нет, первым секретарем ЦК КПСС избрали Леонида Брежнева, а бывшие соратники по делу свержения Хрущева автоматически превратились во врагов, самыми влиятельными и заметными из которых были, пожалуй, так называемые комсомольцы Шелепин и Семичастный. Шелепин еще при Сталине, потом при Хрущеве был первым секретарем ЦК ВЛКСМ, затем его назначили председателем КГБ при Совете Министров СССР, а место «главного комсомольца страны» занял Семичастный. Через три года, в конце 1961-го, Шелепин переходит на работу в ЦК, а в КГБ ему на смену приходит все тот же Семичастный. Идут, так сказать, рука об руку, один по стопам другого.

Вадим Степанович Тикунов, возглавлявший МООП РСФСР, прежде занимал должность заместителя Шелепина в бытность того председателем КГБ. Понятно, чью кандидатуру будут отстаивать «комсомольцы». И точно так же понятно, что Брежнева такой расклад вряд ли устроит. Если Шелепин одержит победу и отстоит своего человека у руля министерства, то картина одна, а вот если верх возьмет Брежнев и протолкнет назначение своей кандидатуры — картина получится совсем-совсем иная. Хуже того: непредсказуемая. Ах, кабы знать, кого именно хочет привести Брежнев!

Вот об этом и шли постоянные перешептывания и кулуарные разговоры. Обычные люди, черпающие информацию только из газет и официальных сообщений по радио и телевизору, были, разумеется, не в курсе политических войн, разгоревшихся на самом верху. Да что там обычные люди — даже руководители низшего и среднего рангов об этом не знали. И рядовые сотрудники милиции были свято убеждены, что новый указ грозит только штатными изменениями и перестановками, а министр останется на своем месте, никого не уволят и не сократят, потому что союзно-республиканское министерство в любом случае больше и значительнее просто республиканского, под него будут создаваться новые должности и увеличиваться численность кадрового состава.

Николай Губанов как кадровик знал, что Саню Абрамяна буквально неделю назад повысили в должности. Понятно, что он волнуется, не вылетит ли его кресло из нового штатного расписания.

— Мне сегодня на дачу нужно ехать, — сдержанно ответил он. — Давай завтра встретимся.

— А давай лучше я тебя отвезу, — неожиданно предложил Абрамян. — Туда и обратно. По дороге и почирикаем.

— И как же ты меня отвезешь? — недоверчиво усмехнулся Николай. — На своих плечах запихнешь в электричку?

— Обижаешь, гражданин начальник! Доедем с комфортом, на четырех колесах.

Неужели Абрамян купил машину? Вот это да! На какие шиши, интересно знать? И при помощи каких связей? «Запорожец ЗАЗ-965», прозванный в народе «горбатым», стоит около двух тысяч рублей, даже чуть больше, чтобы его купить собственными, так сказать, силами, не воруя и не беря в долг, нужно два года не есть, не пить, не ездить на городском транспорте, ничего не приобретать и вообще не жить. Или копить много лет. Возможно, Саня и копил, но месяц назад, когда они встречались после убийства Астахова, никаких разговоров о предстоящей покупке «Запорожца» не было, это Николай помнил точно, а ведь трудно, просто невозможно предположить, что человек, стоящий буквально на пороге приобретения автомобиля, промолчит и даже не заикнется об этом. Все-таки событие значительное! Хотя еще в те времена, когда Губанов вместе с Абрамяном работал в областном угрозыске, Санька пару раз обмолвился о каких-то состоятельных родственниках не то в Ереване, откуда он был родом, не то в Баку, где до замужества жила его благоверная.

— Ну, коль так, поехали, — согласился Николай.

В условленное время Саня на зеленом «горбатом» появился в оговоренном месте.

— Ну, теперь ты совсем настоящий начальник, повышение получил и на собственном авто разъезжаешь, — улыбнулся Губанов, устраиваясь на переднем сиденье рядом с Абрамяном.

— Колеса не мои, дядьки моего, он из Еревана в Москву в отпуск приехал, дает попользоваться, когда попрошу. Куда едем?

— В Успенское, куда ж еще. Ты что, забыл, где у нас дача?

— Не забыл, но спросил на всякий случай, мало ли, может, тебе еще куда надо. На рынок, например, или по секретному интимному делу под видом дачи.

Да не тушуйся, Коляныч, жизнь есть жизнь, тем более если она семейная. Все понимаю, — лукаво заметил Саня.

Понимает он! Всех по себе меряет, сам-то ни одной юбки не пропустит. А вот насчет рынка — идея дельная. И вообще, раз уж так повезло с транспортом, нужно распорядиться удачей с умом, накупить побольше всякой бакалеи и всего, что не портится, крупы там, макароны-вермишель, сахарный песок, консервы, хозяйственное мыло. Картошки взять килограммов десять-пятнадцать, свеклу, морковь, лук, несколько кочанов капусты, чтобы матери из сельпо тяжести не таскать. Лимонаду для Юрки можно купить целый ящик. Хорошо, что зарплата недавно была, деньги с собой есть.

Затарив продуктами полный багажник, они двинулись к выезду из города. Абрамян без обиняков приступил к делу, продемонстрировав неплохую информированность о происходящих наверху волнениях и конфликтах.

— Тикунова точно не оставят, — уверенно сказал он. — Не для того после смерти Сталина систему разваливали и ослабляли, чтобы снова во главе союзного министерства гэбиста поставить. Нам Берии за глаза и за уши хватило.

— Бывшего гэбиста, — осторожно заметил Губанов. — Разве Вадима Степановича можно упрекнуть в том, что он прогибается под Комитет? Я, например, ничего такого не замечал.

— Кто знает, тот и замечает, — туманно отозвался Саня. — У меня хорошие источники где надо.

«Это заметно», — подумал Николай. Абрамян был старше его всего на четыре года, но еще тогда, в середине пятидесятых, когда они вместе работали в розыске, вел себя солидно, водил знакомства с важными людьми и крупными чиновниками, давал понять, что обладает информацией, недоступной простым смертным, а сейчас, наверное, вхож в самые высокие кабинеты. Но не настолько, однако, высокие, чтобы выяснить то, что беспокоит Александра Геворковича Абрамяна, неделю назад переведенного с должности начальника отдела уголовного розыска на должность заместителя начальника районного управления.

Больше половины пути до Успенского они провели в обсуждении перспектив кадровых перестановок, штатных реорганизаций и возможных кандидатур на кресло министра. Губанов был твердо уверен, что Тикунов останется и возглавит новое министерство: зачем искать варяга, когда есть готовый министр, с высшим образованием, между прочим, чего после Октябрьской революции и до сих пор ни разу не случалось. Человек уже руководит охраной общественного порядка, во всем разобрался, знает, что к чему, так для чего искать кого-то, кто еще долго будет входить в курс дела? Нужно немедленно засучив рукава браться за выполнение указаний постановления ЦК, устранять недостатки в деятельности по охране общественного порядка, усиливать борьбу с преступностью, а не расслабляться и ждать, пока новая метла сообразит, из какого угла выметать мусор и в какую кучу его сгребать. Абрамян же упрямо твердил, что в ЦК не допустят нового усиления власти госбезопасности и будут искать свежего человека, никак не связанного с Шелепиным и Семичастным. Если при этом пострадает борьба с преступностью — то и фиг с ней, преступность — дело второстепенное, от нее страдают обычные люди, членов Политбюро она никак не касается, а вот распределение и объем власти как раз очень даже их касается. И постановление «Об усилении...» было нужно не для того, чтобы реально улучшать охрану общественного порядка, а исключительно для дискредитации Вадима Тикунова. Мол, этот министр не справляется, нужно его менять.

— И давно ты стал таким циничным? — с неудовольствием спросил Губанов. — Раньше ты был настоящим романтиком, стремился людей защищать, а теперь что?

— Так я же не от себя говорю, не от своего имени, — обиделся Саня. — Я рассказываю, как наверху думают и чем руководствуются.

— Откуда ж ты так хорошо знаешь, что и как думают наверху?

— Оттуда. И, кстати, наверху очень недовольны тем, что убийство Астахова до сих пор не раскрыто. Дело передали другому следователю, оперсостав усилили людьми с Петровки.

— Петровка — это же город, а Успенское — область, — удивился Николай. — Как так-то?

— Да вот так. — В голосе Абрамяна зазвучала неприкрытая досада. — Когда наверху хотят, то любые правила можно нарушить.

— Выходит, Дергунова от дела отстранили?

— Угу.

— Жаль, — искренне огорчился Губанов. — Он мне очень понравился. И что, никаких подвижек за полтора месяца?

Саня помолчал немного, потом вздохнул:

— Ладно, расскажу, только между нами, хорошо? Разглашение тайны следствия и все такое, а ты, хоть и наш сотрудник, но, во-первых, кадры, а не опер, а во-вторых, свидетель.

— Само собой. Мог бы и не предупреждать.

Девушку с фотографии, оставленной на груди покойного Владилена Астахова, установили, это оказалась некая Лилия Бельская, балерина из труппы Большого, не прима, конечно, не солистка, а кордебалет. У Астахова был с ней роман несколько лет назад, расстались плохо, сердце Лилии оказалось разбито на такие мелкие осколки, что она ушла из Большого в Театр оперетты, там тоже хореографии много. Здание почти соседнее, но сцена все-таки другая, и коридоры другие, нет никаких шансов постоянно натыкаться на сочувственные или откровенно злорадные взгляды. Ей ведь многие завидовали, пока она была фавориткой звезды и красавца, к тому же холостого. Спустя год после разрыва Бельская покончила с собой, повесилась, оставив записку, в которой говорилось, что без Владилена ее жизнь стала пустой и лишенной смысла. Оперативники отработали все окружение девушки, искали родственников, друзей, соседей, бывших одноклассников, в общем, всех, кого смогли найти. Каждого примеряли на роль мстителя. То и дело казалось, что вот он, ну точно он, по всем параметрам подходит, и мотив есть, и алиби на время убийства шаткое и неубедительное, а то и вовсе отсутствует... А потом все обваливалось. Дотошный и кропотливый следователь Дергунов требовал доказательств, вызывал и подолгу допрашивал свидетелей, гонял сыскарей в хвост и в гриву, чтобы выяснить и перепроверить каждую деталь, и выносил суждение: не тот.

— Один чувак ну совсем в цвет попал, — рассказывал Саня. — Он начал ухаживать за Бельской как раз после того, как ее бросил Астахов, и она вроде бы отвечала даже какой-то взаимностью, согласилась замуж за него выйти, а потом вдруг заявила, мол, не могу забыть Владилена, и жизнь мне теперь не мила, и ничего мне не нужно, и подарки свои забери, никакой свадьбы не будет. На похоронах Бельской этот тип убивался сильно, больно было смотреть. Во всяком случае, так говорят те, кто там был. А чувак, между прочим, не хрен собачий, а переводчик с французского, ездит с нашими делегациями во Францию и еще в какие-то африканские страны, где по-французски говорят. То есть он и таблетки мог привезти, и записку написать.

— Так может, все-таки он? Если все так совпало, то...

— Да нет, — вздохнул Абрамян, — не он, по алиби не проходит. На момент обнаружения Астахов был мертв примерно около восьми часов, то есть смерть наступила с двух до трех часов ночи. А когда после вскрытия сделали все анализы, то сказали, что при том количестве обнаруженного в крови вещества в сочетании с нехилым количеством крепкого алкоголя Астахов должен был умереть в течение двух часов после приема таблеток. То есть отравили его не позже часа ночи, а вернее всего примерно с половины двенадцатого до половины первого. Наш подозреваемый аккурат в это время был в гостях у одной супружеской пары, тоже, между прочим, артистов, он с ними через Бельскую познакомился, когда женихался с ней, и до сих пор поддерживает отношения. Они подтвердили.

— А вдруг покрывают? — настороженно спросил Николай. — Если они дружили с девушкой, с этой Бельской, то, возможно, все вместе и задумали отомстить? Жених — исполнитель, а друзья заранее пообещали подтвердить его алиби. Разве не может так быть?

— Может, — кивнул Саня. — А как доказать? Ты Дергунова видел, такой, как он, ничего не упустит, все перепробует, все варианты. И не вышло ни хрена у него. Короче, как только постановление приняли, все сразу озаботились раскрываемость поднять, показатели улучшить, а тут такое дело висит... Наше руководство вышло на прокурорских, поставили вопрос о том, чтобы сменить следователя, сами опергруппу усилили. Кто-то где-то шепнул, дескать, сам генсек сильно интересуется, потому как Астахов был одним из его любимых исполнителей.

— И что, неужели вы полтора месяца только одну эту версию крутили? Честно сказать, я бы тоже упрекнул вас, что медленно работаете. То, что ты рассказал, можно было максимум за неделю сделать. Или твои подчиненные берут с тебя пример и предпочитают отсиживаться в уголке с газеткой, а не землю топтать?

Абрамян, конечно, тут же вспыхнул.

— Много ты понимаешь! А ты представляешь, сколько пальцев было на даче у Астахова после вечеринки? Всех гостей установить, у всех дактилоскопию собрать, каждую дактокарту сличить с отпечатками на фотографии и на коробке из-под таблеток — это же уйма времени ушла, эксперты аж взвыли. Ты, Коляныч, канцелярская крыса, только и умеешь, что бумажки перебирать, а настоящей работы в розыске вообще не нюхал! Ты хоть понимаешь, что это такое: собирать информацию про людей уровня Астахова? Ты можешь своим убогим воображением нарисовать картинку и представить, с кем нам приходилось общаться и как с нами разговаривали? Мы для них тупые менты, грязь под ногами. А они небожители, они в сферах вращаются, с ними большие люди ищут знакомства! Они все, блин, образованные по самое не могу, умные книжки читают, словами такими бросаются, что ни фига не понять, чего они говорят. «Ах, у него божественное верхнее до!», «Ах, там такая неудобная тесситура!», «Помните, у Кафки...» И ведь понимают, суки, что мы не знаем никакую тесситуру, и Кафку эту не знаем, так специально выпендриваются, чтобы нас унизить. Чтобы из таких кренделей хоть крупицу полезной информации вытащить, нужно уйму времени потратить. Так они потом еще начинают задницей крутить, мол, зачем это мне идти к следователю, я вам все уже рассказала, я вам все уже показала, приходится объяснять, что мы просто побеседовали, а теперь нужно все это повторить под протокол. А они в ответ: ах, я завтра не могу, у меня репетиция, и послезавтра я тоже не могу, у меня прогон, у меня сдача полосы, у меня вернисаж, у меня показ, у меня черт лысый в ступе! Никакого уважения к милиции и к следствию! Можно подумать, мы себе на карман работаем, а они нам одолжение делают. Вот выцепишь такого свидетеля, дотащишь его до Дергунова, да и то не сразу, а тот возится, возится, как сонная улитка. Попробовал бы сам с таким контингентом поработать, а потом претензии выкатывал, — угрюмо закончил он.

Обида Абрамяна была Николаю понятна. И проблема не нова, как ни печально.

— Так ты выяснил, что такое тесситура и что там у Кафки написано? — миролюбиво спросил он.

— Вот еще, время тратить, — пробурчал Саня. — И тон-то сбавь, сам небось тоже не знаешь.

— Не знаю. У нас с тобой образования не хватает, чтобы с такими людьми на равных разговаривать.

— На фиг мне это образование... Я больше десяти лет злодеев ловлю и без всякого образования до замначальника райотдела дорос. Теперь уже сам бегать не буду, не по чину. Пусть другие мучаются.

— У тебя в отделе хоть один опер с высшим образованием есть?

— Есть один, в прошлом году прислали, московскую «вышку» окончил.

— И все? Только один?

— Ну а сколько надо-то? До него вообще ни одного не было — и ничего, справлялись. У кого десять классов, у кого восемь, есть те, кто в техникуме учился. Максимыча помнишь?

— Как не помнить, — улыбнулся Губанов. — Он еще десять лет назад казался мне стариком. Неужели до сих пор работает?

— Представь себе, работает. Так у него всего четыре класса, да и те в церковно-приходской школе, еще до революции.

— Ясненько. А что молодой, который после «вышки» пришел? Отличается от остальных? Заметно, что его чему-то нужному научили?

— Ой, да чему его там научат-то? Научить могут только жизнь и практика, пока своим лбом сто раз не стукнешься — все одно не поумнеешь. Ну законы он вызубрил, допустим, слова умные знает, а толку? Кому эти законы нужны? Сильно они помогают, когда, к примеру, в деревне половину домов обнесли, народ голосит и возмущается, и нужно срочно воров найти и украденное людям вернуть? Вот то-то и оно. Нет, зря наговаривать не стану, их там, конечно, каким-то правилам научили: когда убийство — делай то и это, а когда грабеж — это и то. Но как делать-то? Что нужно сделать — он знает, а как сделать — представления не имеет. Вот выучил, что нужно выявить круг возможных свидетелей и опросить, а как их опрашивать, если они все сплошь местные алкаши? Как с ними разговаривать? Как себя вести, чтобы они тебе доверяли и язык развязали? Этому не научили. Так что, Коляныч, твои заморочки с образованием можно засунуть куда подальше. Опыт, опыт и еще раз опыт, а не институты всякие.

— Ты прав, конечно, — задумчиво кивнул Губанов, — но вот с окружением Астахова и всех ему подобных... Тут образование не помешало бы. Если бы твои ребята разговаривали со свидетелями на равных, глядишь — быстрее управились бы, успели бы больше.

Помолчал, потом пробормотал себе под нос:

— Тесситура... Тесситура...

— Чего? — не расслышал Саня.

— Да ничего, это я так.

* * *

Александр Абрамян

Абрамян был несказанно удивлен, когда мать Коли Губанова, Татьяна Степановна, кинулась к нему как к родному. Статная и пышногрудая, но без единого грамма лишнего веса, она двигалась настолько легко и быстро, что даже в стареньких трениках и растянутой цветастой кофте выглядела грациозной и воздушной, как балерина. «Надо же, троих детей родила и сохранила фигуру, а моя жена после двух родов так раздалась», — с невольной завистью подумал Саня.

— Сашенька! — воскликнула она, целуя нежданного гостя в обе щеки. — Ты ведь Саша, правильно? Фамилию запамятовала, какая-то армянская, а имя помню. Верно ведь?

Тот прямо обомлел от неожиданности. Много лет назад он был в гостях у Губановых, Коля собирал товарищей по работе на свой день рождения.

С тех пор Абрамян дома у Николая не бывал и с его матерью больше не встречался. И имени ее, к своему стыду, не помнил.

— Верно, я — Саша Абрамян. Ну и память у вас! Вот уж не думал, что вы меня вспомните и узнаете, столько лет прошло!

— Я всех Колиных друзей помню, и Мишиных, Ниночкиных, — с нескрываемым удовольствием сообщила Татьяна Степановна. — Никого не забываю, даже если всего раз увидела.

— У нас мать — ходячая энциклопедия с фотографиями, — со смехом подтвердил Николай. — Иной раз и хорошо бы, чтобы она чего-нибудь не вспомнила, но — фигушки.

Из-за дома вылетел парнишка, крепкий, загорелый, с ободранными локтями и коленками, удивительно похожий на самого Губанова. С разбегу запрыгнул на отца, повис на нем, болтая ногами и крепко обнимая за шею.

— Папа! Ура-а! Хорошо, что ты приехал, а то у меня вопрос, а бабушка не знает. Вот почему...

— Погоди, — пряча счастливую улыбку, ответил Николай, — сначала машину разгрузим, а уж потом разберем твой вопрос. Познакомься, это Александр Геворкович, мой старый товарищ, мы с ним вместе работали раньше.

— Александр Ге... — растерянно попытался повторить мальчик. — Георгиевич?

— Можно и так. — Абрамян протянул ему руку, крепко пожал, по-мужски, как равному. — А можно и просто «дядя Саша». А тебя как звать-величать?

— Юра, — с достоинством ответил Колин сын. — Дядя Саша, это ваша машина?

— Моя. Ну, не совсем моя, но сегодня я на ней езжу.

— А можно посмотреть?

— Валяй.

Юра немедленно залез внутрь, уселся на место водителя и с важным видом ухватился за руль.

— Не трогай там ничего! — встревоженно крикнул Губанов. — Вылезай, поможешь продукты носить.

— Ну па-ап, — проныл мальчик.

— Давай-давай, сначала дело, потом все остальное. Будешь хорошо себя вести — попросим дядю Сашу тебя прокатить вокруг поселка.

Обещание возымело действие, и уже через несколько секунд двое взрослых мужчин и один подрастающий споро переносили из багажника в дом продуктовые запасы. Потом Татьяна Степановна усадила всех ужинать, кормила картошкой с тушенкой, угощала пирожками с вишней. За чаем Губанов спросил нетерпеливо ерзающего сына, что за неразрешимый вопрос его интересует.

— У Вальки маленький братик, совсем маленький, он только недавно родился, — обстоятельно начал Юра.

— Валя — это его дружок, на соседней улице живет, внук профессора Медниковой, — тут же пояснила всезнающая Татьяна Степановна. — А малышу полгодика.

— Ну вот, а у нас в поселке есть бездомная собака, ее все любят и кормят, — продолжал мальчик. — Она такая здоровская! Умная — прямо как человек, все слова понимает. Она сначала была беременная, а потом родила щенков. Это еще весной было, и Славка сказал, что щенки родились прямо в день рождения Ленина, к празднику.

— Славик у нас местный, — снова вступила мать Губанова, — сынок телефонистки с почты.

— Так, — солидно проговорил Николай. — И что было дальше?

— Ничего не было, — удивленно проговорил Юра. — А что?

— Тогда в чем твой вопрос? Я думал, что-то произошло.

— Нет, я про другое. Вот смотри, пап: я посчитал, сколько месяцев прошло. Получается, Валькиному братику полгода, а щенкам три месяца. Правильно?

— Ну да.

— Тогда почему щенки уже бегают вовсю, играют с нами, сами кушают, а Валькин братик не разговаривает, сам ничего не делает и даже вообще не ходит? Его только в коляске возят или на руках носят и кормят из бутылочки с соской. Он же, получается, в два раза старше щенков, а ничего не умеет. Как так?

Абрамян, уминая за обе щеки пышные пирожки и запивая чаем, подумал, что ответить на этот вопрос не смог бы. Более того, такой вопрос ему просто не пришел бы в голову. Почему? Да нипочему! Так в природе устроено, и зачем об этом думать? Мозги только напрягать.

— Он сначала даже подумал, что у Вали братик чем-то болеет, — снова вступила с пояснениями

Татьяна Степановна. — Что-то вроде задержки развития. Но я объяснила, что малыш совершенно здоровый и что все детки такие, на ножки встают ближе к годику, а говорить и самостоятельно кушать начинают гораздо позже. У животных по-другому, они быстрее развиваются и учатся.

— Но я все равно не понял, почему так, — упрямо мотнул головой Юра. — Почему животные быстрее развиваются и учатся, если они животные, а мы — люди? Мы же должны быть умнее, способнее, мы должны лучше соображать, а получается, что они глупые, у них нет интеллекта, а учатся быстрее. Значит, они способнее нас?

От такой постановки вопроса Абрамян вконец обалдел. Откуда у мальчишки такие мысли? Ему всего десять лет! Но ведь и в самом деле, если вдуматься, то вопрос закономерный. Взять хоть тех же собак: в полгода они уже вполне самостоятельны, а в год готовы к производству потомства. Ну да, говорят, что у собак счет возраста по сравнению с человеком примерно один к семи, то есть трехмесячный щенок по уровню развития равен почти что двухгодовалому ребенку. Однако же годовалая собака отнюдь не равна семилетнему человечку. В семье у Александра всегда, сколько он себя помнил, были собаки, но он никогда не сравнивал их со своими двумя дочками. А ведь если припомнить домашних питомцев щенками, а девчонок младенцами, то... Да, разница бросается в глаза. Во всяком случае, девчонок в семь лет совершенно точно нельзя было выдавать замуж, ни по уму, ни по физиологии.

Николай отнесся к вопросу сына серьезно и пообещал постараться узнать, в чем здесь загвоздка, и в следующий раз рассказать. Удовлетворенный Юрка схватил с тарелки последний пирожок и выскочил из-за стола.

— Дядя Саша, а вы правда меня покатаете?

— Правда, — улыбнулся Абрамян.

— А можно я Славку позову, чтобы он тоже покатался?

— Можно.

Когда мальчик умчался, Татьяна Степановна спросила:

— Сашенька, а убийцу-то поймали? Ну, который нашего певца... Я уж и у Коли спрашивала, и у Миши, но они все отговариваются, мол, не знают ничего. Может, ты знаешь?

Александр вздохнул и отвел глаза.

— Ищут, Татьяна Степановна, ищут. Непростое это дело.

— Но найдут? Есть надежда-то?

— Обязательно найдут, не волнуйтесь.

— Между прочим, мать, Саню недавно повысили, а до этого он как раз убийством Астахова и занимался, — ехидно заметил Николай. — Вот и спроси его, как так вышло, что он за все время ни разу с тобой не встретился, не побеседовал, не спросил ни о чем. Он должен был дневать и ночевать здесь, в Успенском, с каждым дачником, с каждым местным поговорить, это же его район, его земля. А он, похоже, здесь и не появлялся. Ведь не появлялся, Санёк? Признавайся!

Абрамяну стало неприятно. Когда убили певца, Александр был начальником отдела, в его обязанности не входило выезжать на каждое происшествие, для этого существовала дежурная группа, затем уже подключались его подчиненные. Подчиненные, а не сам начальник. Забота начальника — организовать работу личного состава, а не преступления раскрывать. Ну да, он действительно не ездил в Успенское, не участвовал в подомовом обходе, не опрашивал людей, и что с того? В его отделе крепкие опера, они свое дело знают, на них можно положиться.

— Да иди ты, — проворчал он. — Начальник, который выполняет за подчиненных их работу, это плохой начальник.

— Ах, ну да, я и забыл, что ты был начальником, а теперь стал совсем большим начальником. Ладно, не дуйся, я шучу.

Татьяна Степановна простодушно и радостно улыбнулась:

— Так что, Сашенька, тебя можно поздравить с повышением?

Хорошая у Коли Губанова мать, простая, добрая, не то что ее сын: так и ищет, где бы уколоть, за какое бы место ущипнуть. Абрамян решил сменить тему, начал расхваливать дом, восхищаться большими окнами и красиво оформленным эркером с многочисленными цветочными горшками, в которых росли ухоженные растения с блестящими широкими листьями.

— Да, это нам сказочно повезло, просто сказочно, — подхватила Татьяна Степановна. — С хозяином дачи Коленька познакомился давно еще, когда в уголовном розыске работал, вот он нам и сдает, причем так задешево, что аж самой не верится. Несчастный человек, всю свою судьбу пропил. А так-то нам бы никогда в жизни такую шикарную дачу не найти. Юрочке раздолье, у него здесь много друзей, они уж сколько лет здесь вместе каникулы проводят.

— Красивые у вас растения, — похвалил Александр, желая сделать приятное хозяйке.

— Это я из Москвы привожу, когда на лето сюда перебираюсь, а то Ниночка упустит: то забудет полить, то перельет, а цветам нужен режим, как и всему живому.

За окном послышались мальчишеские голоса, мелькнули две взлохмаченные головы: одна темноволосая, Юркина, вторая — медно-рыжая.

— Дядя Саша, когда мы поедем?

— Иду, — отозвался Абрамян, вставая из-за стола.

Мальчишки долго и яростно спорили, кто из них поедет на переднем сиденье рядом с водителем, а кому сидеть сзади. В конце концов Абрамян строго наказал обоим залезать назад, прокатил их вокруг поселка, высадил возле губановской дачи, забрал Николая и вырулил на шоссе в сторону Москвы.

— Странные вопросы твой парень задает, — сказал он. — Откуда он таких глупостей набирается? Ты бы проверил, может, на него в Успенском кто-нибудь влияет?

Александр все еще злился на Губанова, но понимал, что нужно о чем-то разговаривать. Не ехать же молча, в самом-то деле!

— Конечно, влияет, — беззаботно отозвался Николай. — Сам знаешь, какая там публика, а пацаны — они все слышат, хоть и не понимают больше половины. Профессора, писатели, ученые, артисты, секретари райкомов. И зря ты так, Саня, вопрос совсем не глупый, просто неожиданный.

Николай принялся пространно рассуждать на свою любимую тему о пользе и необходимости хорошего образования и обширной эрудиции. Абрамян почти не слушал, просто вел машину и радовался, что разговор не возвращается к убийству Владилена Астахова.

На самом деле о раскрытии преступления он рассказал Губанову не все, далеко не все. И кое в чем даже приврал.

Главный подозреваемый, на которого они вышли спустя примерно три недели после убийства, переводчик-синхронист по фамилии Зимовец, в тот вечер находился в обществе супругов Вардаковых, давних друзей покойной Лилии Бельской. Елена и Евгений Вардаковы — артисты цирка, воздушные гимнасты. И именно Александру Абрамяну первому пришло в голову, что исполнителем убийства мог быть не тщедушный очкарик Зимовец, а, например, Вардаков или даже его супруга. Профессия у них такая, что ни в слабости, ни в нерешительности их заподозрить никак нельзя. Воздушные гимнасты в советском цирке — это воля, смелость и отвага, железная дисциплина, упорство в многолетних тренировках, незаурядная сила духа. Зимовец мог и в самом деле находиться дома у Вардаковых, но вот вопрос: оба ли супруга принимали гостя? Не могло ли так случиться, что переводчик мило попивал винцо в обществе дамы, а ее муж в это время смотался в Успенское и сделал свое черное дело? Съездил, вернулся, жена и гость в подробностях пересказали ему, как провели время, и при допросах у следователя Дергунова в показаниях всех троих не нашлось ни малейших разногласий. Зимовца видели и хорошо запомнили соседи, потому что летним вечером во дворе дома до поздней ночи сидела компания с гитарой, пели какие-то модные песенки, переводчик вышел на балкон с сигаретой, перебросился с доморощенными музыкантами несколькими фразами, потом спустился, взял гитару и спел на французском песню из тех, что исполнял Ив Монтан, чем сорвал бурные аплодисменты и молодежной компании, и множества соседей, высунувшихся из окон или стоявших на балконах. Подтверждений — целый ворох. И время подходящее. С такими показаниями привязать Зимовца к даче Астахова было совершенно невозможно. Елена Вардакова находилась в указанное время дома, свидетели помнили, что она тоже стояла на балконе и слушала французскую песенку, аплодировала вместе со всеми и переговаривалась со своим гостем. А вот был ли дома ее муж — осталось неустановленным, но вроде как подразумевалось, что, конечно же, был.

Версия показалась Абрамяну перспективной, и все силы его сотрудников были брошены на отработку Евгения Вардакова. И как раз в этом месте совершили ошибку: увлеклись мужем и совсем забыли про жену. А Елена Вардакова, как неожиданно выяснилось, имела брата, который очень удачно женился на дочке одного из членов ЦК КПСС. Более того, этот брат в свое время ухаживал за Лилией Бельской, чуть ли не любовником ее был, именно он и познакомил сестру со своей возлюбленной. Ну да, это было давно, еще до женитьбы на «удачной» дочке и до романа Бельской с певцом Астаховым, но кто сказал, что старые чувства ржавеют? Отношения закончились, но Лилия и Елена стали подругами и оставались ими до самой смерти балерины. Так что брат Вардаковой вполне мог рассматриваться в качестве...

В общем, мог. Дальше им двинуться не дали. Информация утекла, дошла до нужных ушей, и Александру Геворковичу Абрамяну недвусмысленно дали понять: эту версию необходимо закрыть, работу по ней прекратить и больше никогда не вспоминать. Дело передадут другому следователю, который сделает все как надо. Ни в коем случае нельзя допустить, чтобы на семью уважаемого и влиятельного члена ЦК пала хотя бы тень подозрений в том, что прямо под боком у такого человека пригрелся убийца, да не просто какой-нибудь, а убийца любимого певца самого генсека. Наверху и без того неспокойно, готовятся большие перемены в силовых структурах, скоро будет принят очень важный указ, идет серьезная битва между кланами, и не нужно давать в руки лишние козыри. Козыри иметь, конечно, полезно, но надо уметь до поры до времени держать их в рукавах. И не следует попусту пятнать имя достойного человека.

Производство по уголовному делу было передано следователю Полынцеву, старому опытному сотруднику, славившемуся высокой результативностью работы. Дергунову дали понять, что причина его отстранения от дела кроется в неудовольствии «самого»: дескать, слишком долго возится, недостаточно усердно расследует. О нежелательности рабочей версии не было сказано ни слова, и Абрамяну было непонятно, догадался Дергунов о подоплеке или нет. Так или иначе, Полынцев все сделает в лучшем виде, генсек останется доволен, руководство тоже, и никто не пострадает. А Дергунов при всех своих бесспорных достоинствах так не сумеет.

Вот на что ушли те самые полтора месяца. Но рассказывать об этом нельзя ни Коле Губанову, ни кому бы то ни было еще. И если Губанов снова начнет тренькать на своей балалайке про то, что Абрамян и его парни работают медленно и неэффективно, придется молча глотать и не оправдываться.

* * *

Николай Губанов

Подъехав к дому, Николай столкнулся с братом и сестрой, выходившими из подъезда. Ни Миша, ни Нина с Абрамяном знакомы не были: в тот единственный раз, когда Саня был в гостях у Губановых, Мишке было шестнадцать, а Нине вообще всего десять, они во взрослом застолье не участвовали. В те годы Губановы еще жили в бараке, комната могла вместить не так много народу, и каждый стул был на счету, каждое посадочное место, так что детей накормили заранее и отправили кого куда.

Нина тут же принялась щебетать и строить глазки симпатичному темноглазому мужчине, сидевшему за рулем. Ну еще бы! Санька и сам по себе хорош, красавчик и сердцеед, а тут еще машина. Ох, Нинка, бить ее некому.

— Это кто? — вполголоса спросил Михаил, незаметно указывая глазами на Абрамяна.

— Это тот самый Абрамян, который занимался делом Астахова.

— Тот, к которому я тебя направил?

— Ну да. Помнишь, я тебе тогда сказал, что мы с ним вместе работали, когда я еще в розыске был.

— Помню-помню, — кивнул Миша. — Все-таки тесен мир. Ну так что, нашли убийцу?

— Пока нет.

— А что он рассказывает?

— Ну не здесь же, — недовольно шепнул Николай.

Обернулся, похлопал по спине сестру, которая, нагнувшись к автомобильному окну с опущенным стеклом, о чем-то ворковала с Александром.

— Оставь человека в покое, он и так весь вечер на меня потратил. Время двенадцатый час, маленьким девочкам пора баиньки, а не заигрывать с женатыми мужчинами.

Нина выпрямилась, глянула на него сердито:

— Вот же ты зануда, Колька!

Потом снова заглянула в окошко и мило улыбнулась:

— До свидания, Александр! Была рада познакомиться!

— И я был рад, красавица, — весело ответил Абрамян. — Еще встретимся, если Колька нас с тобой не убьет.

— Убью, — громко пообещал Николай, но отъезжающий Саня вряд ли услышал его слова за шумом мотора.

— Нинка, дуй домой, — распорядился Миша. — А я с Колей поднимусь, нам поговорить надо.

— Между прочим, время двенадцатый час, как справедливо заметил наш с тобой старший брат, — капризно возразила девушка. — Неприлично в такое время шляться в гости, тем более в семейный дом. Мы и так у Ларки с восьми часов сидели, небось надоели ей хуже горькой редьки.

— Вот как раз ты и надоела, от твоей бесконечной болтовни уже уши закладывает, — отпарировал Михаил. — Ты слышала, что я сказал? Отправляйся домой и ложись спать, я скоро приду. У нас с Колей дела.

— Ох-ох-ох, можно подумать!

Нина гордо выпрямила спину, обтянутую узким, облегающим платьем, и направилась в соседний подъезд, изящно покачивая бедрами и цокая каблучками.

— Замуж ей пора, — задумчиво проговорил Михаил, глядя вслед сестре. — Красивая стала девка, глазами стреляет во все стороны, закрутит еще с каким-нибудь... неподходящим, залетит, носись потом с ней...

— Ты сам для начала женись, потом о Нине будешь беспокоиться. Ладно, пошли.

Дома было тихо и уютно, Лариса сидела на диване, поджав под себя ноги, и читала при свете торшера. В коротком голубом халатике, с уложенными волосами и ярко подведенными глазами, она была такой красивой, что перехватывало дыхание. «А я ее почему-то не люблю, — со ставшим уже привычным недоумением подумал Николай. — Она совсем чужая, как инопланетянка для меня».

— Миша, ты чего? — удивленно спросила она, увидев, что муж пришел не один. — Забыл что-то?

Отложив книгу, она начала было вставать с дивана, но Николай жестом остановил ее:

— Сиди-сиди, мы с Мишкой на кухне парой слов перекинемся, по службе.

— Что там на даче? Юрка в порядке?

— В полном, здоров и весел. Читай спокойно.

— А ужинать?

— Да что ты, какой ужин, — рассмеялся он. — Мать так накормила, что теперь неделю можно не есть.

Лариса явно обрадовалась, что можно вернуться к чтению.

— Тогда убери там все в холодильник, я тебе на плите оставила, — сказала она и тут же уткнулась глазами в книгу.

Братья уселись на кухне, плотно притворив дверь. Николай тщательно отбирал информацию, которой считал возможным поделиться с братом. Хоть Мишка и свой, все-таки следователь, пусть и начинающий, но Абрамян же не зря просил особо не распространяться. Про фотографию, записку на французском языке и затейливо расставленные на крышке рояля свечи Губанов уже рассказывал раньше, после встречи со следователем Дергуновым. Про то, что собранные у гостей Астахова отпечатки пальцев не совпали со следами на коробке от импортного лекарства, пожалуй, можно. И про то, в котором часу, по заключению медицинской экспертизы, скончался певец, тоже можно. Даже о том, что девушка с фотографии оказалась артисткой кордебалета, сказать не возбраняется. А вот имя ее называть, пожалуй, не следует, как и имя ее несостоявшегося мужа Зимовца.

— У этой балерины, как выяснилось, был горячий поклонник, практически жених, какой-то переводчик с французского, за него плотно зацепились, проверили со всех сторон, но у него такое алиби, которое не разобьешь. Вот на этом месте все и застопорилось, а наверху недовольны тем, что очень долго следствие идет, и передали дело другому следователю, — закончил свой рассказ Николай.

— Переводчик? — вскинулся Миша.

— Ага. Записка же была на французском, потому и зацепились.

— А какой именно переводчик?

— Не понял вопроса, — нахмурился Николай.

— Ну, он тексты переводит или разговоры?

— А, в этом смысле... Синхронист вроде, выезжал с делегациями за границу.

— С делегациями, значит, — задумчиво повторил Михаил. — Дурак ты, Колька, хоть и при должности, а ничего в этой жизни не понимаешь.

— Интересно, а что же такого ты понимаешь, что мне недоступно?

— Понимаю, почему дело передали другому следователю.

— Ну и почему же?

— Да потому же! — громким шепотом воскликнул Миша. — Ты что, не соображаешь, кто такой переводчик-синхронист, который выезжает в капстраны с нашими делегациями? Он или действующий офицер КГБ, или в резерве, или завербованный. Виновен он или нет, пусть даже просто причастен, а его необходимо из-под следствия убирать. С первым следователем, видно, не смогли договориться, нашли того, кто более покладистый и понимает, как жизнь устроена. Придумали про то, что наверху недовольны, и про то, что Астахова любил наш генсек, тоже наврали, я уверен. Просто нужна была красивая отмазка.

— Ну... Может быть, — неохотно согласился Николай.

Ему стало обидно, что он сам не додумался до такого простого объяснения. И еще более обидно, что об этом ни слова не сказал Саня Абрамян. Ведь он-то уж точно не мог не понимать то, что понимает даже Мишка, который в следствии без году неделя.

— Все равно, Миш, версия тухлая, я же говорю: там алиби железное, переводчик совершенно точно ни при чем, — снова заговорил он, стараясь не показать, насколько задет словами брата. — Будем надеяться, что новый следователь посмотрит на дело свежим взглядом и сообразит, в каком направлении двигаться. Давай расходиться, поздно уже, а завтра вставать рано.

— Не тебе одному вставать, неженка, — усмехнулся Михаил, поднимаясь. — Все работают, бездельников нет.

Николай ожидал, что брат непременно спросит, нет ли каких известий о направлении, в котором будет развиваться новое штатное расписание союзно-республиканского министерства, но Миша об этом даже не обмолвился. И вообще не был, в отличие от многих, обеспокоен грядущими переменами. Что ж, можно понять: следственные подразделения созданы в МООП совсем недавно, всего три года назад, они еще не успели разрастись до таких размеров, чтобы нуждаться в сокращении. До 1963 года все предварительное следствие по уголовным делам было сосредоточено в прокуратуре, милиция выполняла только функции дознания, которое являлось эдаким упрощенным и укороченным вариантом следствия по самым незначительным, мелким делам. Теперь и в органах охраны общественного порядка есть свои следователи, прокуратуру разгрузили, освободили от мелочовки, отделы и отделения дознания в милиции упразднили, вместо них организовали следственные аппараты. Крайне маловероятно, что изменения их хоть как-нибудь коснутся. Нет, конечно, Следственное управление МООП РСФСР переименуют в Следственное управление МООП СССР, это понятно. Возможно, даже снимут с должности нынешнего начальника полковника Галкина и поставят на его место кого-нибудь другого. Увеличат аппарат, само собой, все-таки руководство следствием в масштабе всей страны — это куда больше, чем руководство в отдельно взятой республике. А на местах-то что менять? Там все как было, так и останется. Следственные подразделения в МООП не ликвидируют, потому что прокуратура ни за что не захочет снова увязнуть в бесконечных мелких кражах, побоях, хулиганстве, бродяжничестве и прочем малопривлекательном повседневном криминале. После разделения подследственности на «милицейскую» и «прокурорскую» следователи прокуратуры стали чувствовать себя важными людьми, занимающимися важными и ответственными делами, и на следователей из МООП смотрели сверху вниз. Нет, не пойдет прокуратура на то, чтобы вернуть все назад и снова забрать себе абсолютно все уголовные дела. На фига им это нужно? Так что волноваться Михаилу Губанову совершенно не о чем.

Проводив брата, Николай вернулся в комнату, подсел на диван рядом с Ларисой.

— Что читаешь?

— Сэлинджер, «Над пропастью во ржи», — пробормотала она, не отрывая глаз от страницы.

— Интересно?

— Угу, — промычала она.

— Про что?

— Про мальчика.

Лариса закрыла книгу, сунув между страницами открытку, которую использовала в качестве закладки, и почему-то вздохнула.

— Про мальчика, — повторила она, — который не понимает, как ему жить, зачем жить и имеет ли он право жить так, как он хочет. Не понимает, но очень хочет понять.

Николай пожал плечами. Странная книга. И странный писатель, который считает, что такую книгу кто-то будет читать. Впрочем, читают ведь и даже переводят на другие языки. Мальчик, который не понимает, как ему жить... Что ж это за мальчик такой, если задается подобными вопросами? Хотя...

— Ты представляешь, Юрка меня сегодня огорошил вопросом, на который я не смог ответить, — оживленно заговорил Губанов и пересказал жене свой диалог с сыном о маленьких детях и щенках.

Они вместе посмеялись, порадовались, что сын растет думающим, с незашоренным мышлением, и на эти короткие минуты между ними снова возникло то уютное тепло, которое и должно быть в нормальных семьях, но которого уже давно не бывало.

— Скорей бы Мишкина очередь на телефон подошла, — пожаловалась Лариса. — Это же просто невозможно терпеть: Нинка приходит и сразу хватается за трубку, то одной подружке позвонит, то другой, то кавалерам каким-то названивает и так подолгу трещит! Когда уже им телефонный номер выделят? Ты говорил, что сотрудникам милиции в обязательном порядке ставят вне очереди.

— Вот нам и поставили. Почти сразу, как мы сюда въехали.

— А им когда? — настойчиво спрашивала жена.

— Не знаю, Лара. Наверное, скоро. Потерпи.

— Терплю. Терплю, терплю... — Неожиданно ее голос начал повышаться и наливаться какой-то непонятной болью. — Я только и делаю, что терплю! Я с ума скоро сойду от этого бесконечного терпения!

— Что ты, Лара?

Николай испуганно и недоуменно посмотрел на нее, потом ласково обнял за плечи, но Лариса раздраженно выскользнула из-под его руки, вскочила с дивана и встала у окна, повернувшись к мужу спиной.

— Что случилось, Лариса? — мягко спросил он. — Ребята тебя чем-то обидели? Кто? Нина? Мишка? Что они сделали?

— Ничего они не сделали, успокойся, — ответила она не оборачиваясь.

— Неприятности на работе?

— Все нормально.

— Тогда в чем дело? Ты ведешь себя как истеричка. Если есть причина — скажи, я попробую помочь. Если причины нет, значит, нужно пить валерьянку и брать себя в руки, а не бросаться на меня безо всякого повода.

— Никто на тебя не бросается.

«Наверное, она ждет, что я сам догадаюсь, сам все пойму. А я не могу ни понять, ни догадаться. И что самое ужасное — не хочу понимать. Мне все равно. Был бы сейчас здесь Юрка — я бы, конечно, беспокоился, потому что ребенок не должен видеть и слышать такие сцены. Но парень на даче. И мне все равно. Она мне чужая. Красивая, непонятная и чужая. А ведь никуда не денешься, сын растет. Придется терпеть. И она терпит. Наверное, ей даже труднее, чем мне. Когда после землетрясения в Ташкенте объявили, что будут собирать бригады для строительства нового города на месте разрушенного, Ларка так искренне огорчалась, что из-за Юрки не может поехать! У меня, здорового молодого мужика, даже мысли не возникло записаться в бригаду, а она хотела. Хотела уехать отсюда на год, на два, а может, и навсегда. От меня, от работы в институте, от подруг, от своих поэтов или с кем там она собирается на чужих квартирах и дачах. Если бы не сын, бросила бы все и уехала. Бедная, бедная Ларка...» — с горечью подумал Николай, глядя на печально ссутулившуюся спину жены.

Минуты взаимной теплоты оказались такими скоротечными! Да и были ли они на самом деле? Может, просто показалось?

* * *

Михаил Губанов

Если женщина влюблена и не может об этом рассказать, она будет искать повод хотя бы упомянуть вслух имя своей пассии. Где и от кого Михаил услышал эти слова, вспомнить не удавалось, да он и не особо старался. Какая разница? Внимательно слушай, что говорит женщина, и узнаешь все ее секреты, о которых она молчит. Интересно, у мужиков тоже так? «У меня — точно нет», — решил он.

С недавнего времени жена старшего брата стала охотно рассказывать о том, кто и что сказал или сделал в лаборатории, где она работала. И в этих рассказах все чаще и чаще мелькало имя Льва Ильича Разумовского. Лев Ильич то, Разумовский это... Справедливости ради нужно отметить, что и аспиранта Мухина, и какую-то злобную тетку Марковну Лариса тоже упоминала, равно как и других сотрудников, но этого Разумовского — чаще всего. Миша сначала не обращал внимания, да и вообще слушал Ларису вполуха, а то и не слушал вовсе, думая о своем. Зачем ему все эти внутрилабораторные дрязги и институтские сплетни? Но когда имя Льва Ильича стало буквально, что называется, лезть в уши — призадумался. И пришел к некоторым выводам.

Понаблюдал за Ларисой, когда она принималась рассказывать о своей лаборатории, заметил кое-что. Да, очень похоже, что она влюблена в этого Разумовского. Просто влюблена или дело зашло куда дальше? Если дальше, то насколько? И знает ли Колька?

Мысль о том, что его многомудрый старший братец стал рогоносцем, неожиданно оказалась необыкновенно приятной. Михаил испытывал огромное удовольствие, глядя на то, как Коля, придя с работы, целует жену, и отмечая легкое выражение отчужденности и даже брезгливости, которое появлялось на ее безупречно красивом лице. Пусть всего на один неуловимый миг, но появлялось. Лариса дежурно улыбалась, подавая еду, поддерживала разговор, за столом царила атмосфера дружной семьи, и Колька верил. Верил! Он думал, что у него все в порядке, а Миша знал, что это не так. И радовался. Радовался тому, что Колька, который вечно поучал, делал замечания, упрекал, даже голос повышал, а всего несколько лет назад не гнушался и тяжелый подзатыльник отвесить младшему брату, тот самый Колька, который всегда был старшим, более сильным, ответственным и во всем старался руководить Мишей и Ниной, вдруг остался в дураках. Его водят за нос на глазах у всех, а он ничего не замечает!

«Я знаю то, чего он не знает», — пело в груди у Миши Губанова. Осознание информированности, недоступной Николаю, окрыляло, словно бы поднимало младшего брата сразу на несколько ступеней выше старшего.

А что будет, если Коля узнает про Ларку и Разумовского? Наверное, ему, Мише, будет еще радостнее смотреть, как страдает и мучается его такой умный и красивый братец. Начальничек всей семьи, мать его!

Надо подумать, поприкидывать, как лучше: чтобы не знал и глупо верил или чтобы знал и мучился. Нельзя сказать, что Миша плохо относится к брату, ни в коем случае! Он, безусловно, желает Коле только добра и искренне хотел бы, чтобы у него с женой все было гладко. Но оно ведь уже не гладко! И никакой вины самого Миши в этом нет, просто так случилось. Разве он виноват, что ему приятно смотреть на обманутого Николая? И вообще, что в этом плохого? Кто позволяет себя обманывать, тот сам дурак, сам во всем виноват и никакого сочувствия не заслуживает. Можно ведь по-родственному любить брата и одновременно презирать его за глупость, доверчивость и слепоту. Почему нет? Вполне можно.

Имеет смысл разузнать побольше о загадочном Льве Ильиче, выяснить поточнее, какие отношения связывают его с Ларисой, а потом уже принимать решение, чем наслаждаться: своим тайным знанием или страданиями обманутого мужа.

* * *

Леха Потапов со стуком поставил на стол перед Михаилом две бутылки «Жигулевского».

— Я к тебе с делом, — заявил он, бесцеремонно усаживаясь на стул. — Материалы на Яковенко тебе приносили?

— А что? — настороженно спросил Михаил.

Мог бы и не спрашивать, понятное дело. Раз Леха принес пиво, значит, хочет о чем-то попросить, а коль спросил про конкретный материал, стало быть, именно в этом Яковенко и заинтересован. Следователь Губанов должен просмотреть материалы доследственной проверки и принять решение либо о возбуждении дела, либо об отказе в возбуждении.

Потапов надел на физиономию выражение легкомыслия и полной незаинтересованности, дескать, вопрос ерундовый, даже обсуждать нечего.

— Да там баба одна заяву накатала на соседа по коммуналке, мол, напился, дебоширил, посуду побил на общей кухне, драку затеял, нецензурно выражался. Ну обычное же дело, сам понимаешь.

— Понимаю, — кивнул Михаил. Уж кому как не ему, выросшему и до недавнего времени жившему в бараке, понимать, что такое бытовуха и пьющие соседи. — И что дальше? При чем тут я? Мелкое хулиганство, пятнадцать суток по административке, с этим не ко мне. Ко мне на стол проверочные материалы по таким заявлениям даже не попадают.

Он с особым удовольствием произнес эти слова: «Ко мне на стол». Приятно все-таки чувствовать себя тем, кто принимает решения. Тем, кому документы кладут «на стол». Правда, следователю документы не «кладут», а расписывают, и делают это не подчиненные, а начальство, но мелочи, которые портят картину мира, Михаил Губанов умел довольно ловко отметать и не замечать.

— Так и я о том же! — радостно подхватил Леха. — Тут чистая административка, даже говорить не о чем. А эта заявительница на следующий день приперлась и давай права качать. Мол, нецензурно выражался в присутствии малолетних детей и женщин, а это получается «с особым цинизмом». Видать, с кем-то проконсультировалась. И синяки показывала.

— Синяки?

— Ну да, — неохотно подтвердил Леха. — Она, сука, в день подачи заявления потом еще в травмпункт сбегала, побои сняла. Справку притащила. Хотела новую заяву накатать, но мы ее уболтали, пообещали, что все на словах передадим и справку приобщим к материалам. Начальству доложили аккуратно, без *лишних подробностей*, он на доследственную расписал, я понадеялся, что сойдет, а опер попался слишком инициативный, да ты его знаешь, Митька Ершов, вечно он в каждой бочке затычка, всегда ему больше всех надо, потащился соседей опрашивать, что там и как было. Вот делать ему нечего, ей-богу! В общем, Миш, парню статья светит. А он хороший.

Суть просьбы была более чем понятна. Помочь, конечно, можно. Но нужно ли?

Михаил помолчал, прикидывая варианты.

— Скажи-ка мне, Леха, лично тебе это надо?

— Так хороший же парень, жалко...

— Я не об этом спрашиваю. Хороший он или плохой — мне без разницы. Но лично тебе надо?

— Надо, — твердо ответил Потапов. — Я его с детства знаю, в одном дворе росли, дружили всю жизнь. Если не помогу — грош мне цена как другу и как пацану.

— То есть ты в этом районе родился, вырос и работу нашел поближе к дому, чтобы время на дорогу не тратить? — насмешливо спросил Михаил.

— Ну да, а что такого-то? Ты вон через полгорода каждый день мотаешься туда и обратно, и много тебе радости с этого?

— Радости немного, зато проблем меньше, не приходится за каждого друга детства просить и кланяться. Лень, Леха, иногда дорого обходится.

— Ладно, кончай мораль читать, — рассердился Потапов. — Поможешь или нет?

— Помогу. А пиво свое забери.

— Спасибо, Миш, ты настоящий друг! — с чувством сказал Леха.

Забрал бутылки и двинулся к двери, но остановился, когда Михаил окликнул его:

— Погоди-ка.

— Чего?

Губанов вырвал листок из перекидного календаря, написал карандашом несколько слов.

— Мне нужны сведения вот про этого человека, — небрежно бросил он, протягивая листок Потапову. — Чем занимается, где живет, куда ходит, с кем встречается.

Глаза Лехи округлились от изумления.

— Так я же не опер, я в дежурке сижу... У тебя что, оперов по этому делу нет?

— Друг мой Алексей, я ведь не спрашивал тебя, почему ты водишь сердечную дружбу с хулиганом и алкоголиком и какие у тебя с ним общие дела, правда? Ты попросил — я пообещал помочь. Теперь твоя очередь. Меня не волнует, как ты будешь это делать. Мне нужен результат.

Леха взял бумажку, угрюмо кивнул и ушел. Бутылки с пивом он держал за горлышки одной рукой, и при каждом шаге они бились друг о друга и позвякивали. Отчего-то этот звук показался Михаилу одновременно сладостным и противным.

Октябрь 2021 года

Петр Кравченко

В квартире горел свет, но было тихо. Карина лежала на полу и что-то слушала через наушники. Глаза закрыты, ноги поочередно вытягивались. «Устала, — сочувственно подумал Петр. — Спину разгружает». Он наклонился и осторожно тронул ее за руку. Девушка вздрогнула, глаза распахнулись, лицо расцвело улыбкой.

Она вытащила наушники из ушей, повернулась на бок и медленно села.

— Как ты поздно! Все успел?

— Да что ты! Сегодня было только начало. Мне к этому Губанову еще ходить и ходить. Вязкий и многословный, как все старики, тонет в подробностях, все время уходит в сторону. Но дядька интересный и рассказывает охотно, что важно.

— Поделишься? — с жадным интересом спросила Карина. — Давай ужинать, и ты мне все перескажешь.

Петр собрался было отказаться, объяснив, что у Губанова его накормили, но вдруг понял, что и в самом деле не отказался бы поесть. Ужин у Николая Андреевича был ранним, съеденные в шесть вечера блинчики давно провалились невесть куда, сейчас уже почти одиннадцать часов, а отсутствием аппетита молодой журналист отнюдь не страдал.

Он не переставал удивляться тому, что Карине по-настоящему, без натуги и притворства, интересно то, чем он занимается. Ведь она так далека и от журналистики, и от публицистики, и от правоохранительной деятельности... Петр пока так и не уяснил, связано ли такое внимание к его работе с отношением Карины лично к нему, или же девушка просто любознательна и стремится получать новую информацию изо всех источников, какие только попадаются под руку. Первый вариант, само собой, нравился ему куда больше, но и второй не исключался.

— А ты сама как? — спросил он, откусив изрядный кусок пиццы с грибами. — Как поработала? Успешно?

— Да ну, — протянула Карина, махнув рукой. — Уработалась, конечно, в хлам, глаза не видят, спина не держит. Но норму выполнила, и даже сверх того.

— Много наловила?

— Изрядно, — кивнула она. — Хотя в переводах косяков обычно намного меньше, а если и выловлю что-то существенное, то править нет смысла, книга-то в оригинале давно издана.

Карина была фрилансером и подрабатывала тем, что искала в рукописях смысловые и фактологические ошибки. К ней обращались как завредакциями издательств, так и авторы, которые еще не сдали свои рукописи. Профессиональные редакторы отвечали за то, чтобы текст был стилистически гладким и структурно сбалансированным, корректоры — за отсутствие грамматических, орфографических и синтаксических ошибок, а вот за ляпы и косяки, допущенные и не замеченные самим автором, не отвечал никто. У персонажа, например, в первой половине книги глаза могли быть серыми, а ближе к концу — карими, а квартира, находившаяся в одной главе на втором этаже, в другой главе почему-то оказывалась на третьем или четвертом. У Карины были острый глаз и удивительная способность длительное время сохранять концентрацию внимания, подобные ошибки в текстах она замечала, когда была еще школьницей, а теперь сделала из привычной манеры чтения вполне рентабельный источник дохода. К ее услугам периодически прибегали и сотрудники газеты, в которой работал Петр. Так они и познакомились.

— Ну прикинь, — оживленно рассказывала Карина, пока Петр поглощал пиццу, — в тексте описывается легенда про царя Агасфера и царицу Есфирь. Ладно, все супер, все по делу. Дохожу до следующей главы — а там уже королева Эстер, и не один раз, а пять или шесть. При этом ее муж по-прежнему царь Агасфер. Ну ладно, ты, допустим, не помнишь, как перевел в предыдущей главе, но царь и его супруга королева — это же вообще в одной фразе, рядом, на соседних строчках. Как можно было так напортачить? Как королева может оказаться женой царя, а?

— И как? — с интересом спросил Петр. — Придумала?

Еще одной особенностью Карины была ее неуемная жажда придумывать объяснения: как так могло выйти. Объяснения эти звучали порой совершенно фантастически и вызывали у Петра искренний хохот, но вместе с тем он не мог не признавать, что с воображением у его подруги все в большом порядке.

Девушка заварила чай, разлила по чашкам и принялась обрушивать на Петра поток версий.

— Сначала я предположила, что текст поделили между двумя переводчиками. Первый, у которого царица Есфирь, более грамотный и образованный, а второй вообще в древней культуре ни бум-бум, вот и написал про королеву Эстер. Но потом я сообразила, что он бы тогда и Агасфера назвал королем. Пришлось придумывать другое объяснение. Переводчиков было двое или, может, больше, но это не суть. И когда они свою работу сделали, кто-то взялся причесать текст целиком, чтобы разница стилей не бросалась в глаза. Короля Агасфера этот чтец заметил и поправил на царя, а королеву пропустил.

— Неужто? — ехидно прищурился Петр. — Ты же сказала, что королева Эстер там пять или шесть раз упомянута. И все эти пять-шесть раз он пропустил?

— Я тоже об этом подумала. Вот смотри: ты в принципе про Агасфера знаешь?

— Нет, — признался он. — Слышал только выражение «вечный жид Агасфер», но к чему оно и что означает — не вникал. Но понятно, что это что-то древнееврейское.

— Так вот именно! — радостно воскликнула Карина. — А у древних евреев королей не было, были цари. Теперь скажи, что ты знаешь про царицу Есфирь?

— Ничего не знаю.

— Вот! И переводчик тоже не знал. Увидел в оригинальном тексте имя Агасфера и написал «царь», потому что где-то когда-то что-то такое слышал. А потом какая-то Эстер упоминается с термином, который означает «правительница». Можно перевести как «царица», а можно и как «королева». И поскольку он про царицу Есфирь сроду не слыхал, то на голубом глазу написал «королева Эстер». Ну как, похоже на правду?

— Не совсем. Непонятно, почему у него королева оказалась женой царя. Незнанием древних легенд и отсутствием эрудиции это не объясняется, так что в этом месте у тебя дырка, — заметил Петр.

— Сама знаю, — буркнула Карина. — Я еще не закончила придумывать. Давай лучше рассказывай, что тебе удалось сегодня узнать.

Слушала она внимательно и с неподдельным интересом, но когда Петр закончил пересказывать суть того, что услышал от Николая Андреевича Губанова, на лице девушки проступило недоверие.

— Тебя что-то смущает? — спросил Петр.

Он знал, что, если в сведениях Губанова есть несостыковки, Карина их обязательно заметит.

— Трудно поверить, что было так, как ты говоришь... Слушай, у меня идея! А давай посмотрим какое-нибудь кино! Момент...

Она взяла в руки телефон и через пару минут заявила:

— Нашла! «Два билета на дневной сеанс», детектив и как раз шестьдесят шестого года. То есть там милицию, по идее, должны были показать как раз такой, какой она и была в то время. Наверняка приукрашено, конечно, но хотя бы как разговаривали, в чем ходили, какие там экспертизы назначались, в каких кабинетах милиционеры сидели. Между прочим, в главных ролях Збруев и Подгорный, интересно же посмотреть, какими они были в молодости.

Идея показалась Петру дельной. В самом деле, любопытно взглянуть на тогдашних милиционеров и на то, как они работали. Разумеется, он понимал, что в кино всегда все очень далеко от действительности, но все же кое-что наверняка соответствует реалиям.

Они перешли в комнату, улеглись на диван, ноутбук пристроили у Петра на животе и запустили онлайн-просмотр.

Увидев, что Карина не выпускает из рук айфон, Петр понял: легко не будет. Даже если она смотрела какой-то фильм для удовольствия, она все равно часто останавливала просмотр и лезла в поисковик что-нибудь проверять. А уж для дела...

Он оказался прав. Уже на первых минутах девушка нажала на паузу.

— Почему у них форма такого темного цвета? Должна быть серая, а она точно не серая. Хоть кино и черно-белое, но все равно видно, — недовольно проговорила Карина и уткнулась в телефон.

Петр терпеливо ждал. Ему вообще-то было по барабану, какого там цвета форму показывали в кино, но у Карины свой стиль жизни, и менять ее он не собирался.

— Точно, — протянула девушка удивленно, — в шестьдесят шестом у них форма была синяя, а не серая. Надо же! А я и не знала... Ты знал?

— Не-а. Поехали дальше.

Буквально через минуту снова пришлось делать паузу, сразу после того как молодой оперативник Алешин сказал, что по специальности он — химик, окончил Технологический институт и был направлен в ОБХСС по комсомольской путевке.

— Получается, то, что тебе рассказал Губанов о кадровых вливаниях из комсомола и партии, правда? — проговорила Карина, расширив глаза от удивления. — Но это же уму непостижимо! Я же правильно поняла, что ОБХСС — это примерно то же, что сейчас ОБЭП? Они хищениями занимались и всякой экономикой?

— Да, правильно.

— И что химик может понимать в балансах, дебетах-кредитах, счетах и накладных? Как это возможно? Я не понимаю!

— Солнце, раз Губанов так говорит и в кино показывают то же самое, значит, это правда. Информация из двух независимых источников. Давай дальше.

Но дальше продвинуться опять не удалось, потому что Карину снова смутила завязка сюжета.

— Петь, ну начальник же в самом первом кадре говорит: «Поздравляю, товарищи, операция закончилась успешно, все фигуранты задержаны и уже вовсю дают показания друг на друга». Правильно?

— Ну, — подтвердил он.

— Так если они вовсю дают показания и все задержаны, почему у них не спросить про эти несчастные два билета? Зачем затевать проверку и поручать ее Алешину? Их хотя бы спрашивали про эти билеты? И если спрашивали, то что они ответили? Как объяснили? А если не спрашивали, то почему? И как можно считать, что операция закончилась успешно, если еще не все выяснили? Просто кошмар какой-то! — кипятилась Карина. — Если бы мне в руки попал такой сценарий, я бы от него камня на камне не оставила.

— Это же кино, — примирительно сказал Петр, стараясь не расхохотаться. — Это не настоящая жизнь. У кино свои законы.

Он очень любил Карину. И ему ужасно нравилось наблюдать ее праведный «трудовой» гнев. Он даже не раздражался от того, что приходилось прерываться каждые несколько минут, ожидая, пока девушка проверит очередной факт или проговорит свое неудовольствие по поводу очередного косяка.

— Как это можно: внедрять оперативника в преступную группу в том же городе, где он вырос и живет? — возмущалась Карина. — Он же в любую секунду может нарваться на знакомых!

— Он что, обалдел?! Внедрился в банду и ходит в свое управление к начальнику посоветоваться? А если преступники за ним следят?

— Почему у Лебедянского диссертация переплетена, если он еще не вышел на защиту? Мне отец рассказывал, что переплетали в самый последний момент, уже после того как ученый секретарь диссертационного совета давал добро. А Лебедянский дает Алешину переплетенную работу и говорит, что она еще сырая и нужно дорабатывать.

— Солнце, это было больше чем полвека назад. Может, тогда правила были другие, — пытался утихомирить ее Петр.

— Но мой отец защищался в конце семидесятых, — упиралась Карина.

— За десять лет многое могло измениться. Давай досмотрим.

Как всегда, полуторачасовой фильм растянулся на два с лишним часа, и к концу просмотра Петр уже с трудом боролся со сном. Но Карина — сна ни в одном глазу! — все не унималась:

— А сцена на кладбище — это что такое? Дочка директора фабрики погибла совсем недавно, ну, может, месяц назад, это максимум, а на ее могиле памятник стоит. Год должен пройти, чтобы земля просела!

Петр выключил ноутбук, положил на пол рядом с диваном, вытянулся во весь рост и сладко зевнул.

— Давай уже спать, а? — жалобно попросил он.

— Извини, — виновато проговорила девушка, уютно устраиваясь у него под боком. — Опять я со своими вопросами не даю тебе выспаться. Но дай слово, что ты у своего старика Губанова завтра же все выяснишь.

— Насчет чего? — сонно пробормотал Петр.

— Насчет того, можно ли было работать под прикрытием в том городе, где живешь, и можно ли было вот так запросто ходить к начальнику в управление, если ты внедрен в банду. Нужно же понимать, что это такое: кинематографическая условность или в то время в милиции действительно был такой низкий уровень профессионализма. Да, и еще по поводу той журналистки: меня смущает, что она без конца является в управление без вызова, то есть никто ее не приглашал, ей пропуск не выписывают, она сама приходит, когда хочет, и ее даже на КПП не задерживают и свободно пропускают. Неужели так могло быть? Короче, пообещай мне получить ответы на все вопросы, которые я тебе задала, пока мы смотрели кино. Обещаешь?

— Обещаю, — улыбнулся он сквозь дрему. — Только зачем тебе все это?

— Чем больше я знаю про всякие мелочи, тем лучше делаю свою работу. Я тебе сто раз объясняла. Чтобы выловить косяк, недостаточно быть просто внимательной, нужно как минимум уметь понять, что это косяк.

— Ага...

Петр не был уверен, произнес ли он последнее слово на самом деле или это ему приснилось.

* * *

Проснулся он около семи утра и через час еще валялся в постели с ощущением полной благости. Карина, как всегда после занятий любовью, мирно подремывала, уткнувшись носом ему в плечо. Наконец-то ему повезло с девушкой, которая, как и сам Петр, предпочитала утренний секс. Петр и сам не знал, откуда в его представлениях появилась идея о том, что «просто сексом» можно заниматься где угодно и когда угодно, но если ты находишься, как сейчас принято говорить, «в отношениях», то это уже не чистая физиология, а часть этих самых отношений и относиться к ней следует бережно и уважительно. Разве можно позволить себе акт любви, когда голова забита полученной в течение дня информацией и мыслями, которые эта информация породила? Разве можно полностью, всей душой погрузиться в близость, если ты по инерции еще весь в работе? Зато утром голова чистая и ясная, в ней нет посторонних мыслей, и всю ее можно затопить ощущениями нежности и желания. Все предыдущие подружки Петра Кравченко такую позицию не разделяли, им хотелось темноты, свечей, красивого белья и прочих глупостей, для них важно было, как они выглядят, как пахнут, им непременно надо было принять душ, почистить зубы и брызнуть на себя духами. Все это злило Петра и казалось унизительным для него же самого. «Ты что, считаешь, что я импотент? — сердито говорил он и прошлой своей пассии, и той, которая была до нее. — Ты думаешь, что без аромата духов и без этих твоих финтифлюшек на теле я ничего не смогу?» Девушки обижались, секс получался натужно-темпераментным и в итоге каким-то пустым, оставлявшим неприятное кисловатое послевкусие.

Из откровенных «мужских» разговоров с друзьями Петр давно узнал, что большинство мужчин на самом деле предпочитают именно утренний секс. И что большинство женщин его не любят. Он уже приготовился было смириться с тем, что нет в мире полной гармонии и придется приспосабливаться, когда встретил Карину, голова у которой была устроена практически точно так же: она работала как проклятая с утра до ночи, с трудом переключала мысли с текстов, которые вычитывала, на все остальное и ближе к ночи уже не чувствовала себя пригодной для любовных утех. Первое их интимное свидание окончилось полным фиаско с ее стороны. «Прости, — смущенно объясняла тогда девушка, — мне нужно постоянно удерживать в голове весь предыдущий текст, чтобы ничего не забыть, иначе я буду пропускать ошибки. К вечеру я обычно ни на что не гожусь. Ты меня целуешь, а я невольно перебираю в уме основные характеристики и факты и никак не могу отстроиться. Вот если бы утром, когда я выспалась и еще не начала париться насчет работы...» Как же Петр был счастлив, услышав это!

О женитьбе он пока не помышлял, но если надумает когда-нибудь, то женится только на Карине. Если она его к тому времени не бросит, конечно.

* * *

С Губановым накануне условились, что Петр придет к одиннадцати. Метрах в двухстах от дома Петр еще вчера приметил магазин и теперь притормозил, размышляя, не купить ли чего-нибудь к чаю, а заодно и себе на обед. Нехорошо подолгу просиживать у малознакомых людей, объедать их и при этом являться в дом с пустыми руками. На стеклянной двери красовалось ставшее привычным объявление о том, что покупатели без масок и перчаток не обслуживаются. Маску Петр носил, как большинство людей, под подбородком, не снимал и не убирал в карман, чтобы в случае необходимости быстро натянуть на лицо. Особого толка он в этом не видел, но нарываться на осуждающие взгляды, а то и высказанные вслух замечания не хотел. Он вообще не выносил, когда его осуждают или критикуют, но ужасно стеснялся этой своей особенности и не любил себя за повышенную чувствительность к любому проявлению негативного отношения. «Ведь здоровенный же мужик, — мысленно упрекал он себя, — штангу тягаю, бородой оброс, мной только маленьких детей пугать, а веду себя как красна девица».

Он задумчиво бродил между стеллажами, высматривая, что бы такое прикупить, когда его окликнул женский голос. Рядом стояла племянница Губанова, Светлана, с зеленой магазинной корзинкой, набитой продуктами.

— Здравствуйте, — обрадовался Петр. — Хорошо, что я вас встретил! Подскажите, пожалуйста, чем порадовать Николая Андреевича, я ведь не знаю, что он любит и что ему можно.

Она бросила насмешливый взгляд на точно такую же корзинку в руках у Петра. В корзинке в гордом одиночестве болталась упаковка «Доширака».

— Ну вот этого дяде Коле точно нельзя, — с улыбкой сказала Светлана.

— Это я себе, на обед. Если, конечно, Николай Андреевич не выгонит меня раньше, — пояснил Петр.

Светлана почему-то обрадовалась:

— А вы к нам надолго сегодня?

— Чем дольше — тем лучше. И не только сегодня, я надеюсь.

— Это очень хорошо! Если вы точно сможете пробыть у дяди Коли часов до пяти, это меня сильно выручит.

Она прикоснулась рукой к пробору на голове.

— С такими волосами просто стыдно ходить, нужно наконец доехать до парикмахерской и покраситься. Моя мастерица с мая месяца не работала, сидела на даче, салон все равно был закрыт, теперь она вернулась, а я все никак не улучу время, чтобы к ней съездить, она готова меня дома принять. Дяде Коле в последние пару недель нездоровится, боюсь оставлять его надолго. Так что если вы гарантируете, что не уйдете до моего возвращения...

— Конечно, поезжайте спокойно, — заверил ее Петр. — Так что мне купить к чаю?

Светлана быстро выбрала на полках то, что нравится ее дядюшке, и сложила в корзину Петра, а «Доширак», наоборот, вытащила.

— Отнесите это туда, где взяли. Будете есть нормальную еду.

— Но мне неловко... У нас с Николаем Андреевичем предполагается длинная сессия, я еще не один раз к вам приду и буду сидеть подолгу, не можете же вы постоянно меня кормить.

— Перестаньте говорить ерунду, — твердо сказала Светлана. — У вас, молодых, может, и принято делить счета по западной моде, а меня, знаете ли, воспитывали еще по старым порядкам, когда гость в доме — радость, а не обуза. Я-то еще ладно, я все понимаю, с молодежью приходится много общаться, а вот дядя Коля точно не поймет, если вы сядете за общий стол со своей едой. Гостинцы к чаю — да, это нормально, а вот отдельный обед не прокатит.

Она решительно двинулась в сторону касс. Петр метнулся к стеллажу, откуда брал лапшу быстрого приготовления, сунул упаковку на место и направился следом за Светланой. Глядя на нее издали, отметил стройность фигуры и легкость походки. Узкие джинсы и короткая яркая курточка делали ее похожей на юную девчонку, по крайней мере сзади. Корзину с продуктами она несла в правой руке, и сильно опущенное правое плечо все-таки выдавало возраст: для ее тела эти три-четыре килограмма уже являлись заметной тяжестью.

Они по очереди расплатились, и Петр был рад, что может освободить Светлану от пакетов с продуктами и хотя бы этим принести гостеприимной племяннице Губанова какую-то пользу.

Услышав, что Светлана собирается приготовить обед и уехать на полдня, Николай Андреевич ничего не сказал, но недовольно поджал губы. «Наверное, он действительно неважно себя чувствует и боится оставаться без нее, если вдруг что», — подумал Петр.

— Я все приготовлю, вам нужно будет только разогреть. Справитесь?

— Не дурнее тебя, — проворчал Губанов. — Жизнь как-то прожил без твоей помощи, справился.

Петр опасался, что настроение у Николая Андреевича испортится надолго и такого легкого и приятного разговора, как вчера, не получится, однако очень скоро убедился, что все в порядке. Старики действительно отлично помнят события многолетней давности, а о том, что произошло десять минут назад, мгновенно забывают. Светлана едва успела принести чай и купленные Петром сласти, а Губанов уже обрел ровное расположение духа. Выглядел он сегодня заметно хуже, нежели накануне: глаза слезились сильнее, и старик постоянно отирал их уголком носового платка; одышка возникала чаще. Но он все равно готов был рассказывать и испытывал от беседы очевидное удовольствие.

— Конечно, как не помнить, — ответил он с улыбкой, когда Петр, выполняя поручение Карины, спросил про фильм «Два билета на дневной сеанс». — Хорошее было кино, я его много раз по телевизору смотрел. Наивное немного, но для того времени в самый раз. До настоящей оперативной работы там, разумеется, как до луны, так что ваша подруга совершенно права. В реальной жизни не работали так, как там показано. Но есть одна вещь, которую в этом кино отразили абсолютно точно.

— Какая?

— Вы правильно отметили, что молодого сотрудника направили по комсомольской путевке в подразделение, занимающееся борьбой с хищениями социалистической собственности, прямо из Технологического института. Не из финансового или какого-нибудь экономического, не из юридического, а из технологического. Именно так все и происходило на самом деле. А знаете почему?

— Вы вчера говорили, что в то время сотрудников с высшим образованием было совсем мало...

— Вот именно, говорил! — сердито подхватил Николай Андреевич. — Потому что считалось, что для борьбы с преступностью никакие специальные знания не нужны в принципе, достаточно иметь чистые руки и горячее сердце. Там еще про холодную голову говорилось, только никому почему-то на ум не приходило, что в этой голове, помимо холода, должно быть кое-что еще, а не одна только ледяная пустыня. Ведь Хрущев какой лозунг выдвинул? Слишком, говорит, большая численность у милиции, слишком много расплодилось борцов с преступностью на государственной зарплате, давайте-ка мы их сократим, нечего им бюджет страны разорять, пусть с преступностью борется общественность своими силами. Преступность есть результат буржуазных пережитков в сознании отдельно взятых людей, и с этим общественники прекрасно справятся, пусть после работы выходят улицы патрулировать, пусть разбирают недостойное поведение на товарищеских судах, на партийных и комсомольских собраниях, и мы покончим с преступностью лет через двадцать окончательно и бесповоротно. К тому времени как раз и коммунизм полностью построим. А партийные и комсомольские многотысячные десанты, которыми заваливали органы внутренних дел? Та же самая идея! В борьбе с преступностью никакие специальные знания не нужны, любой справится, лишь бы был активным комсомольцем или честным партийцем. Потому и внимания не уделялось уровню образованности сотрудников. Образованные — это гнилая интеллигенция, из них только враги народа получаются, а у нас же было государство рабочих и крестьян, они — главные, они всю музыку заказывали. Берия со своей единоличной властью над всеми силовиками такого страху нагнал, что даже после его расстрела еще много лет шел откат в обратную сторону, все боялись позволить правоохранительным органам стать слишком могущественными, как при Сталине.

Губанов разошелся не на шутку, и Петр понял, что отставной полковник сел на своего любимого конька. Но журналисту не было скучно ни одной секунды, хотя до обстоятельств убийства, совершенного в 1981 году, ради которого он, собственно, и пришел к Николаю Андреевичу, было еще ох как далеко. Может, и вправду изменить суть будущей книги? Нет, гибель сотрудников правоохранительных органов, конечно, оставить, ведь огромный материал уже собран, но общую подачу сделать совсем другой, переместив акцент с самоотверженности и жертвенности на исторический аспект и волюнтаристские решения властей... Надо будет еще подумать над этой мыслью, а потом обсудить с Кариной: ее богатое воображение наверняка подскажет какой-нибудь неординарный вариант.

Август 1966 года

Николай Губанов

С Саней Абрамяном Николай столкнулся, когда шел после работы к станции метро «Проспект Маркса». Лицо у Сани было усталым и сосредоточенным, он ничего не видел вокруг себя и почти врезался в идущего навстречу Губанова.

— Ты на Петровку, что ли? — радушно спросил Николай.

— Ну а куда ж еще... Замучили совместными совещаниями, все хотят раскрываемость поднять, пока новые назначения не пришли, сам понимаешь, — зло проговорил, как выплюнул, Абрамян. — Ничего с новым министром не понятно до сих пор. Может, ты что-то знаешь?

Он с надеждой взглянул на Николая, но тому порадовать старого приятеля было нечем.

— Если уж ты не знаешь, то куда мне, — усмехнулся Губанов. — У тебя источники, а у меня что? Одни бумажки.

— Ты будешь смеяться, но у меня сейчас тоже одни бумажки, — невесело отозвался Саня. — И в прямом смысле, и в переносном. Я ж не вчера родился, видел, как работает мое начальство, думал, что все знаю и понимаю про их работу. А как сам стал начальником — так и утонул в писанине. Мне и в голову не приходило, что ее так много. А тут еще группа злодеев нарисовалась, какие-то махинации со вторсырьем, с макулатурой, по Москве и всему Подмосковью, вот моих ребят и пристегнули к Петровке. Так что куда ни кинь — всюду бумага. Хорошо хоть, Астаховское дело скинули, не приходится теперь отчитываться каждый день.

— Неужели раскрыли? Вот молодцы! И кто оказался Джексоном?

— Кто-кто. Женщина, конечно, — проворчал Абрамян, взглянув на часы.

Кинокомедию «Три плюс два» посмотрела вся страна, и фраза «Джексон оказался женщиной» сразу прочно вошла в обиход разговорного языка. Именно эти слова произнес один из героев фильма, тот, который на пляже увлеченно читал какой-то детектив и рассказывал, что главный злодей именуется Джексоном и является одним из действующих лиц, но кем из них — пока непонятно.

— Я серьезно, Саня. Кто? Или пока нельзя разглашать?

Абрамян взглянул на него удивленно и недоверчиво:

— Ты что, вправду не знаешь? Или прикидываешься?

— Саня... — растерянно произнес Губанов. — Ты о чем?

Он действительно не понимал.

Абрамян снова посмотрел на часы.

— У братца своего спроси. А мне пора бежать, опаздываю.

Ошеломленный Николай какое-то время стоял посреди улицы столбом, глядя вслед почти бегущему Абрамяну. Что он имел в виду, советуя спросить у Михаила? И вообще, при чем тут Мишка?

* * *

В этот день на дачу никто не ездил, и около девяти вечера вся семья собралась ужинать. На самом деле Николай пришел домой, как и почти всегда, около половины восьмого, и Лариса собралась сразу покормить мужа, но он сказал, что будет ждать брата и сестру. С матерью такие фокусы, конечно, не проходили, у нее все бывало готово ровно к половине восьмого, и попробуй только откажись садиться за стол — сразу начнутся горестные причитания на тему «все же остынет, никакого вкуса, для чего я стараюсь, если потом гретое подавать» и так далее. Но Лариса только равнодушно пожала плечами и уселась на диван пришивать свежие метки к постельному белью, кучей сваленному на пол и предназначенному для сдачи в прачечную.

— Помочь? — спросил Николай.

— Угу. Просмотри все белье и отложи в отдельную кучку то, где метки плохо видно, я новые нашью. И пуговицы на наволочках проверь: если где-то болтаются — тоже отложи, я подошью, чтобы не оторвались.

Николай принялся разбирать пододеяльники, наволочки и простыни. Белья было, как всегда, много, ведь Мишка и Нина в прачечную не ходили. Как-то так сложилось изначально, что метками и заполнением длинных узких бланков занималась Лариса, а относить тяжелый узел в прачечную и забирать потом аккуратно связанный пакет вменялось в обязанности Николаю. Маминому любимцу Мишеньке некогда, он же работает и учится, со службы приходит поздно, а если не поздно, то ему заниматься нужно, ну а про Нину и говорить нечего: молодым девушкам нельзя таскать такие тяжести. Даже если бы и можно было, Нинка ни за что на свете не появится на улице с огромным узлом из простыни, в которую завязано нестираное белье. Модница и кокетка, боится своего принца на белом коне упустить. Вот будет он ехать на голубой «Волге ГАЗ-21», увидит ее, а она с узлом, как бабка деревенская. И мимо проедет.

Отпарывать старые метки, на которых от многочисленных машинных стирок цифры плохо читались, Ларисе было лень, и она нашивала новые прямо поверх, отрезая аккуратные прямоугольнички с пропечатанными цифрами от длинной, свернутой в толстое кольцо ленты. Ну, в семье считалось, что ей лень. Однако Николай подозревал, что дело тут не в лени, а в зрении. Лариса после рождения сына все чаще стала щуриться, разглядывая что-то вблизи, а когда читала, держала книгу почти у самого лица. Распороть мелкие стежки белой ниткой по белой ткани так, чтобы не задеть саму ткань и не проделать в ней дырочку, ей трудно.

— Лара, не хочешь сходить к глазному? — спросил Николай, рассматривая очередную наволочку. — Мне кажется, тебе нужны очки.

— Тебе кажется! — раздраженно фыркнула Лариса. — Ну, допустим, я схожу. И мне, допустим, выпишут очки. Дальше что?

— Как — что? Пойдешь в аптеку, выберешь оправу, закажешь, тебе все сделают. И не будешь мучиться. На тебя смотреть больно, если честно.

— А ты пробовал? Ты ходил? Выбирал? Ты хоть видел, какое убожество там продается?

— Нет, но...

— А я ходила. И не один раз. Просто удивительно, что ты только сейчас обратил внимание на то, что я плохо вижу.

— Да я давно заметил, просто не поднимал этот вопрос, думал, что тебе будет неприятно, — попытался оправдаться Николай. — Я знаю, женщины не любят носить очки, стесняются.

— И правильно делают. — Лариса откусила нитку, бросила пододеяльник на пол и потянулась к ножницам, чтобы отрезать от ленты очередную метку. — То, что продается в наших аптеках, ни одна приличная женщина себе на лицо не наденет. Любую красоту можно в один миг изуродовать такими оправами.

— Но ведь многие женщины ходят в очках и при этом красиво выглядят, — запротестовал он. — Что ты выдумываешь?

Лариса с какой-то непонятной грустью посмотрела на мужа.

— Коля, а ты не хочешь поинтересоваться у этих женщин, где они купили оправы, в которых так красиво выглядят? Нет? А я вот поинтересовалась. Они все импортные, привезены из-за границы. Потому и выглядят.

Он внезапно рассердился:

— К чему эти разговоры? Когда ты выходила за меня замуж, ты прекрасно знала, что я не дипломат и не народный артист, за границу не выезжаю, никакого блата, чтобы доставать импортное барахло, у меня нет. А сейчас у тебя вдруг появились какие-то претензии!

Она устало вздохнула:

— Нет у меня никаких претензий, милый. Я всего лишь пытаюсь объяснить тебе, почему не хочу носить очки.

Слово «милый» прозвучало для Николая так неожиданно и повеяло от него таким давно забытым теплом, что он сразу же почувствовал себя виноватым. Как давно он не слышал от жены этого слова? Год? Два? Он даже и припомнить не мог... Но сердиться расхотелось. И отчего-то стало немного смешно: спор о преимуществах советских товаров над заграничными среди куч грязного постельного белья. Ну просто агитплакат для красного уголка!

Михаил явился без четверти девять, а буквально через несколько минут подтянулась Нина, запыхавшаяся и подозрительно раскрасневшаяся. К этому времени с бельем было покончено, и все уселись в комнате за стол. Нина моментально сжевала рыбные котлеты с макаронами и выскочила из-за стола.

— Ты куда? — строго спросил Николай. — А чай?

— Мне некогда, — бросила девушка из прихожей, застегивая ремешки на босоножках. — Я с девчонками договорилась, они меня ждут.

— Только не поздно! — крикнул ей вслед Миша.

— Отвали, — послышалось в ответ, после чего хлопнула дверь.

Михаил пожал плечами, на лице — осуждение и безнадежность.

— Вот как с ней справляться, а? Недосмотрим — и мы же будем виноваты, мать нам не простит.

Николай молча подошел к окну, постоял, глядя на улицу. Нина, в светлой кружевной блузке и короткой юбочке, почти бегом пересекла проезжую часть и помахала рукой, из-за угла дома напротив тут же вышел незнакомый парень. Ничего примечательного, такой же, как все: белая рубашка, скорее всего, нейлоновая, с закатанными рукавами, темные брюки. Волосы, пожалуй, чуть длинноваты, а в остальном вполне приличный.

— Девчонки, как же, — протянул он. — Стоит вон, ждет, терпеливый попался. Небось целовалась с ним в подъезде дома напротив, посматривала, когда ты появишься. Как тебя увидела — так и помчалась делать вид, что у нас семейный ужин, пообещала кавалеру, что быстренько отбудет номер и вернется.

Михаил тут же вскочил и тоже уставился в окно.

— Ничего вроде, с виду приличный, — констатировал он с видом знатока. — Ладно, попробую с ней поговорить, выспрошу, кто он и что. Надо все держать под контролем.

Они выпили чаю с ореховым печеньем, которое у Ларисы всегда получалось необыкновенно вкусным.

— И чего б тебе почаще не печь такую вкуснятину? — заявил Миша, который это печенье особенно любил и не уходил, пока не съедена последняя крошка. — Объеденье!

— А ты бы почаще на рынок за орехами и изюмом ездил, а потом еще сидел бы и колол их, — огрызнулась Лариса. — Есть и нахваливать ты мастер, что и говорить, а помощь предложить — так тебя и близко нет.

— Кухня — это женское дело, — равнодушным тоном ответил Михаил.

Дождавшись, когда Лариса уберет со стола и перемоет посуду, Николай позвал брата на кухню.

— Пойдем покурим, надо парой слов перекинуться.

Михаил взглянул на него недоуменно, но послушно направился следом.

— Чего? — спросил он, усаживаясь на табурет.

Николай внимательно посмотрел на него. Синий форменный китель делал Мишу старше и строже, придавал хлипкому и в общем-то несуразному молодому человеку вид солидный и почти начальственный. «Нинка после работы переоделась и помчалась на свидание, — подумал Николай. — А Миша, если и заходил домой, все равно пришел в форме. Любит он погонами щеголять, даже если от подъезда до подъезда всего-то метров пятнадцать. Его можно понять, Мишка все детство донашивал вещи за мной, мать всегда шутила, мол, повезло, что младший мельче старшего и ниже ростом, ушил-подкоротил — и готово дело, а вот кабы было наоборот, тогда пришлось бы младшему все новое покупать. Ничего необычного, в те годы многие так жили, и все наши школьные и дворовые друзья ходили в перешитом, переделанном или перелицованном. Не от бедности, а просто потому, что так было принято: не тратить лишнего, а сэкономленное класть на сберкнижку, копить на отпуск или на покупку чего-то необходимого. Приобретать новую вещь, когда в доме есть целая и пригодная к употреблению? Такое даже в голову не приходило. Я тоже в отцовском ходил, когда подрос, правда, на меня перешивать не нужно было. Мишка никак не может забыть себя прежнего, в одежке с чужого плеча. Неказистый был, невзрачный, слабый, постоять за себя не умел, старшие ребята, да и ровесники тоже постоянно задирали его, а то и били. Теперь вот носит форму с погонами и отыгрывается за все детские обиды».

Михаил курил, спокойно и выжидательно глядя на брата.

— Ты ничего не хочешь мне рассказать? — заговорил Николай.

— О чем?

— Об Астахове, например. Или о том, кто и почему его убил.

— Ах вот ты о чем! — Миша улыбнулся открыто и весело. — Так нечего особенно рассказывать. Просто я догадался, кто убийца, пришел к следователю и сообщил ему о своих подозрениях. Он согласился, что я прав, настрополил оперов, те кое-что проверили, и все сошлось как в копеечку. Сегодня как раз должны были брать негодяя.

Николай дар речи потерял. Молча сделал несколько глубоких затяжек, ожидая, пока мысли выйдут из ступора.

— Давай все сначала, — произнес он наконец. — О чем ты мог догадаться? Как ты вообще мог о чем-то догадаться, если у тебя нет доступа к материалам следствия? Ты можешь говорить нормально, а не вот этими вот загадочными обрывками?

Он с трудом сдерживал злость и желание дать младшему брату подзатыльник, да поувесистей. Сидит, понимаешь ли, такой весь вальяжный, делает вид, что ничего особенного не произошло, а сам чуть не лопается от гордости и от сознания собственного величия. Гениальный сыщик нашелся, Шерлок Холмс! Делом не занимался, в расследовании не участвовал, с материалами не знакомился, а посидел пять минут на горшке и высосал из пальца имя преступника.

Михаил вздохнул и заговорил негромко, мягко, как бы нехотя:

— Ты сам рассказывал мне про расставленные на рояле свечи, про затейливый узор. И про фотографию девушки ты рассказывал. А о том, что Астахов первостатейный бабник и принципиальный холостяк, знает весь поселок, тут мне даже твои рассказы не потребовались. Ты, Коля, сноб, ты общаешься только с теми, кого считаешь ровней себе или с кем тебе интересно. Вот с тем же покойничком Астаховым ты водился, к академику с Первомайской улицы захаживаешь, к писателю этому, как его... Никак фамилию не запомню. Ну не важно. А я контактирую со всеми, людей на ранги и касты не делю и потому знаю, кто чем живет и чем дышит, у кого что болит и кто что скрывает. Чуешь, к чему я веду?

— Пока нет, — сухо ответил Николай. — По всей вероятности, ты изыскал убийцу среди жителей поселка?

— Именно! Вот смотри: раз была фотография девушки, значит, дело в любовных отношениях. Астахов ее поматросил и бросил. Идем дальше: неразборчивость в половых связях вызывает негодование либо у старорежимных, либо у верующих. Ну или у совсем уж пораженных коммунистической нравственностью. Больше никого этим сегодня не удивишь. Какие претензии могут быть у нормального человека к Астахову? Мужик взрослый, самостоятельный, холостой, имеет полное право устраивать свою личную жизнь как хочет. Если бы считалось, что он не должен так себя вести, его бы партком Большого театра быстро к ногтю прижал. А его прижали? Нет. И на сцену выходил, и за границу ездил, и в правительственных концертах участвовал. Значит, с этой стороны все в порядке.

Поэтому нормальных людей из поселка мы сразу отметаем. А старорежимные в Успенском есть? Не напрягай память, я тебе сам скажу: есть парочка, одна старуха — мать депутата Верховного Совета, вторая — бабка жены того дипломата, который мне в прошлом году английские сигареты подарил, целый блок, помнишь? Обе бабки такие древние, что просто смешно думать о них как об убийцах. Сильно верующих в поселке тоже нет, в церковь по праздникам никто из них не ездит. Теперь вспоминаем о свечах. Почему они расставлены каким-то непонятным рисунком? Ну, соображаешь?

— И почему же?

— Да потому что секта! — Михаил торжествующе посмотрел на брата. — И это означает, что нужно искать человека со странностями, с особенностями. Не сумасшедшего, про которого все знают, что он псих ненормальный, а такого, знаешь, с чудинкой, не похожего на других. Ну и третье: искать такого чудика нужно именно в Успенском. Убийцей должен быть человек, который заходил в дом к Астахову, видел таблетки, знал, для чего они предназначены и где лежат. А дальше все было совсем просто. Это оказался Виктор Лаврушенков, отец того парнишки, Славика, с которым дружит твой Юрка. Про него все в поселке знают, что он очень странный, знаешь ли. Просто удивительно, что ты позволяешь своему сыну дружить с мальчишкой из такой семьи. Или ты, как обычно, не опускаешься до таких мелочей, как местные жители и их проблемы, тебя больше интересуют высокопоставленные дачники?

Теперь в голосе Михаила торжество смешивалось с надменной снисходительностью, но у Николая не было сил реагировать на интонации брата. У него голова шла кругом.

— Погоди, Миша...

За стеной в комнате зазвонил телефон, потом донесся приглушенный голос Ларисы, которая с кем-то разговаривала. Слов было не разобрать, но звуки, пусть и негромкие, все равно отвлекали и не давали сосредоточиться.

* * *

Михаил Губанов

Минуты такого острого наслаждения нечасто выпадали в жизни Михаила. Его многоумный старший брат сидит перед ним с глупым видом, растерянный, подавленный. Широкие плечи кажутся вялыми и узкими, он даже вроде как пониже ростом стал. А как рвался сразу после убийства Астахова встретиться со следователем, как хотел, чтобы его допросили, уверен был, что непременно скажет что-то очень важное и существенное для раскрытия преступления! Ну, рвался, и что? Много пользы принес Колька разговором с Дергуновым? Да ни грамма! Еще и выговаривал младшему брату, обвинял, повышал голос, называл плохим следователем.

Зато он, Михаил, подумал, понаблюдал, сделал выводы и принес новому следователю готовую версию. Практически обеспечил раскрытие, при этом, заметьте себе, безо всякой помощи со стороны, без оперов, без криминалистов и экспертиз. Своим умом до всего дошел, своими способностями, талантами.

Этот новый следователь, Полынцев, настоящий зубр, ас, все уголовные дела передает в суд с обвинительным заключением, а фразу «приостановить производство по делу в соответствии со ст. 195 ч. 3 УПК РСФСР в связи с неустановлением лица, подлежащего привлечению к уголовной ответственности» он даже не знает, как писать. Ни разу не приходилось, как говорят.

Когда Михаил явился к Полынцеву в областную прокуратуру, чтобы поделиться своими соображениями, сперва пришлось прождать в коридоре почти три часа, ожидая, пока следователь его примет, но оно того стоило. Аркадий Иванович Полынцев, худощавый и подтянутый, с грубыми чертами лица, высокими залысинами и маленькими колючими глазками, слушал его недоверчиво и, как показалось Мише, не особо внимательно, потом вдруг оживился, начал задавать уточняющие вопросы, даже что-то записывал. В конце скупо поблагодарил, но руку на прощание пожал крепко и даже, как показалось Губанову, дружески. А где-то через неделю Михаилу сообщили в дежурке, что Полынцев из облпрокуратуры просил связаться с ним. Звонить Губанов не стал, решил подъехать, закрепить, так сказать, полезное знакомство личным общением.

В этот раз ждать пришлось не так долго, всего часа полтора: следователь проводил очную ставку.

Михаила встретил приветливо, улыбался, и маленькие глазки уже не казались такими злыми.

— В цвет попал, Миша, в цвет, — довольным голосом гудел Полынцев. — Я ориентировал уголовный розыск, они все проверили, обнюхали, свидетелей подобрали, я допросил под протокол, все зафиксировал. Еще парочку концов подчистим и будем готовить задержание. И твои показания очень не помешали бы, особенно в той части, где ты говоришь, что Виктор Лаврушенков бывал в доме у Астахова. Ты как насчет этого?

— Не хотелось бы, Аркадий Иванович.

— А что ж так?

— Если на суд вызовут... Там же люди из Успенского будут... Не хочется терять такую хорошую дачу, а после показаний на суде нам в поселке не жить, сами понимаете. Лаврушенковы — местные, их все знают, сын их, Славик, дружит с моим племянником.

— Понимаю, понимаю, — покивал Полынцев. — Жаль, конечно, но придется пойти тебе навстречу, ты коллега как-никак. Ладно, подтянем, не впервой.

Они поговорили еще с четверть часа, после чего Аркадий Иванович сказал:

— Толковый ты парень, Миша Губанов. Если в хорошие руки попадешь — станешь лучшим в своем деле, как я. Подвернется достойное место — я тебя не забуду. Оформим переводом из МООП в прокуратуру, выслугу не потеряешь. А пока твоя задача — как следует учиться и получить диплом.

Эта встреча с Полынцевым оставила у Михаила ощущение победы и еще чего-то смутного, едва уловимого. Оно, это неуловимое, было неприятным, слегка царапало сознание, но очень скоро, буквально через час, исчезло, оставив лишь торжество и уверенность в собственных силах.

И вот теперь он с удовольствием, смакуя каждое слово, излагал высокомерному старшему брату ход своих рассуждений и подробности воспоминаний о жителе поселка Успенское Викторе Лаврушенкове. Он с полным основанием ожидал услышать от Николая слова похвалы и восхищения. Однако тот вдруг спросил:

— А что ты вообще знаешь о сектах?

— Чего о них знать-то? Секта — она и есть секта. Там все ненормальные, с прибабахами. Ритуалы всякие, свечи, духи покойников и прочее мракобесие.

— И ты точно уверен, что убийца — Лаврушенков? На сто процентов?

— На двести, — уверенно ответил Михаил. — Да что я? Следователь тоже уверен. Сам Полынцев! Усекаешь? Он мою версию проверил от и до, и все подтвердилось, доказательства железные. Аркадий Иванович меня очень хвалил и пообещал порекомендовать на хорошую должность, когда будет случай.

— Тебя? — В голосе Николая недоверие смешалось со злостью. — Недоучку?

— Так не завтра же и даже не послезавтра. Как раз доучусь, получу диплом. А там — глядишь — и стану следователем по особо важным делам.

К Полынцеву прислушиваются, его мнение много значит, у него репутация знаешь какая? На всю страну гремит! Хотя откуда тебе знать, ты же милицейский кадровик, а Полынцев — прокурорский следователь. Уровень совсем другой.

Михаил, разумеется, не удержался от того, чтобы уколоть брата. Свой разговор с Полынцевым он пересказывать не стал, детали опустил, о том, что неприятно царапало, накрепко забыл, зато слова одобрения и обещания будущей поддержки цветисто раскрасил, преувеличил, а кое-где и присочинил. Уж очень приятно было произносить все это, глядя на обескураженное и явно расстроенное лицо Николая.

В кухню заглянула Лариса:

— Мишка, чья очередь завтра на дачу ехать? Твоя или Нинкина?

— Завтра Нина поедет, а что? Это мама звонила сейчас? Ты с ней разговаривала? Что-то нужно дополнительно? — встревожился Михаил.

Лариса проигнорировала все его вопросы, ни на один не ответила.

— Я сама завтра съезжу. Предупреди Нину.

— Да? — изумился Николай. — А чего это ты? Ты же только вчера ездила.

— По Юрке соскучилась, хочу побыть с ним.

И снова Михаила охватило сладостное чувство превосходства над необразованным и недалеким старшим братом. Как же, соскучилась она, дожидайся! Расклад простой, как три копейки: лето, время отпусков, жена доктора наук Разумовского — тоже ученый, профессорша чего-то там заумного по части химии, преподает в институте, значит, как раз в августе она и укатила на курорт. Кто только что звонил? С кем Лариса так долго разговаривала? Понятное дело, что с ним. Поедут завтра вместе, Лев Ильич подождет свою даму сердца где-нибудь на лавочке, пока та быстренько сыграет роль любящей матери и заботливой снохи, потом вернутся в Москву. Может быть, погуляют еще по городу, пройдутся, поворкуют о нежных чувствах, короче, проведут вечер вдвоем. Прямо под носом у мужа с любовником договаривается, а Кольке и невдомек. Вот остолоп-то!

* * *

Николай Губанов

«...низкий уровень общей эрудиции не позволяет грамотно формулировать вопросы при беседах со свидетелями и адекватно интерпретировать полученные ответы...»

Николай перечитал последнюю фразу, поморщился, зачеркнул слово «низкий» с такой яростью, что прорвал бумагу пером чернильной ручки. Сверху вместо «низкий» надписал «недостаточный». Еще немного подумал и таким же манером заменил «не позволяет» на «не всегда дает возможность». Вроде бы выходило помягче, повежливее. Первый вариант очередной докладной записки руководству кадровой службы Министерства охраны общественного порядка был забракован непосредственным начальником Николая

Губанова как излишне резкий, категоричный и безапелляционный.

— Ты с ума сошел, Губанов? — вызверился на него начальник городского управления кадров. — Ты хоть понимаешь, какое впечатление производит твоя писанина? Получается, что ты, такой умный и знающий, понял, как все должно быть устроено, и пришел отчитывать генерала, как сопливого мальчишку.

— Но я ничего такого не имел в виду, — пытался оправдываться Николай. — Я же неоднократно докладывал вам свои соображения, товарищ подполковник, и вы находили их дельными. Я только изложил все на бумаге, как вы и велели...

— Излагать тоже надо уметь. — Тон начальника немного смягчился. — И разницу надо чувствовать, капитан. Одно дело, когда ты со мной разговариваешь, и совсем другое — когда пишешь руководителю республиканского главка. Между тобой и мной только одна ступенька: твой начальник отдела. А между тобой и Зверевым сколько? Посчитал? Там целая лестница. В общем, с такой докладной я к руководству не пойду.

Этот разговор состоялся еще весной, и больше Николай Губанов к документу не возвращался, хотя думал о нем днем и ночью. Более или менее образованных и подготовленных сотрудников в милиции не хватало просто катастрофически. О том, что их мало, знали все, никакого секрета тут не было, но редко кто задумывался о том, что их непременно должно быть значительно больше. Подумаешь, экое сложное дело — борьба с преступностью и охрана общественного порядка! Да тут любой справится, было бы желание, а желание и идейность, как известно, от дипломов и аттестатов никак не зависят, об этом ярко свидетельствует вся история Советского государства. Рабочие и крестьяне безо всяких там институтов и Октябрьскую революцию совершили, и сельское хозяйство подняли, и целину освоили, и индустриализацию осилили. Такую страну построили! Самую лучшую в мире! С бесплатным образованием, бесплатной медициной, новые дома растут как грибы, и всем нуждающимся выделяется жилье тоже бесплатно. Спорить с подобными аргументами было трудно, да Губанов и не пытался, признавая их справедливость как бы в целом. Но когда доходило до частностей, согласиться не получалось.

После разговора с Михаилом о Викторе Лаврушенкове пришлось пойти в библиотеку. Спрашивать литературу о сектах Николай не решился: подумают еще, что у него мозги набекрень. Попросил том Большой советской энциклопедии, тот, который на букву «С», нашел соответствующую статью, внимательно прочел. Ничего там не было ни про ритуалы со свечами, ни про покойников и их духов. Мишка, выходит, тоже ничего о сектах не знал, как и следователь Полынцев. И ни один из оперов, которые проверяли Мишкину версию, тоже понятия не имел, что это такое. Опирались на невесть где почерпнутые сведения, больше похожие на страшные сказки, которыми развлекаются дети в пионерских лагерях. «Девочка, девочка, выключи радио, желтая рука идет по улице», и все в таком роде.

А еще из головы не шли слова Сани Абрамяна о том, что из показаний свидетелей по делу Астахова, коллег и знакомых певца вообще мало что было понятно. Половина слов — незнакомые. Не может ли оказаться, что именно в этих незнакомых словах и скрывается нечто важное?

Михаил уверенно утверждает, что следователь Полынцев все проверил и даже нашел неоспоримые доказательства вины Лаврушенкова. Юркиного товарища Славика Николай знал давно, симпатичный рыжий пацаненок, энергичный, непоседливый, всегда с улыбкой на веснушчатой физиономии, и отца его, Виктора, механизатора из близлежащего совхоза, встречал в поселке, здоровался, но подолгу с ним не разговаривал. Виктор и вправду производил впечатление чудика: странноватый, рассеянный, углубленный в себя. Мог пройти мимо и не остановиться, не ответить на приветствие, вроде как не видел никого вокруг, а мог столкнуться с Николаем раза три за один день и все три раза останавливаться и спрашивать одно и то же: «Как дела? Приехал своих проведать? Как там в Москве, что слышно?» Как будто полностью забывал, что буквально час назад спрашивал то же самое... Да, странности в поведении Лаврушенкова-старшего действительно были, но при чем тут секта-то?

Николай боялся мыслей, которые приходили ему в голову. Мысли и впрямь были... неправильные, что ли. Не укладывающиеся в линию партии. Идущие вразрез с тем, что провозглашалось с высоких трибун. Официально все должны были считать, что преступное поведение свойственно отбросам общества, чаще всего — ранее судимым пьющим малограмотным людям, несознательным носителям пережитков прошлого. После смерти Сталина объявили амнистию, в результате которой в советское общество влилась огромная, неисчислимая масса уголовников, даже и близко не подступивших к тому, чтобы встать на путь исправления. Именно эта масса и определяла во второй половине 1950-х годов ситуацию с преступностью в стране. Как говорится, делала план. Потому и укрепилось в головах представление о том, что преступления совершаются в основном этими отбросами. Если все так, то для работы с такими гражданами не нужно обладать никакими особыми знаниями. Главное — знать, как и что нужно делать, чтобы раскрыть преступление и выловить злодея, а для этого вполне достаточно понимать, как он думает и чем живет, чем дышит. В принципе, конечно, правильно. Но как быть, если преступник образованный, умный и хитрый? Непьющий, ранее не судимый? Приличный во всех отношениях человек, уважаемый, о котором никто худого слова не скажет? Если он, к примеру, ученый, деятель искусства, врач, журналист или еще кто-нибудь подобный? И как разговаривать с теми, кто его окружает и может дать о нем информацию? Как расположить к себе потенциального свидетеля, войти к нему в доверие, добиться дачи показаний, если даже не в состоянии понять, о чем этот свидетель тебе рассказывает? Выпускники школ милиции чаще всего направляются на работу в уголовный розыск и в ОБХСС, где их учат раскрывать именно такие преступления, которые соответствуют общепринятой модели. А надо бы готовить профессионалов, которые смогут найти общий язык с образованными эрудированными людьми, стать для них «своими», достойными того, чтобы делиться с ними информацией. Настоящий хороший оперативник должен уметь поддержать разговор на любую тему и прикинуться кем угодно, от подзаборного алкаша до дипломата. Он должен быть артистом с огромным багажом знаний, пусть поверхностных, но обширных.

И дело Астахова — яркий тому пример. Уместно вспомнить и убийство в 1939 году знаменитой актрисы Зинаиды Райх, жены сперва Есенина, затем Мейерхольда. Семнадцать ножевых ранений... Почти тридцать лет прошло, а преступление так и не раскрыли. А убийство Зайдера, того самого, который в 1925 году застрелил героя Гражданской войны Котовского? Кого-то сначала задержали, но в итоге не осудили, а в среде компетентных людей до сих пор считается, что Зайдер был не единственным участником убийства Котовского. За его спиной кто-то стоял, кто-то им руководил, направлял. Так и нет ясности ни с убийством героического командира, ни с убийством его палача.

Конечно, обычной бытовухи и чисто уголовной деятельности в общем массиве преступлений очень много, с этим никто не спорит. Но это ведь не означает, что и другие криминальные деяния не нужно раскрывать. Пусть даже они встречаются не так часто, зато привлекают внимание. Ну, допустим, внимание общественности можно в расчет не брать: если не напечатать в газетах или не сообщить по радио, так никто и не узнает. В 1961 году произошли массовые беспорядки в Краснодаре, потом в Муроме, причем вызваны они были недовольством граждан тем, как действует милиция. И что, узнали жители Страны Советов об этом? На следующий год — события в Новочеркасске, 24 человека убиты, 39 ранены, и снова тишина, ни гугу. Так что насчет общественности можно не беспокоиться. Но вот руководство... Оно обо всем знает и ничего не забывает. И строго спрашивает с исполнителей: почему до сих пор не раскрыто? Когда отчитаетесь? А для того, чтобы раскрыть и отчитаться, нужны сыскари совсем другого уровня, таких в милиции раз-два — и обчелся.

Загвоздка в том, что профессиональная подготовка требует денег из государственного бюджета. А зачем государству тратить деньги на обучение квалифицированных оперативников, если лет через пятнадцать-двадцать будет построен коммунизм и вся преступность сама собой сойдет на нет, как утверждает партия? Это нерациональное использование бюджетных средств. Вообще-то Николай Губанов очень сильно сомневался в этом, но заявлять о своем несогласии открыто ни в коем случае нельзя.

В первый раз Губанов совершил грубую ошибку, попытавшись изложить свои «несвоевременные» мысли в той докладной, которую решительно забраковал начальник. Это было неправильно. Сейчас он поступит иначе. Не будет в его докладной никаких даже намеков на ошибочность официальной линии, будет только короткая вводная часть, выразительное упоминание о трудностях с делом об убийстве солиста Большого театра и еще некоторых нераскрытых делах, и предложения по совершенствованию системы профессиональной подготовки. Высших школ милиции должно быть больше, и перечень преподаваемых дисциплин нужно существенно расширить...

Он снова перечитал исчерканные вдоль и поперек листы. Нет, не то, не так. Надо начинать все заново. И непременно довести до конца и добиться, чтобы бумага ушла по инстанциям, пока дело Астахова свежо и не забыто. Ходом расследования интересуются наверху, сам генсек проявляет к нему внимание, и это может помочь документу быстрее уйти наверх, расчистит дорогу. Упустишь момент — и никто не воспримет соображения Николая Губанова всерьез, придется снова ждать, когда чиновников всколыхнет какое-нибудь громкое убийство известного на всю страну персонажа. Не зря же говорят: пока гром не грянет, мужик не перекрестится.

Николай положил перед собой чистый лист, снял с ручки колпачок и вывел в правом верхнем углу четким красивым почерком:

«Заместителю министра МООП РСФСР по кадрам генералу внутренней службы 3-го ранга Звереву А.Д.».

* * *

Времени у Абрамяна было совсем мало, и когда Николай позвонил и попросил о встрече, они договорились пересечься на углу улиц Герцена и Огарева, неподалеку от областного управления, где у Александра проходило совещание.

— Что, есть новости? — возбужденным голосом спросил запыхавшийся от быстрой ходьбы Абрамян. — Что-то стало известно о новых назначениях?

Николай развел руками и вздохнул. Порадовать старого приятеля было нечем. Впрочем, и огорчать тоже.

— До нас пока ничего не дошло, — признался он. — А ты что-нибудь знаешь?

Абрамян подхватил Николая под руку, и они медленно, словно прогуливаясь, пошли в сторону проспекта Маркса. Мимо них шли веселые компании парней и девушек, слышались обрывки разговоров, громкие голоса, звонкий смех. Студенты. Их здесь много, на этом пятачке. Юрфак и журфак МГУ, какие-то факультеты Второго медицинского, консерватория. Впрочем, что делать здесь студентам в августе? «У них же каникулы сейчас, — сообразил Николай. — Скорее всего, это абитуриенты. Или просто молодежь, приехавшая посмотреть столицу. Идут, наверное, на Красную площадь. Прекрасное беззаботное время! Впереди вся жизнь, и никаких тебе мыслей о политических интригах и смене руководства».

— Говорят, в Политбюро... — начал было Абрамян едва слышно, приблизив губы к уху Николая, и вдруг отвлекся: — Ух ты, какая!

Им навстречу, цокая каблучками узконосых туфелек и покачивая бедрами, двигалась красивая молодая женщина, удивительно похожая на Ларису и фигурой, и прической: темные волосы с загнутыми наружу концами перехвачены широкой эластичной лентой, густая челка падает на подведенные глаза.

— И почему мне такие никогда не достаются? — завистливым шепотом пробормотал Саня.

«Ну а мне досталась, — подумал Губанов. — И что? Никакой радости. Чужие люди. Я ей изменяю. Наверное, она тоже верность не хранит. Что толку в этой красоте? Если бы не Юрка — развелся бы не задумываясь».

— Так что в Политбюро? — негромко спросил он, возвращая Саню к унылой действительности.

Тот приостановился, глядя вслед уходящей красавице, потом удрученно вздохнул:

— Только между нами, лады? Не трепись на всех углах.

— Обижаешь.

— Ладно. Короче, есть кандидат. Какой-то Щелоков из Молдавии, с ним наш Первый давно знаком, вместе работали.

Саня по старой привычке называл Брежнева «Первым», хотя вот уже несколько месяцев, с апреля 1966 года, руководитель КПСС именовался не первым секретарем, а генеральным.

— Из наших, милицейских?

— Да нет, он там промышленностью заведовал, в нашей работе ничего не понимает. Но Первый очень его продвигает, бьется за этого Щелокова, как лев.

— Можно понять, — пожал плечами Николай. — Ему нужны свои люди, особенно на таких ответственных ведомствах, как МООП.

— Ну вот, — продолжал Абрамян. — А те, которые хотят оставить Тикунова, начали вываливать грязное белье на Щелокова. Мол, взятки брал, незаконно обогащался и все такое. Так что битва идет нешуточная.

— А он что, в самом деле брал и обогащался?

— Да откуда ж мне знать, — с досадой бросил Абрамян. — Но, наверное, что-то было, комитетчики зря гнать не будут. Хотя кто их знает... Других кандидатов даже не рассматривают, так что или наш останется, или вот этот никому не известный Щелоков. Так что ты хотел-то, Коля? Зачем звал? Если у тебя дело — говори быстрее, мне ехать надо.

— Я насчет Астахова хотел спросить...

— Опять?

Абрамян резко остановился и отстранился:

— Чего тебе неймется-то? Я же говорил: все, закончили, раскрыли, задержали несколько дней назад, следователь доволен, начальство перестало дергать. Что еще?

— Саня, я знаю Лаврушенкова. Не близко, но знаю, часто видел его, разговаривал. Не он это. Вот поверь мне. Не он.

— Да он признался уже! Я только сегодня утром с Полынцевым разговаривал! Там и так доказухи полная корзина, мои ребята не зря свой хлеб жуют, а теперь еще и чистосердечное подписал. Чего ты за него заступаешься?

— Не знаю, — растерянно проговорил Николай. — Но я уверен, что это не он убил Астахова. Ну не мог он!

— Уверен он, — проворчал Саня. — Поработал бы в розыске с мое — знал бы, что мы эти «он не мог, он не такой» слышим каждый день по сто раз. А потом выясняется, что он именно такой и очень даже мог. У меня доказательства и чистуха, а у тебя что?

— Не знаю, — снова повторил Губанов. — Наверное, это называется внутренним убеждением. Ты можешь мне сказать, какие у тебя доказательства?

— Не могу. Тайна следствия. Сам должен понимать.

— Конечно.

— Но доказательства очень крепкие, можешь мне поверить.

— Хорошо, а в чистосердечном что Лаврушенков написал? Какой у него был мотив? Не просто же так он убил знаменитого певца. Как он объяснил?

— Тайна следствия. Будет суд — тогда все и узнаешь. Кончай выпытывать, Колян, ладно? Ты же знаешь, я все равно не расколюсь.

— А в прошлый раз ты рассказывал, — недовольно заметил Губанов. — И довольно-таки подробно. Что-то тайна следствия тебя не сильно смущала, когда мы на дачу ездили.

— Вот и видно, что ты кадровик, а не сыщик, — рассмеялся Абрамян, снова подхватывая его под руку. — Я тебе о чем рассказывал? О том, как мы отработали версии, которые оказались пустышкой, не нашли своего подтверждения. Это никому не нужно, не важно и не интересно. А то, что попадает «в цвет», разглашать нельзя. Чуешь разницу?

Они спустились на станцию «Проспект Маркса» и пошли по переходу к станции «Площадь

Свердлова», а оттуда — к станции «Площадь Революции».

— Так ты только ради этого меня позвал? — спросил Саня, когда они подошли к платформе. — Никакого другого дела у тебя нет?

— Другого нет. Хотел про Лаврушенкова спросить. Надеялся тебя убедить.

— Да в чем убедить-то?

— В том, что это не он. Я не верю, что Виктор Лаврушенков — убийца.

— А я верю, — твердо ответил Абрамян.

Из тоннеля послышался нарастающий грохот, подъезжал поезд, на котором Саня собирался уехать.

— И перестань морочить мне и себе голову, — бросил он на прощание. — Будет суд — сам все узнаешь и поймешь. Суд разберется, если что.

Он влился в толпу пассажиров, входящих в вагон, и Николай почти сразу потерял его из виду. Час пик, народу в метро много.

«Суд разберется». Губанов тяжело вздохнул и перешел к противоположной платформе: ему ехать в другую сторону.

Сентябрь 1966 года

Николай Губанов

Ну вот, ясность наступила. 17 сентября 1966 года Президиум Верховного Совета СССР упразднил Министерство охраны общественного порядка РСФСР, а его функции возложил на союзное министерство. Теперь у РСФСР не будет своего отдельного министерства, как у всех других союзных республик, а будет только МООП СССР, которое возьмет на себя функции руководства заодно и на республиканском уровне. Выходило как-то так, что РСФСР и СССР в целом — практически одно и то же. Никто не станет заниматься отдельно делами и проблемами Российской Советской Федеративной Социалистической Республики, ибо эти дела и проблемы равны общесоюзным. Ну а что? Самая большая ведь республика, что по площади, что по населению, стало быть — самая главная. И собой поруководит, и всеми братскими союзными республиками заодно. Так, что ли, получается?

И новый министр в тот же самый день назначен. Щелоков Николай Анисимович. Из ЦК Компартии Молдавии.

В эти дни Михаил Губанов ходил чернее тучи. Он и обычно-то был не болтлив, а тут совсем замкнулся, слова цедил через губу, семейные разговоры не поддерживал. Николай сперва не обратил на это внимания: сам был озабочен, проблем на службе хватало, а дома все внимание было направлено на сына. Каникулы закончились, Татьяна Степановна с Юрой вернулись с дачи, парень пошел в школу, в четвертый класс, но стал подавленным и рассеянным. Николай хорошо понимал причину и старался по мере возможности проводить с сыном духоподъемные беседы, но успехов пока не добился. Мальчик очень тяжело переживал беду, настигшую его товарища Славика Лаврушенкова.

— Славка так плакал, — рассказывал он отцу, и большие серые глаза его наливались слезами. — И мама его все время плачет. Как же так, пап? Ведь дядя Витя такой тихий всегда был, добрый, всем помогал. Теперь никто в Успенском не хочет со Славкой водиться, все говорят, что раз его папа убил человека, то и Славка тоже может.

— Если милиция ошиблась, то суд обязательно разберется, — утешал Николай сынишку.

— А если не ошиблась?

— Значит, так оно и есть, — вздыхал Николай. — Ты, главное, не бросай Славика, не отворачивайся от него, ты же его друг, должен поддержать, подставить плечо. Даже если дядя Витя сделал что-то плохое, Славик ни в чем не виноват.

— А почему тогда с ним никто не хочет водиться?

Николай радовался, что разговор быстро сворачивал с темы «виноват ли дядя Витя» на тему «виноват ли Славик». Не хотелось делиться с ребенком своими соображениями о виновности Виктора Лаврушенкова, это было бы неправильным во всех отношениях. Во-первых, нельзя давать десятилетнему пацану ложную надежду. Во-вторых, не следует позволять ему сомневаться в компетентности «органов». И в-третьих, ни в коем случае парень не должен узнать, что к раскрытию убийства приложил руку его родной дядя Миша. Ребенок пока плохо понимает, что такое служебный долг, честь мундира и профессиональная совесть, и в его сознании закрепится только одна мысль: дядя Миша своими действиями сделал так, что друг Славик и его мама страдают.

Он пускался в длинные туманные рассуждения о том, что сын за отца не отвечает, приводил исторические примеры, какие мог вспомнить. Юрик слушал внимательно и задавал встречные вопросы, да такие, на которые Николай далеко не всегда мог ответить: не хватало знаний, и вот уже две субботы подряд они с Юрой вдвоем ходили в районную библиотеку, брали умные книги или справочники и просиживали по несколько часов в читальном зале, отыскивая нужную информацию. Могут ли черты характера передаваться по наследству? Обязательно ли сын преступника тоже совершит преступление? И, в конце концов, почему же детеныши животных так быстро становятся взрослыми и самостоятельными, а человеческие детки получаются совсем другими? Ведь на этот вопрос десятилетний Юра Губанов ответа так и не получил. Может, неправда, что человек произошел от обезьяны? Потому что если бы от обезьяны, то...

— Пап, а можно мы с тобой в воскресенье на дачу съездим? — спросил Юра как-то вечером, уже укладываясь спать.

— На дачу? — удивился Николай. — Так вы же с бабушкой съехали уже, мы и ключи хозяину вернули, теперь до следующего лета. Но можно и на зимние каникулы, я договорюсь, если хочешь.

Юра упрямо мотнул головой:

— Ну и пусть, что дача закрыта, я только Славку навещу. Ты же сам сказал, что нужно его поддерживать. А как поддерживать, если я в Москве живу, а он в Успенском? Письма, что ли, ему писать?

— Хорошо, сынок, ты прав, нужно съездить, — согласился Николай. — Спи.

Он подоткнул сынишке одеяло, погладил по лбу, выключил свет и в этот момент решил, что нужно все-таки поговорить с братом. Чего он такой убитый? Неприятности на работе? Или в личной жизни что-то такое происходит, о чем семья не знает? Или, может, заболел и скрывает?

На кухне Лариса занималась штопкой носков, натянув ткань на деревянный грибочек. «Московское время двадцать один час тридцать пять минут, — сообщил сладкий мужской голос из радиоточки. — Передаем стихи советских поэтов». Заиграла красивая спокойная музыка. «Вот и славно, — подумал Николай. — Будет слушать свое любимое и не станет возражать, если я отлучусь из дома».

— Лара, я сбегаю к матери на полчасика.

— Зачем? — спросила она, не отрывая глаз от иголки с ниткой. — Что-то случилось?

— Хочу с Мишей поговорить. Не нравится он мне в последнее время. Ты разве не замечала сама?

Лариса равнодушно кивнула:

— Ну да, он смурной какой-то. Наверное, очередная Нинкина подружка его отшила.

— А что, была такая? — удивился Николай.

— Была, на той неделе еще. Татьяна Степановна рассказывала, но ты, как обычно, мимо ушей пропустил. Ты тоже, Коля, в последнее время мало кому нравишься, если тебе интересно. Не слушаешь, что тебе говорят, ни во что не вникаешь, весь в своих мыслях, а семья побоку.

— Но я ведь объяснял: у нас большие перемены на работе, все очень сложно...

— Я помню. А чего ты тогда насчет Мишки удивляешься? У него тоже, наверное, перемены, и тоже все сложно. И у Нинки, кстати, работа та же самая, а она вон порхает, радуется жизни и в ус не дует.

Диктор после небольшой музыкальной прелюдии объявил имя поэта и название стихотворения. «Читает актер Владимир Соколов...» Лариса протянула руку к круглому рычажку и прибавила громкость.

— В общем, не буду мешать, ты слушай, а я быстренько сбегаю, — торопливо проговорил Николай. — Я недолго.

В квартиру к матери даже подниматься не пришлось: Михаил прогуливался возле подъезда, попыхивая сигаретой.

— Ты чего здесь? — спросил Николай.

— Нинку караулю. Мать там кино какое-то смотрит, а я хочу глянуть, кто нашу сестрицу сегодня провожает, и поговорить с ней серьезно.

— Сегодня? Что ты имеешь в виду?

— То и имею, что ее то один провожает вечером, то другой. Не дело это. Хвостом крутит, а потом милиция на драку выезжает. Не хватало еще, чтобы из-за нашей девицы парни друг другу морды били. Нужно провести профилактическую беседу, пока до этого не дошло. Балбеска она! Сама с трудными подростками работает, могла бы уже и понимать такие вещи.

— А-а, ну да... Нехорошо, конечно. Так ты из-за этого такой озабоченный в последнее время?

Михаил хмуро посмотрел на брата, швырнул окурок на асфальт и с силой придавил подошвой ботинка.

— Ничего я не озабоченный, не выдумывай.

— Миш, я же вижу... Что случилось?

Михаил немного помолчал, глядя в пространство, потом выдавил:

— У Полынцева инфаркт. Еле откачали. Прямо из служебного кабинета увезли. Теперь месяца два работать не будет, а то и все три.

— И чего? — не понял Николай. — Ты из-за этого так расстроился? Да ты ж его едва знаешь, он тебе не друг, не сват, не брат. Откачали ведь, жив — и слава богу.

— Ни хрена ты не понимаешь, Коля! Аркадий Иванович как раз начал обвинительное заключение по Лаврушенкову писать, дело вот-вот должно было в суд уйти, а тут — на тебе, пожалуйста.

— Ну и что? В чем проблема-то? Все материалы собраны, все доказательства закреплены, любой другой следователь может обвиниловку закончить и передать дело в суд.

— Так в этом и проблема! — вдруг взорвался Михаил. — Ты что, действительно не понимаешь? Полынцев расследует громкое убийство, суд выносит приговор, руководство довольно и хочет поощрить причастных. А кто причастный? Какой следователь? Судья же не вникает, кто именно вел все следствие, ему до лампочки, что сначала был Дергунов, потом Полынцев, потом еще кто-то третий или четвертый. Судьи сроду уголовные дела от корки до корки не читали, у них на это времени нет, а если и читали, то обращали внимание на суть написанного в документе, а не на имена тех, кто его составил. Он смотрит в обвиниловке фамилию того, кто дело в суд передал. Всё. Понимаешь? И видит подпись: следователь Садков. Вот про Садкова и докладывают наверх, а Полынцева побоку.

— А тебе, значит, обидно за старого опытного зубра, которого в очередной раз должны были наградить, а теперь он мимо пролетит? — усмехнулся Николай.

— Мне за себя обидно, — уже гораздо спокойнее ответил Миша. — Полынцев еще долго будет на больничном. Даже если его и назовут как главного победителя, то перед руководством он точно стоять не будет. Стоять будет этот новый, Садков.

— Ну и пусть себе стоит. Тебе жалко, что ли?

— Полынцев обещал помочь мне с продвижением. Его обязательно спросили бы, кого еще нужно отметить, и он назвал бы меня. Я уверен. А Садков что? Он меня и в глаза-то не видел. Получил сложнейшее дело в готовом виде и будет почивать на лаврах. Полынцеву наград и почестей хватает, он за новыми уже не гонится, а Садков славой делиться не будет, постарается все себе приписать. И меня не назовет, хотя фактически дело раскрыл именно я, преподнес имя убийцы на блюдечке с голубой каемочкой. Я уж не говорю о том, что Полынцев после инфаркта может вообще на службу не вернуться, оформит пенсию по инвалидности. А кто станет слушать рекомендации какого-то замшелого пенсионера, даже если он меня и назовет при случае?

Вот, значит, в чем дело... Ну что ж, от Мишки ничего иного ждать не приходится. Упорно и долго трудиться он не любит, предпочитает получать результат минимальными усилиями и за чужой счет.

— Миш, а чего с делом так волынили? Лаврушенкова арестовали еще в августе, а сейчас уже сентябрь заканчивается. Почему так долго получилось?

— Судебно-психиатрическую экспертизу назначали, — ответил Миша уже совсем спокойно. — Это почти месяц. В институте Сербского быстрее не делают, там все по-серьезному.

— Понятно. Ты никому не рассказывал о том, что причастен к раскрытию? Я имею в виду, кроме Полынцева и меня.

— Ты идиот? Твой дружок Абрамян знает. И опера все знают. Ну, те, которые по делу работали.

— А кроме них? Мать, Нинка, Лариса?

— Вот не надоело тебе руководить, а? — сердито отозвался Михаил. — Ты мне сразу сказал, что Юрка ничего не должен узнать. Я тебя услышал и все понял, я ж не ребенок. Не надо мне по сто раз повторять одно и то же.

Он прищурился, вглядываясь куда-то в даль, и вдруг резко сделал шаг назад.

— Вон Нинка с кавалером. За ручки держатся.

Николай посмотрел в ту же сторону и увидел сестру в накинутом на плечи мужском пиджаке, медленно идущую рядом с молодым человеком, который издалека не был похож на того, которого месяц назад видели из окна. Миша прав, девушка что-то зачастила со сменой ухажеров. Хотя, может, это и неплохо, есть из кого выбирать. Уж кто-кто, а Нина Губанова совершенно точно не выскочит замуж за первого же, кто позовет, из страха остаться старой девой.

— Если не собираешься стать третьим участником показательной порки — вали отсюда, пока она нас не заметила, — быстро проговорил Михаил, прячась за толстым стволом дерева.

Николай не собирался. Он метнулся в сторону, противоположную той, с которой приближались сестра и ее провожатый, и через несколько шагов скрылся за углом. Чтобы вернуться к своему подъезду, ему теперь придется пройти мимо Миши и Нины, так что лучше подождать, пока воспитательный час закончится и брат с сестрой уйдут домой.

А можно дойти до телефона-автомата и позвонить. Доставить себе незапланированную радость. Вечером желающих позвонить не бывает много, и есть надежда, что удастся послушать любимый голосок и поговорить минут десять, а то и все пятнадцать, и никто не будет стучать монеткой в стекло будки и требовать побыстрее закончить разговор, потому что «вы тут не один, другим людям тоже нужно звонить».

Им так редко удается побыть наедине... Конечно, на работе они видятся каждый день, общаются по служебным вопросам, но чаще всего это происходит в чьем-то присутствии. Не дорос еще капитан Губанов до должности, при которой полагается отдельный кабинет. Приходится соблюдать осторожность и радоваться счастливому случаю, когда судьба сталкивает их в коридоре или на лестнице и можно остановиться и перебросится несколькими словами, не вызывая подозрений.

Николай порылся в карманах брюк, выудил несколько монет. Двушки не оказалось, но это ничего, сойдет и гривенник. В вестибюлях метро стоят автоматы для размена на пятачки, а вот поставить возле уличных таксофонов такие же автоматы с разменом на двухкопеечные монетки почему-то никому в голову не приходит. Наверное, считается, что ехать людям нужно обязательно, а звонить — перебьются.

* * *

В воскресенье Николай, как и обещал, повез сына в Успенское. Пока добирались на автобусе и метро до вокзала, Юра не умолкал, закидывая отца все новыми и новыми вопросами и тут же придумывая ответы на них, но в электричке примолк, достал книгу — «Пылающий остров» Казанцева — и погрузился в чтение, хотя чем ближе поезд подходил к нужной остановке, тем чаще Николай замечал, что мальчик не читает, а задумчиво смотрит в окно.

От платформы до собственно поселка идти недалеко, минут пятнадцать средним шагом.

— Пап, а почему сейчас здесь все другое? — удивленно спросил Юра. — Раньше как-то не так было.

— Потому что осень, сынок, — улыбнулся Николай. — Уже конец сентября. Летом все было зеленое, а теперь желтое и красное.

— А-а, ну да... Нет, я все равно не понимаю! Деревья-то одни и те же, только цвет другой. Почему же я их не узнаю?

Николай досадливо крякнул про себя. Один и тот же предмет выглядит по-разному, если его выкрасить в разные цвета. Но почему? Каким таким законом оптики это объясняется? Или тут дело не в оптике, а в человеческой голове, в особенностях восприятия? Интересно, учат ли будущих оперативников этой хитрости? Наверняка не учат, а ведь это необходимо очень хорошо знать, чтобы правильно оценивать показания очевидцев.

— Потому что цвет влияет на то, как человеческий глаз воспринимает форму, — уклончиво ответил он, понимая, что более четкого развернутого ответа дать не сможет.

— А как влияет? — не унимался любознательный Юрка.

— Вот начнешь изучать в школе физику, тогда и узнаешь. Тебе учитель все объяснит.

— А когда это будет?

— В шестом классе.

— У-у, — разочарованно протянул мальчик. — Так долго ждать придется... Я еще только в четвертом... А ты сам не можешь мне объяснить? Вот прямо сейчас!

— Не могу, сынок. Чтобы это понять, тебе придется еще два года как следует учить арифметику, потом алгебру и геометрию, иначе не разберешься.

— А ты разве не можешь мне объяснить так, чтобы я уже сейчас понял?

Николай рассмеялся и потрепал сына по стриженой макушке.

— Наберись терпения. Придет время — получишь ответы на все свои вопросы.

Да, не хватает ему образования, что уж говорить... В вечерней школе какая учеба? После рабочего дня у станка, да и то не каждый день, завод-то в три смены пашет. Николай оказался старшим мужчиной в семье, разве мог он позволить себе остаться в школе после восьмилетки? Нужно было работать, приносить в дом получку. После армии он подумывал о том, чтобы пойти на рабфак, позаниматься годик, подтянуть знания и попробовать поступить в институт на заочное отделение, но Лариса забеременела, родился Юрка, не до учебы стало. А теперь уж поздно, наверное.

А может, попробовать все-таки? Хотя... Если он и поступит, то учиться придется как следует, каждую свободную минуту, а не так, как Миша. Мишка учится ради диплома, за знаниями не гонится, считает, что они не нужны, а вот корочки очень даже нужны. Поэтому брат не старается, лишнюю страницу не прочтет, лишнюю книгу не откроет, нахватается по верхам накануне экзамена, вызубрит пару-тройку цитат, а через два дня в голове пусто. Такая учеба Николая не прельщает, диплом ему не нужен, ему настоящие знания нужны, а на это придется тратить все свободное время. Юрке уже десять, еще два-три года — и он вступит в такой возраст, когда родительское и особенно отцовское внимание станет совершенно необходимым. Уж от сестры Нины они наслушались такого — не приведи Господь! Упустишь парня в переходном возрасте — пиши пропало. Нет, не ко времени сейчас мысли о высшем образовании.

Поселок выглядел почти так же, как и летом, если не считать осенних красок. Очень многие продолжали жить на дачах до самых морозов, только школьников в город увозили. Детворы стало заметно меньше, и велосипедные звоночки тренькали не так часто, как во время каникул. Но дома стояли с распахнутыми окнами, на верандах за столами пили чай, на участках занимались какими-то садово-огородными работами. Воскресенье, многие приехали отдохнуть в выходной день, а в будни здесь малолюдно.

Дом Лаврушенковых был небольшим, но крепким и каким-то ухоженным. Во всем чувствовалась умелая рука хозяина, который знает, с какой стороны браться за инструмент. Николай вспомнил, что Виктор Лаврушенков действительно умел все и никому не отказывал, если требовалось что-то починить, приколотить или смастерить.

Мать и сын Лаврушенковы сидели на крылечке. Зинаида чистила овощи, сбрасывая очистки в стоящее рядом ведро, а приготовленные к использованию картошку, морковь и свеклу складывала в широкую миску с водой. Рыжеволосый веснушчатый Славик с угрюмым видом строгал ножичком деревяшку. Увидев товарища, мальчик посветлел лицом и мигом подлетел к калитке:

— Привет! Ты ко мне? Пошли на речку, я тебе одну вещь покажу. Дядя Коля, можно мы на речку сбегаем?

Николай на всякий случай сделал строгое лицо:

— А ты у мамы спросил?

— Мам! Я с Юркой, ладно? — крикнул Славик.

— Беги, беги, сынок, — печально улыбнулась Зинаида.

Пацаны убежали, а Николай подошел к крыльцу, присел рядом с женой Лаврушенкова.

— На борщ? — спросил он, кивнув на таз с овощами.

— Да, на винегрет сварила уже, сейчас остынут — буду чистить. А вы как тут оказались? Я слышала, вы дачу уже давно закрыли. В гости к кому-то приехали?

— Да вот Юрка соскучился по вашему сыну, решил проведать. Они же дружат.

— Ну да, дружат. Хорошо, что приехали, а то мальчонка у меня совсем скис, никто с ним играть не хочет. У нас в поселке весной приблудная собака ощенилась, так и живет с щенками на опушке леса, ребята им покушать носят. Щенки уже подросли, такие забавные, только пугливые очень. Я вот думаю, может, забрать в дом одного, пусть бы Славка с ним возился, воспитывал, все-таки какое-никакое развлечение парнишке, а то ведь один все время. В школе тоже узнали про Витю, сторонятся. Ох ты господи...

Голос у Зинаиды дрогнул, и по ее напрягшемуся лицу Николай понял, что она вот-вот заплачет.

— А вы сами как? Держитесь?

— А куда деваться? — вздохнула она. — Приходится. На работе сначала за свой счет взяла две недели, сил не было терпеть все эти разговоры и взгляды. Теперь снова работаю, а сердце болит и за Витю, и за Славика, особенно когда в ночную смену.

— Понимаю, — кивнул Николай. — Ночью тяжелее всего. А что милиция? Не обижали вас? Не грубили?

— Нет, они вежливые такие были, спокойные, наговаривать не стану. Да и что тут скажешь? Я ведь знала, что у Витеньки с головой... ну, не все хорошо. Это еще с войны, у него ранение было и контузия, а потом начались провалы в памяти. Делает что-то, говорит, с виду вроде все нормально, обычный человек, а потом оказывается, что он ничего не помнит. Вообще ничего.

Николай покачал головой:

— Надо же как... А Виктор знал об этом?

— Знал, конечно, я ему каждый раз говорила, когда замечала. Да только он мне не верил. Не может, говорит, такого быть, чтобы человек в здравом уме все забывал через пять минут. Я, говорит, не псих какой-нибудь, я механизатор-передовик, член партии, мой портрет в совхозе на доске почета висит. Очень сердился на меня.

— Бил? Руки распускал?

Зинаида оторвалась от своего занятия и полными возмущения глазами уставилась на Губанова.

— Да вы что такое говорите?! Витя мухи не обидит. И руки никогда не поднимал ни на меня, ни на ребенка. Выпивать — да, выпивал, так а кто сейчас не пьет-то? Но буйным не становился. Он же очень добрый, неужели вы сами не знаете?

— Знаю. Потому и удивился, что так произошло.

— Он в беспамятстве был. Ничего не помнит.

— Совсем ничего?

— Совсем. Витя много про что не помнит. Вот про партсобрание тоже позабыл, а люди в совхозе все милиционерам рассказали.

— А при чем тут партсобрание? — удивился Николай.

— А, — Зинаида горестно махнула рукой с зажатым в ней ножом, — была там какая-то скверная история, на партсобрании рассматривали персональное дело кого-то из их начальства, бухгалтера, что ли. Жена этого бухгалтера пришла в партком жаловаться, что муж ей изменяет и собирается развестись, ну вот они и собрались, чтобы его пропесочить по партийной линии. Пристыдить и вернуть в семью. И мой Витя, оказывается, попросил слово, поднялся на трибуну и долго выступал, клеймил, как они сказали, неразборчивость в половых связях, моральную нечистоплотность и все такое.

— Надо же, — протянул он. — Значит, Виктор высоко ценил супружескую верность?

— Очень высоко, очень, — горячо отозвалась Зинаида и внезапно улыбнулась нежно и солнечно. — Я даже, бывало, посмеивалась над ним.

Какое кино ни посмотрим — он обязательно потом долго сердился на кого-нибудь из героев, если там что-то не так было... Ну вы понимаете, в каком смысле. Даже если не изменил, а просто помечтал или, к примеру, за руку подержал, по телефону позвонил. Витя считал, что даже это — ужасный разврат и совершенно недопустимо. А про Владилена Семеновича все знали, что он... много чего себе позволял. Милиционеры спрашивали, бывал ли Витя у него дома. А как же не бывать? У Владилена Семеновича руки не из того места растут... то есть росли, ничего сам не мог, даже гвоздь забить не умел, так он Витю чуть ли не каждую неделю звал то одно сделать, то другое. Особенно после того, как гости приезжали. Они там широко гуляли, напивались допьяна, а мебель в доме хорошая, дорогая, старинная, вот Витя и приводил ее в порядок, царапины убирал, пятна, сколы всякие. То, бывало, доску в крыльце или на веранде проломят, то балясину попортят.

Она бросила в миску с водой последнюю картофелину и поднялась.

— Я вам мешаю? Отвлекаю вас, а вам по хозяйству надо... — виновато произнес Николай, внезапно смутившись.

— Да что вы! Я сейчас вареное принесу, на винегрет, тоже чистить нужно, остыло уже, наверное.

— А борщ как же?

— На сегодня у меня обед есть, а борщ я сварить успею, это дня на три-четыре.

Зинаида унесла миску в дом и вернулась с кастрюлей, заполненной отваренными в мундирах свеклой, картофелем и морковью, и еще одной эмалированной миской.

— С вами хоть поговорить можно, — сказала она грустно. — А то ведь на нас со Славиком все смотрят как на прокаженных. Если кто и разговаривает, то на всякие отвлеченные темы, про Витю даже упоминать боятся, как будто от слова можно заразу подхватить. А у меня на уме только одно: Витя, Витя, Витя. Ну как же так, Николай? Неужели я что-то проглядела, а? Витя для меня всегда был самым лучшим, я забыть не могу, какой он был ласковый, заботливый, когда мы только познакомились. Меня очень берег, с глупостями не приставал, даже поцеловал в первый раз только через четыре месяца после того, как мы начали встречаться. И никаких странностей я за ним не замечала. Ну, знала, конечно, про контузию и что ранен был тяжело — тоже знала, он с самого начала ничего не скрывал. Он же на фронт ушел в сорок третьем, как только восемнадцать исполнилось. Как же так вышло, что он превратился в убийцу, а я не заметила? Разве так может быть?

— Не знаю, — признался Губанов. — Я не врач, судить не берусь. А доктора-то что сказали?

— Сказали, что шизофрения. Мол, не осознавал, что делает. А дальше-то что будет? Надолго его в тюрьму, не знаете?

— Как суд решит. Может быть, не в тюрьму, а в специальную психиатрическую больницу.

— Психиатрическую, — с горечью повторила Лаврушенкова. — Выходит, мой Витя совсем ненормальный. Брошюры еще какие-то при обыске нашли... Я их и в глаза-то не видела. И где только он их прятал?

— Что за брошюры?

— Да бог их знает, и я смотреть не стала, а милиционеры, которые обыск проводили, сказали, что что-то про ритуалы и загово́ры. Зачем Витя их в дом притащил, вот зачем?! — в отчаянии воскликнула она. — Он никаких разговоров про это не вел ни со мной, ни со Славиком. Мы и знать не знали, что он этим интересуется.

— Не корите себя, Зина, — мягко проговорил Николай. — Я знаю, что такое жить в поселке в своем доме. Ни минуты свободной нет, все время на хозяйстве, воду носите из колодца, дровами топите, в огороде постоянно что-то нужно делать, в магазин за продуктами — далеко, на работу — далеко, и все пешком. Готовка, уборка... Я в бараке вырос, так что на своей шкуре испытал. Мать ни на минуту не присаживалась отдохнуть, а ведь огорода у нас не было, так что вам еще тяжелее. Разве у вас было время вникать во все? Сыт, здоров, обут, одет — и слава богу.

— Тоже верно. Спасибо вам, Николай.

Зинаида закончила чистить овощи и пересела за стол на веранде, чтобы нарезать их «на винегрет» и нашинковать «на борщ», а Губанов отправился прогуляться. Дошел до дачи, собрался было уже открыть калитку и зайти на участок, но остановился. Раз ключи вернули хозяину и за этот месяц не заплатили, то дача теперь не Губановых. Это чужая территория. «Что за дурацкая щепетильность», — усмехнулся он про себя, но зайти все равно не смог:

преследовало ощущение чего-то неправильного и постыдного.

Окинул взглядом участок, подумал, что надо бы следующей весной все-таки купить и посадить кусты смородины и крыжовника, мать давно просит. Хозяин возражать не будет, ему вообще безразлично, что делается на этой даче, лишь бы деньги платили. И наличники на окнах пора подкрасить. Еще кое-какие мелочи обновить и подправить... Почему-то, когда в доме кипит жизнь, недостатки не бросаются в глаза, их просто не видишь. А как только он пустеет и замирает, каждая недоделка, каждый кусочек облупившейся краски вдруг оказывается на виду.

Николай дошел до дачи Астахова и снова остановился. Долго задумчиво смотрел на дом, пытался представить себе, кто теперь будет в нем обитать. Кто-то из родственников покойного? Или дачу продадут? И что будут делать новые жильцы: оставят все, как было при жизни Владилена, или избавятся от его вещей, мебели, рояля и завезут свое?

Он вдруг сообразил, что не видел сегодня старуху Ковалеву, которая обычно торчала у забора и с каким-то нездоровым любопытством таращилась на дом Астахова, когда тот приезжал на дачу, а потом часами и с огромным удовольствием перемывала косточки самому певцу и его гостям. В город Ковалева пока не уехала, у нее окна нараспашку и дверь открыта, на веревках белье сушится, значит, соседка здесь. Не за кем ей стало наблюдать... Николаю никогда прежде не приходило в голову, что чья-то смерть может повлиять на жизнь совершенно незнакомых покойнику людей. Надо же как...

Возвращаясь к дому Лаврушенковых, он то и дело останавливался, чтобы перекинуться несколькими словами со знакомыми дачниками. Всех интересовало только одно, и никто не видел разницы между следователем, оперативником и сотрудником отдела кадров. Раз милиция — значит, должен знать подробности.

— Да я вообще не милиция, — пытался объяснить Губанов. — Я капитан внутренней службы.

Но вникать никто не хотел. Раз министерство одно и то же, значит, все его сотрудники занимаются примерно одним и тем же и все друг о друге знают. Все требовали, чтобы Николай рассказал, как и за что Виктор Лаврушенков убил певца Астахова, а услышав отказ, обижались и не принимали никаких оправданий.

Дома у Зинаиды Юра и Славик уже сидели на веранде и за обе щеки уписывали свежеприготовленный винегрет. Хозяйка радушно пригласила Николая за стол. Он не был голоден, но почему-то показалось, что отказ обидит Зинаиду, так что пришлось вместе со всеми съесть порцию наваристого бульона с вермишелью.

Славик заметно повеселел и ни за что не хотел отпускать Юру.

— Дядя Коля, ну пусть Юрка еще побудет, — просил он умоляюще.

— Сынок, тебе хорошо, ты дома, а Юре и его папе еще в Москву долго добираться, — строго сказала его мать. — Вы теперь оба взрослые, вам на воскресенье уроки задают, а ты за них еще и не садился. Юре тоже нужно заниматься. Ведь правда нужно, Юрочка?

— Ага, — уныло подтвердил тот. — Упражнения по русскому и примеры по арифметике. И еще по чтению что-то.

— «Что-то», — ехидно передразнил сына Николай. — При таком пренебрежительном отношении к урокам как раз и вырастают недоросли.

— А вы еще приедете? — с надеждой спросил Славик, провожая их до калитки.

Юра вопросительно посмотрел на отца, и Губанов кивнул.

— Мама сказала, что если я первую четверть хорошо закончу, она разрешит взять щенка. Я уже выбрал. Того, у которого уши разные, одно белое, другое черное, — продолжал Славик. — Приезжай, будем вместе его дрессировать. Приедешь?

От этой сцены у Николая сердце разрывалось. Славик Лаврушенков был на год младше Юрки. Каково это — остаться без друзей в таком возрасте? Конечно, дети не так злопамятны, как взрослые, и обиды быстро забывают, и страхи, и подозрения. Со временем все наладится, о беде, постигшей семью местной телефонистки, скоро забудут, и все вернется в свою колею. Но как дотянуть до этой колеи, как дожить маленькому мальчишке?

За несколько лет Николай Губанов успел выучить расписание электричек наизусть, так что к платформе они подошли вовремя и ждать пришлось всего несколько минут. Вагон был полупустым, дачники потянутся в Москву ближе к вечеру.

Юра снова уткнулся в книгу, а Николай углубился в мысли о предстоящем рабочем дне и о делах, которые нужно будет сделать.

— Пап, а так бывает, что человека посадили, а он на самом деле ничего не сделал и ни в чем не виноват? — вывел его из задумчивости голосок сына.

Первым побуждением Николая было ответить, что, мол, конечно, так бывает, но он быстро сообразил, что рассказывать ребенку о сталинских репрессиях и хрущевской реабилитации, пожалуй, еще рановато.

— Наверное, бывает, но очень редко. Наша милиция хорошо работает, и суд тоже, — аккуратно ответил он. — А почему ты спросил?

— Нипочему, — коротко буркнул Юра и отвернулся к окну.

Они проехали еще несколько остановок, когда Юра снова заговорил:

— Я, когда вырасту, стану самым лучшим милиционером. Буду всех плохих преступников ловить.

— А хороших преступников будешь отпускать? — с улыбкой спросил Губанов.

Юра и сам сообразил, что ляпнул что-то не то, и рассмеялся.

— Ну ладно, не придирайся. Я хотел сказать, что если кто-то совсем-совсем не виноват, то я его не посажу.

— Сынок, ты же собрался стать милиционером, а милиционеры никого не сажают, они только ловят, задерживают и арестовывают.

— А кто сажает?

— Суд. Ты подумай как следует: может, ты хочешь стать не милиционером, а судьей?

Юра покачал головой.

— Нет, — твердо ответил он. — Хочу милиционером, как дядя Миша и тетя Нина. И как ты, когда ты раньше был милиционером.

Николай мысленно порадовался тому, что у него растет такой толковый парень. Достаточно было всего один раз объяснить ему, что сначала его отец носил милицейскую форму, пока работал в уголовном розыске, а потом, когда перешел на кадровую работу, стал именоваться офицером внутренней службы. И Юра все усвоил и запомнил. Мальчики — будущие мужчины, а настоящие мужчины никогда не забывают и не путают того, что связано с погонами и оружием.

Октябрь 2021 года

Петр Кравченко

— А потом что?

Петр хотел услышать о дальнейшей судьбе уголовного дела по обвинению Виктора Лаврушенкова в убийстве Астахова, но Губанов снова увлекся рассказами о кадровых вопросах. Что ж, понятно, ему это куда важнее и интереснее, чем какое-то преступление.

— А потом, юноша, началась самая яркая полоса в моей служебной жизни!

Слезящиеся глаза Николая Андреевича задорно блеснули, и даже спина, кажется, выпрямилась.

Ладно, пусть предается воспоминаниям, вся эта информация может оказаться полезной если не сейчас, то впоследствии, ведь Петр собирается еще много лет заниматься публицистикой на тему борьбы с преступностью и, вполне возможно, перенесет акцент именно на исторический аспект. Как там говорила Каменская, которую Петя про себя именовал «сушеной воблой»? «Всегда интересно понимать, откуда ноги выросли» или как-то так.

— Ту свою докладную я переписывал раз двадцать, не меньше. Там же все непросто было, бумага от рядового сотрудника не могла попасть прямо на стол заместителю министра. Документ должен был прийти от руководства управления охраны общественного порядка Москвы, не ниже. То есть я, допустим, от своего имени подаю свои соображения начальнику отдела, тот смотрит, если не согласен — заворачивает и грязно бранится, если согласен — заставляет поправить или переделать, переписывает от своего имени и идет с этим к руководству управления кадров по городу, там снова читают, делают замечания, я их учитываю, и вот такая канитель до тех пор, пока главного милицейского кадровика столицы текст не устроит полностью. Опять же, если он в принципе согласен с изложенным. Потом он идет с этим текстом в аппарат замминистра. В общем, с документооборотом все долго и сложно. Но людей, которые понимали проблему и думали так же, как я, оказалось немало, меня поддержали, причем на самом высоком уровне. И главное — новый министр согласился с тем, что давно пора поднимать уровень образованности и подготовленности наших сотрудников. Спустя несколько месяцев после назначения Щелоков снял старого зама по кадрам, Зверева, назначил Рябика и дал команду усиленно заняться кадровым вопросом. Сначала пошли по проторенному пути: призвали в свои ряды представителей трудовых коллективов, комсомольцев и членов партии, единственное отличие от предыдущих призывов состояло в том, что отдавали предпочтение людям с образованием. Я-то был категорически против такой политики, я в своей докладной делал упор на то, что нужно самим внутри системы министерства готовить кадры и для этого расширять и укреплять уже существующие учебные заведения и создавать новые, при этом вводить новые дисциплины для специализации сотрудников разных служб, готовить их целенаправленно и продуманно, но все упиралось в деньги. Такие вещи одним днем не делаются. Призыв — это легко, никаких денег не требуется, достаточно принять постановление ЦК и советского правительства, бросить клич, так сказать, — и все будет сделано в кратчайшие сроки. А учебные заведения — это здания, помещения, мебель, оборудование, тренировочные комплексы, преподаватели и прочие сотрудники. Это финансы, а все финансы — это госбюджет, который планируется заранее.

Дальше последовал длинный многословный рассказ о том, как совершенствовалась система первоначальной подготовки тех, кто пришел на работу в милицию, как расширялась база высших учебных заведений, как «пробивали» специализацию в преподавании дисциплин в юридических вузах. Губанов сыпал цифрами и названиями, и было видно, что для него нет ничего в мире увлекательнее его прежней работы.

— Всего за несколько лет мы более чем в два раза увеличили число средних учебных заведений, открыли новые высшие школы, резко нарастили потенциал профессорско-преподавательского состава...

Даже голос у Николая Андреевича стал более звонким, от обычной бытовой разговорной речи не осталось и следа, формулировки казались отточенными, но сильно отдавали казенщиной и канцелярщиной. Петру было понятно, что его пожилой собеседник все эти фразы вытащил из памяти как многократно когда-то сказанные или написанные. Да уж, можно представить, сколько докладных записок, отчетов и прочих бумаг пришлось ему составлять за годы службы. Выстраданный текст.

— В начале семидесятых в наших высших школах работало свыше ста профессоров и докторов наук! — торжествующе вещал Губанов. — А в семьдесят третьем открылась Академия МВД. Мы такой прорыв совершили при Щелокове — и меньше чем за десять лет! Да и вообще перемены при нем начались, как только его назначили.

Петр с удивлением узнал, что уже через месяц после назначения нового министра был принят Указ о новом порядке присвоения специальных званий лицам начальствующего состава Министерства охраны общественного порядка, в следующем году создали комиссии по делам несовершеннолетних, а спустя еще год МООП переименовали в Министерство внутренних дел, после чего начались изменения в структуре министерства и все опять стало сложно. Если до этого момента было Главное управление милиции, то теперь вместо него появились самостоятельные подразделения, каждое со своей специализацией, например, Управление уголовного розыска, Управление БХСС, Управление госавтоинспекции и так далее. Почему-то Петру, насмотревшемуся фильмов и сериалов, казалось, что Главное управление уголовного розыска было всегда, как, собственно, и Министерство внутренних дел. Теперь вот выяснялось, что было и МООП, и Главное управление милиции, а до войны существовала должность со смешным названием «директор милиции». Надо же, как много интересного в истории!

Да, был еще какой-то вопрос, который пришел в голову Петра накануне, но он поленился записать, понадеялся на память и теперь судорожно выковыривал его из клубка вчерашних мыслей. О чем же он хотел спросить? Это совершенно точно не касалось дела об убийстве Астахова, просто что-то в длинных рассказах Николая Андреевича царапнуло слух. Что же это было? Ах да! Комиссары милиции.

— Да, — кивнул Губанов, услышав вопрос, — до семьдесят третьего года существовало специальное звание «комиссар милиции», а во внутренней службе были генералы, как в армии. Комиссары и генералы были первого, второго и третьего рангов. В семьдесят третьем комиссаров упразднили, ранги убрали и вместо них ввели генерал-майоров и генерал-лейтенантов и в милиции, и во внутренней службе.

— Вот я и удивился, что вы упоминали каких-то комиссаров милиции, а когда рассказывали про свою докладную, говорили о генерале третьего ранга. Теперь понятно. — Петр сделал пометку в блокноте. — Если не возражаете, давайте вернемся к делу Астахова.

Лицо Губанова сразу поскучнело.

— А что к нему возвращаться? Состоялся суд, Виктора Лаврушенкова признали невменяемым и отправили в психиатрическую больницу закрытого типа для применения к нему принудительных мер медицинского характера.

— Может, какие-нибудь подробности вспомните? — с надеждой спросил Петр.

— Увы. — Николай Андреевич выразительно развел руками. — Судебное заседание было закрытым, в зал никого не пустили, кроме участников процесса. Я бы сходил, конечно, послушал, все-таки лично знал и подсудимого, и потерпевшего, но не судьба.

— А почему заседание закрыли, не знаете? Там что, было что-то секретное?

— Да что там могло быть секретного-то? Устройство совхозного комбайна? Тоже мне государственная тайна! — презрительно фыркнул Губанов. — Скорее всего, дело в личности Астахова: не хотели рисковать. Все-таки мотив преступления достаточно... щекотливый, я бы сказал. Не хотели, чтобы особенности личной жизни любимого певца генсека вылезли наружу и были преданы огласке.

— А как у вашего брата Михаила сложилось? — с любопытством спросил Петр. — Участие в раскрытии дела помогло ему в карьере, как он и надеялся? Или не вышло?

— У Мишки-то? Шиш ему с маслом вышел тогда, а не карьера. А вот у меня, наоборот, дела в гору пошли, я ж говорю: мои мысли совпали с мыслями нового руководства, и меня начали усиленно двигать наверх. Мишка от зависти чуть не обделался.

Николай Андреевич шкодливо захихикал, в уголках губ запенилась слюна.

Хлопнула входная дверь, вернулась Светлана, похорошевшая и посвежевшая после посещения салона. Волосы теперь блестели и выглядели более темными, брови и ресницы стали ярче.

— Как вы тут без меня, справились? — весело спросила она. — Пообедали?

— Справились, — четко доложил Петр. — Разогрели, поели, посуду помыли.

— Дядя Коля, ты таблетки после обеда принимал? Или забыл?

— Принимал, — не моргнув глазом солгал Губанов, хотя Петр совершенно точно помнил, что никаких таблеток и в помине не было. Вот правильно говорят: старый — что малый.

Светлана, судя по всему, неплохо знала своего дядюшку.

— Петя, он принимал таблетки? — Она устремила на Петра строгий взгляд.

— Не знаю, я после обеда посуду мыл на кухне. Но если Николай Андреевич говорит, то...

«Еще пару таких интервью с бывшим сотрудником МВД — и я научусь врать не хуже хорошо обученного шпиона», — подумал Петр. Никаких лекарств он в комнате не видел, все они лежали в кухне на столе, и там же он видел распечатанный на принтере листок-пропись: что принимать, когда и в каких дозах. Что уж там Николай Андреевич делал в комнате, пока Петр мыл посуду, — неизвестно, но на кухню он не выходил, в этом журналист мог бы поклясться.

— Все с вами понятно, — вздохнула Светлана, но глаза ее смеялись. — Мальчишки. Вам ни в чем веры нет.

Она вдруг внимательно посмотрела на Губанова:

— Дядя Коля, ты как себя чувствуешь? Что-то ты неважно выглядишь.

Петр понял, что пора уходить. Старик, наверное, действительно устал, вряд ли он привык к таким многочасовым беседам. Начали в одиннадцать, а сейчас уже почти шесть вечера. Он начал укладывать в сумку диктофон и блокнот.

— Жду вас завтра в одиннадцать, — непререкаемым тоном заявил Николай Андреевич. — Продолжим работу.

— Завтра? — вскинулась Светлана. — Не получится. И послезавтра тоже. Дядя Коля, ты забыл, что у тебя трехдневный курс?

— Тьфу ты! — с досадой выдохнул Губанов. — Это уже завтра? Вот черт!

Светлана пояснила, что каждые два месяца Николай Андреевич проходит трехдневный курс поддерживающего лечения в дневном стационаре, уезжает туда утром и возвращается домой вечером. Капельницы, какие-то кислородные камеры и прочие хитроумные медицинские затеи.

— А ты не перепутала? — как-то совсем по-детски спросил Губанов. — В последний раз мы ездили совсем недавно, двух месяцев еще не прошло.

— Я не перепутала. Мы с тобой ездили в августе, а сейчас уже октябрь, — терпеливо ответила племянница.

— Да не может быть!

— Может, дядя Коля. Вот смотри, я тебе показываю свой ежедневник. Видишь?

Она открыла и сунула ему под нос толстый ежедневник в черной обложке.

— Вот запись за август, смотри. А вот запись на завтра, я при тебе звонила и согласовывала время, это было две недели назад, ты еще ворчал, что я тебе мешаю смотреть твой любимый сериал. Вспомнил?

— Неужели столько времени прошло? — недоверчиво проговорил Николай Андреевич. — Да быть не может! Ты меня обманываешь, Светка.

— Конечно, обманываю. А как иначе с тобой справляться? Тебя не обманешь — не выживешь, — рассмеялась племянница. — Сегодня вторник? Значит, договаривайтесь на субботу, не раньше.

Три дня! Покачиваясь в вагоне метро, Петр прикидывал, как получше распорядиться этими тремя днями. Допуск в архив суда он так и не получил, стало быть, с мечтой о прочтении уголовного дела можно распрощаться. Жаль, конечно. Если бы удалось сфотографировать на телефон документы из дела, Каменская помогла бы выудить из них то, что нужно, она в этом деле мастерица, и Петр уже заранее на всякий случай заручился ее обещанием помочь. В принципе на материалах Сокольникова она много чему научила Петю Кравченко, и, если бы речь шла о деле из 1990-х, он бы и сам справился. Но тут был 1966 год, реалии совсем другие, законы за 30 лет претерпели определенные изменения, да и правоприменительная практика тоже на месте не стояла. А уж об организации работы по раскрытию и расследованию преступлений и говорить нечего, Губанов утверждает, что с приходом Щелокова все стало иначе.

Дело посмотреть не удастся, будем исходить из этого. Тогда что делать? Может, Анастасия Павловна что-нибудь подскажет... Или вдруг вспомнит, что у нее есть какие-то знакомые, которые могут посодействовать.

Так, что еще? Следователь Садков. О нем Петр не знал ничего, кроме имени, отчества и фамилии. Пора приступать к сбору информации. Иными словами, искать людей, которые его знали и готовы о нем рассказывать.

Выйдя из метро, он настрочил сообщение Каменской с вопросом: когда можно встретиться с ней? Ответ пришел через пару минут: если очень срочно, то можно через полчаса, если терпит — тогда завтра в первой половине дня. «Только имейте в виду, у меня другой адрес. Как соберетесь — маякните, я напишу, как добраться».

Ишь ты, другой адрес... «Ну да, она же делала где-то ремонт, когда мы над делом Сокольникова корпели. Столько времени прошло, конечно, она давно переехала, а я и не сообразил». За время пребывания в Москве Петр несколько раз звонил Каменской, обменивался с ней сообщениями, но встретиться не довелось, не было необходимости.

Карины дома не было. На столе включенный ноутбук с незакрытой крышкой, экран темный, в спящем режиме, рядом чашка с остатками чая и блюдце, на котором сиротливо грустило несколько хлебных крошек. Петр пошевелил мышкой, экран загорелся, высветился текст с выделенными зеленым цветом строчками и красными пометками на полях. Что-то про королей и королев. И зачем люди переводят, а издательства публикуют эту муть? Неужели это кто-то сегодня читает?

Петр на всякий случай еще раз проверил телефон. Никаких сообщений от Карины не было. Куда же она подевалась? Может, за продуктами в магазин пошла? Он бросил взгляд на обувную полку в прихожей, потом заглянул в шкаф. Так и есть: ни кроссовок, ни спортивного костюма, ни ветровки. Значит, бегает. Правда, время неподходящее, сейчас люди возвращаются с работы, на дорогах полно машин, какая радость бегать среди толпы, вдыхая выхлопные газы? Всем хороша столица нашей родины, кроме воздуха.

Карина ворвалась в квартиру минут через двадцать. Разгоряченная, с порозовевшими щеками и выбившимися из заколки темными прядями, она была чудо как хороша.

— Ой, ты уже дома? А чего так рано? — удивилась она. — Я была уверена, что ты у своего старикана до ночи просидишь, поэтому даже и не предупреждала тебя, что ухожу.

— Нельзя истязать пожилых людей, они быстро устают. А ты почему сорвалась бегать в такое странное время?

— Ты ведь не хочешь, чтобы мой чудесный спортивный организм украсил геморрой, правда? — Она лукаво улыбнулась. — Просто почувствовала, что больше не могу сидеть сиднем, нужно встряхнуть тушку, чтобы еще несколько часов потом поработать. Я же думала, что тебя еще долго не будет. Ты сильно голодный? Потерпишь, пока я душ приму?

— Конечно.

Рассказы Губанова почему-то не отпускали Петра, и ему захотелось хотя бы прикоснуться к тому времени, к шестьдесят шестому году. Николай Андреевич охотно и детально описывал ситуацию вокруг правоохранительных органов, но о жизни людей говорил мало: то ли ему самому это неинтересно, то ли считал, что для работы журналиста это не важно. Может, и не важно, но почему-то захотелось узнать чуть больше. Как выражался их школьный учитель истории, «почувствовать аромат эпохи».

Петр включил свой ноутбук и начал забивать в поисковик запросы. Ого как кипела жизнь в Советском Союзе в то время! Визит президента Франции Шарля де Голля, визит премьер-министра Индии Индиры Ганди, первенство мира по шахматам в Московском театре эстрады между Тиграном Петросяном и Борисом Спасским.

С международным престижем, стало быть, все в порядке. Да и со спортом, видимо, тоже, коль два сильнейших шахматиста мира, бьющихся за звание чемпиона, оба из Страны Советов. С искусством тоже все было отнюдь не худо, на экраны вышел фильм «Берегись автомобиля», который до сих пор то и дело показывают по разным телеканалам. И еще был фильм Андрона Кончаловского «Первый учитель», который показывали на Международном кинофестивале в Риме, и советская актриса Наталья Аринбасарова получила приз за лучшую женскую роль. Оказывается, 55 лет назад советское кино было отнюдь не на последнем месте в мире. И Кончаловский, оказывается, уже снимал... Так, что там еще интересненького происходило? Дело Синявского и Даниэля, Двадцать третий съезд КПСС и удивительная по абсурдности речь Шолохова на этом съезде. Лауреат Нобелевской премии по литературе, автор «Тихого Дона» призывал расправиться с Даниэлем и Синявским, «руководствуясь революционным правосознанием», а не законом. «Да быть не может, — подумал Петр в первый момент, едва наткнувшись на эту информацию. — Бред. В шестьдесят шестом году, через полвека после революции, спустя много лет после смерти Сталина... Нет, это какая-то ошибка, в интернете чего только не напишут, неужели всему верить?» Он поискал в других местах и удрученно почесал подбородок. Все верно, так и было. И спустя полтора месяца писательница Лидия Чуковская написала Шолохову открытое письмо, в котором протестовала против его антиправовой позиции.

Петр дважды перечитал текст письма Чуковской и поежился. Лозунг «нет никаких законов, а есть только мое личное понимание, что есть благо для страны, а что — вред» выглядел не просто устрашающе. Он был ужасен. Чудовищен. Пятьдесят лет — огромный срок, и Петр был уверен, что за полвека правосознание людей обязательно должно было измениться, ан нет, вылезли эти отвратительные слова в середине шестидесятых, и не вырвались по пьяни и злобе где-то в подворотне, а произнесены с высокой трибуны съезда партии. Значит, какая-никакая поддержка у этого лозунга в тот момент была, иначе не посмел бы Шолохов даже вякнуть на эту тему. Идея выжила и спустя пятьдесят лет еще шевелилась и дышала. Так где же гарантия, что она не прожила после этого еще пятьдесят лет? Невозможно даже представить, что принцип революционного правосознания дотянул до наших дней. Вернее, это казалось невозможным Пете Кравченко еще полчаса назад. А теперь он засомневался. Ощущение было странным. Словно пол под ногами качнулся, и Петр на короткое мгновение потерял опору.

С сайтов, где содержалась информация о Шолохове в 1966 году, ссылки вели на другие сайты, где нашлись весьма любопытные тексты, касающиеся культуры и искусства. Выяснилось, что в 1965 году Шолохов, узнав, что Шведская академия рассматривает возможность присудить ему Нобелевскую премию по литературе за роман «Тихий Дон», обратился в ЦК КПСС, лично к товарищу Брежневу, с вопросом: брать премию или не брать, если все-таки дадут? Швеция — капстрана, а все капстраны априори враги советской власти, и прилично ли советскому писателю получать премию, присужденную классовым врагом? В ЦК посовещались и ответили: ладно, бери, если дадут. Прямо гамлетовская дилемма, блин: быть или не быть, брать или не брать. Только Гамлет нашел ответ самостоятельно, ни с кем не советуясь, хотя цена вопроса у шекспировского героя была неизмеримо выше: собственная жизнь. А у Шолохова на кону стояли всего лишь почет и деньги. Причем почет вообще не пострадал бы, если бы он отказался от премии, наоборот, все газеты трубили бы о том, что даже загнивающий Запад по достоинству оценил литературное мастерство нашего советского писателя, который проявил партийную принципиальность и отказался принимать награду из рук идеологического врага. Что же касается денег, то их все равно самому Шолохову осталось бы с гулькин нос: стране нужна валюта, и львиную ее долю отнимали в те годы у всех, кто получал гонорар за рубежом.

Ладно, это все лирика. Что там еще можно найти про то время? А, вот, тоже интересное, даже смешное: секретная записка председателя КГБ СССР Семичастного «об антисоветской деятельности творческой интеллигенции», направленная в ЦК КПСС в конце 1965 года. Петр начал читать и принялся хохотать в голос. Из ванной выскочила перепуганная Карина, на ходу завязывая поясок короткого халатика:

— Ты чего?

— Ой, я не могу, я сейчас сдохну от смеха, — стонал Петр, вытирая выступившие на глазах слезы. — Ты только послушай: Смоктуновский не так, видите ли, сыграл роль Ленина, изобразил его не борцом, а усталым интеллигентом. А в фильме «Иду на грозу» герои — распущенные люди, стоящие на грани проституции.

— Что за ерунда? — удивилась Карина. — Фильм я не видела, но книгу помню, ее же Гранин написал, верно?

— Ну да. Любимый писатель нашего руководства.

— Так кто там может стоять на грани проституции? Там же все ученые, физики или что-то вроде этого, занимаются изучением электричества.

— Вот потому я и ржу. Там дальше еще круче, садись послушай.

Он поискал глазами нужное место на экране и принялся зачитывать.

— «Сейчас Ленина играют от кружка самодеятельности до ведущих артистов. Причем артисты, играющие роль Ленина, играют и другие роли. Сегодня они играют Ленина, завтра купца, послезавтра пьяницу». Уловила генеральную мысль?

— Да уж, — хмыкнула девушка. — А это вообще что? Что ты мне читаешь? Текст какой-то комедии?

Петр вздохнул и внезапно посерьезнел. Он не поверил Губанову, когда тот сказал, что нельзя было подвергать сомнению репутацию любимого певца генсека Брежнева, счел это язвительным преувеличением, ёрничеством. А теперь вот выяснилось, что нет, не шутил старый полковник, не издевался. Конечно, в этом смысле и сегодня мало что изменилось, у руководства страны есть свои любимчики и в театре, и на эстраде, и в литературе, и случись что — в обиду их не дадут. Но в документе речь не о репутации самого исполнителя, а о репутации образа, который он воплощает. Рядом с именем Ленина ни в каком виде не должны упоминаться слова, не связанные с его великой личностью и революционной деятельностью, даже если это всего лишь роль на сцене. Интересно, Семичастный действительно так думал или просто старался как можно лучше выглядеть в глазах руководителей страны, подлизаться к ним, чтобы сохранить должность и власть? Тот самый Семичастный, который вместе с Железным Шуриком Шелепиным и Брежневым свалил Хрущева. Тот самый Семичастный, который на заседаниях Политбюро поливал грязью Щелокова и старался добиться переназначения Тикунова.

— Да если бы комедия, было бы не так страшно. Это реальный документ, секретная записка в ЦК, написанная в шестьдесят пятом году. Тут такой накат идет на разные фильмы и спектакли — мама не горюй! В спектакле Театра на Таганке «Павшие и живые» среди погибших во время войны поэтов Семичастный насчитал слишком много евреев, прикинь, а? Ну, мы с тобой судить не можем, это было давно, мы этого спектакля не видели, хотя антисемитизм омерзителен в любом своем проявлении. Важно не сколько еврейских поэтов в спектакле, а тот факт, что Семичастному пришло в голову их посчитать. Вот еще в «Ленкоме» шла пьеса Радзинского «Снимается кино», там они усмотрели намеки на отсутствие свободы творчества в СССР.

Он пробежал глазами еще несколько строк.

— А, вот, нашел то, о чем мы с тобой можем судить. «Голый король» Шварца в «Современнике» и «Трехгрошовая опера» Брехта в Театре Моссовета. Пусть мы не видели сами спектакли, но пьесы-то хорошо знаем.

— А там-то что за крамола? Ну насчет Шварца — все может быть, конечно, он жил в нашей стране при советской власти и вполне мог увлечься всякими аллюзиями, нам на филфаке об этом много рассказывали. Но Брехт? Да, он жил в одно время со Шварцем, оба умерли в конце пятидесятых, но Брехт не жил в Советском Союзе и ничего такого не мог иметь в виду, он вообще про другое писал.

— Семичастный считает, что режиссеры поставили перед собой цель в аллегорической форме высмеять советскую действительность.

— Семичастный? Это кто?

«Вот она, закономерность бытия, — подумал Петр. — Ты разрушаешь жизни творческой интеллигенции, запрещаешь спектакли, фильмы и книги, увольняешь режиссеров и актеров. Ты уничтожаешь возможность заниматься делом, которому человек посвятил всего себя, вложил душу и здоровье, много чем пожертвовал, и само дело тоже уничтожаешь. Ты сеешь слезы, порождаешь депрессии, убиваешь творцов. Но проходит всего пятьдесят лет — и твоего имени уже никто не знает и не вспоминает. Ты — ничто. А пьесы как шли — так и идут. И фильмы показывают по телевизору».

— Да был такой деятель, его все боялись, — небрежно ответил он. — Знаешь, о чем я подумал?

— Скажешь — узнаю.

— В те годы писались книги, которые мы до сих пор читаем, и фильмы снимали такие, которые и сегодня смотрим с удовольствием. Как ты думаешь, хоть что-нибудь из того, что сегодня написано или снято, будут читать и смотреть через пятьдесят лет?

Карина пожала плечами и усмехнулась:

— А фиг знает. Но подозреваю, что нет.

Она принесла себе еще чаю и уселась за ноутбук.

— Хочу добить этот роман сегодня, чтобы завтра передохнуть, освободить голову и послезавтра начать пересматривать свежим глазом: вдруг еще что-то найду.

— Супер! — обрадовался Петр. — Я на завтра договорился с Каменской, нужно кое-что обговорить с ней. Поедешь со мной? Познакомишься с Анастасией Павловной, она классная тетка. Хоть посмотришь своими глазами, кто меня по Сокольникову натаскивал, ты сама говорила, что книга получилась хорошая.

Девушка отрицательно мотнула головой:

— Не, я на кладбище. Ты же знаешь, как я отдыхаю.

Петр знал, конечно. И не переставал удивляться. Любимым видом отдыха для Карины были посещения кладбищ, на которых есть старинные захоронения. Она находила участок, на котором погребены несколько человек, внимательно изучала имена, отчества, фамилии, даты рождения и смерти, разглядывала форму надгробных плит, барельефы, скульптуры, фотографии и рисунки, если они были, оценивала ухоженность могил и придумывала историю, объединяющую всех этих людей. Почему они похоронены вместе? Кем приходились друг другу? Связь «отец — сын» сложностей не представляла, но вот все прочие требовали порой изрядного напряжения фантазии, особенно при разных фамилиях. Придумав историю, она находила следующий участок и таким манером проводила на кладбище по 3–4 часа.

За время пребывания в Москве Карина облюбовала для себя Введенское кладбище, которое иногда называют Немецким. Петр из любопытства один раз пошел вместе с ней и убедился, что там действительно есть где разгуляться буйной фантазии.

— Вот закончатся ковидные дела, за границей перестанут требовать на въезде сертификаты о прививках — слетаем с тобой в Европу, там такие старинные захоронения — пальчики оближешь, — мечтала она.

Российскую вакцину в Европе не признавали, и, чтобы куда-то слетать, требовалось сначала обзавестись сертификатом о «правильной» вакцинации. Многие решали вопрос в странах Балтии или, к примеру, в Греции, куда можно было попасть без проблем, делали там прививку препаратом, который признавали европейцы, и получали вожделенный сертификат. Но лишних денег у Петра и Карины пока не было. На одну поездку вполне хватило бы, но две они бы не потянули.

* * *

Карина, то и дело вздыхая и похмыкивая, правила роман про королевские интриги, а Петр вернулся к поискам материалов про жизнь в СССР в 1966 году. Оказывается, именно в этом году установили единое время начала рабочего дня для министерств и ведомств, организаций и учреждений, вузов и техникумов: 9 часов утра. Но только в Москве почему-то. Видимо, в других областях и республиках можно было работать как-то иначе. И еще в том году начали выпускать еженедельник «Книжное обозрение», из которого можно было узнавать о новинках литературы, вышедших из печати. Правда, просто купить его в киоске «Союзпечати» было никак невозможно и даже подписаться нельзя, еженедельник издавали маленьким тиражом и распространяли только по предприятиям, так что книголюбам приходилось всячески изощряться, чтобы раздобыть вожделенный «Книгобоз» хотя бы «на посмотреть». «Где логика? — с недоумением подумал Петр. — Если вы хотите проинформировать граждан о том, какие книги появились, так информируйте нормально, делайте тираж большим и доступным, вы же так гордились тем, что СССР — самая читающая страна в мире. А если вы не хотите, чтобы люди знали, так не издавайте «Обозрение» вообще».

Вот еще информация о новых статьях Уголовного кодекса, в соответствии с которыми теперь наступала ответственность за систематическое распространение в устной форме заведомо ложных измышлений, порочащих советский общественный и государственный строй, и за активное участие в групповых действиях, нарушающих общественный строй. Систематическое — это какое, интересно? Больше одного раза, что ли? «В устной форме...» Это же надо! То есть два раза расскажешь приятелю анекдот про Ленина или посетуешь на то, что плановая экономика не обеспечивает товарами повседневную жизнь граждан на должном уровне, — и все? В тюрьму? Самое забавное, что этот закон приняли ровно в тот же день, когда Щелокова назначили на пост министра охраны общественного порядка. Наверное, ничего конспирологического за этим не стоит, чистое совпадение, но внешне выглядит так, будто руководитель КГБ Семичастный, не сумев добиться назначения своего протеже Тикунова, уравновесил неудачу новым законом, усиливающим возможности Комитета по контролю за гражданами. Контроль натощак — это прямой путь к власти, ибо кто скомпрометирован — тот управляем.

А в общем-то жить в СССР было, оказывается, не скучно. Фестиваль эстрадных звезд, на котором выступали исполнители из соцстран, каждые два года — Московский международный кинофестиваль, осенний Праздник книги, впервые проведенный в 1966 году, а сейчас превратившийся в Московскую международную книжную ярмарку, первый искусственный спутник Луны, запуск космических станций «Протон», новый «Москвич-408». С другой стороны, митинги в Узбекистане, для разгона которых использовали милицию и солдат. В газетах об этих митингах наверняка ничего не писали, и население Страны Советов ведать не ведало о причинах недовольства. А ведь причины-то были, не просто же так люди в нескольких городах на протяжении 10 дней выходили на улицы. И попытка угона самолета была, «кукурузника» «Ан-2». Хотя с преступностью наверняка все было куда лучше, чем сейчас, вот и детей спокойно отпускали одних и в школу, и гулять, и играть, и в гости к друзьям. Правда, такая благостная картина рисуется пока только по рассказам Николая Андреевича. «Надо будет завтра не забыть спросить у Каменской. Сколько ей было во второй половине шестидесятых? Лет семь-восемь, наверное, должна помнить», — сказал себе Петя и на всякий случай сделал пометку в блокноте.

* * *

— А где ваша подруга? Мы думали, вы придете вдвоем.

В голосе Каменской Петр уловил легкое разочарование.

— На кладбище, — брякнул он и рассмеялся, увидев растерянность на лице хозяйки квартиры.

Ну да, подумала, наверное, что Карина отправилась на похороны кого-то из знакомых.

— Это она так расслабляется после интенсивной работы, — с улыбкой пояснил Петр. — Ничего скорбного, просто развлечение.

— Ничего себе, однако, развлечения у современных юных девиц, — покачал головой муж Каменской. — А я-то губы раскатал, понадеялся, что пока вы с Анастасией будете о делах говорить, я займусь стариковским флиртом с молодой красавицей.

— Извините, не оправдал надежд.

— Ну, коль меня лишили дамского общества, пойду поработаю, — сказал Алексей Михайлович. — Когда будут раздавать плюшки — зовите.

Под плюшками подразумевались пирожные, упакованные в нарядную коробку, которую Петр держал в руках.

Журналист с любопытством рассматривал квартиру. Да уж, по сравнению с той, в которой они с Анастасией Павловной изучали материалы старого уголовного дела, это жилище — настоящие хоромы. Целых три комнаты по сравнению с одной, раздолье, все на своих местах, книги и папки расставлены по полкам, а не лежат высоченными стопками вдоль всех стен. И кухня просторная. Он припомнил, что на старой квартире все время натыкался на что-нибудь и несколько раз, сделав неловкое движение, чуть не свалил на пол чашки и тарелки.

— Теперь есть где посидеть, не приходится ютиться и делить посадочные места, — сказала Каменская, устраиваясь в кресле.

Петр занял кресло напротив. Удобная спинка, подлокотники подходящей высоты. Между ним и хозяйкой — низкий стол, накрытый к чаю.

— У вас сегодня выходной? Или вы на удаленке? — спросил он.

— И то, и другое, и третье, и можно без хлеба, — пошутила Анастасия. — Я вчера закончила очередное задание и получила два дня свободы. У нас в агентстве появилась совершенно замечательная сотрудница, богиня интернета, и теперь мы имеем возможность дистанционно добывать много такой информации, за которой раньше приходилось бегать ножками. Это нас очень выручило, когда грянули карантинные ограничения. Так что пользуемся нашей Зоей без зазрения совести.

— Это только два пункта, — заметил Петр. — А третий?

— Как ни странно, спрос на наши услуги во время пандемии сильно вырос. Народ же у нас изобретательный до невозможности, моментально придумали новые схемы мошенничества, используя тот факт, что многие организации и учреждения перешли на онлайн-обслуживание и большинство вопросов стало решаться не в личном присутствии, а по телефону или интернету. Куча обманутых граждан, все сначала попытались обратиться в полицию, но... — Каменская сделала выразительный жест рукой. — Сами понимаете, чем все кончалось. Они и так-то не стремятся работать, а тут еще нагрузка возросла. Вот потерпевшие и кинулись в частные агентства. Преступления с использованием интернета при помощи интернета же и раскрываются, а для этого особо много бегать не требуется.

— Строгие ограничения давно сняли.

— Это верно, но схемы прижились. В большинстве из них главное — спереть чью-нибудь базу данных. Клиентов, заказчиков, постоянных посетителей. Их телефоны, адреса, зачастую и паспортные данные. Воруют у банков, у интернет-магазинов, да у кого угодно, даже у Госуслуг. А дальше уже можно раскручиваться. Острая фаза пандемии вроде и прошла, народ перестал сидеть по домам, а изъятие чужих денег продолжает расцветать и переливается все новыми красками. Тут ведь главное в том, что люди за прошлый год перестали удивляться, что им звонят по телефону или присылают эсэмэску, вместо того чтобы присылать официальную бумагу с печатью. Привыкли. А коль так, то можно любую лапшу им на уши навешать. Ведутся не все, но многие. Как ваша работа? Продвигается?

Петр рассказывал и попутно рассматривал Каменскую. Она, оказывается, сильно изменилась за то время, что они не виделись. Не помолодела, но... Повеселела, что ли. Стала мягче, расслабленнее, в ней больше не чувствовалось того напряжения, даже почти враждебности, которое так пугало Петра. «И почему я называл ее сушеной воблой? — мелькнула недоуменная мысль. — Никакая она не вобла».

— Мне бы дело посмотреть, — закончил он. — Официального разрешения мне не дают. Я понадеялся, что вы поможете.

Каменская задумчиво развернула конфету, сунула в рот.

— Архив Мособлсуда... У меня там никого нет, Петя, увы.

— Ну как же так, Анастасия Павловна! — воскликнул он почти в отчаянии. — Вы столько лет работали — и что, ни одного знакомого, который смог бы помочь? Неужели вы ни одного человека оттуда не знаете?

— Петенька, город и область — это два разных королевства. Да мне и в Мосгорсуд сейчас уже не прорваться. Я в отставке с десятого года, прошло одиннадцать лет, а по нынешним временам это огромный срок в смысле ротации кадров.

— Не понял, — озадаченно проговорил Петр.

— Люди часто меняют места работы. Слишком часто, чтобы можно было обращаться к ним спустя много лет. В прежние времена человек мог с юности и до самой пенсии проработать в одном учреждении, получать повышения, расти, но оставаться там же. Это, кстати, очень поощрялось, а тех, кто несколько раз менял работу, пренебрежительно называли летунами, было такое словечко в советском лексиконе. Пару лет там, годик здесь... Считалось, что это плохо и не соответствует моральному облику.

— Да ну? — изумился он. — По-моему, это совершенно нормально, если человек ищет то, что интереснее, или где больше платят, или условия работы лучше, или даже если не хочет работать с конкретным начальником. Американцы вообще считают, что нужно менять работу не реже одного раза в пять лет, но можно и чаще, иначе наступают профессиональное выгорание, скука и усталость. Что может быть плохого в том, что человек стремится что-то изменить в своей жизни?

— Ничего, — улыбнулась Каменская. — Но раньше так не думали. Стабильность очень ценилась. Стабильность дает человеку возможность планировать свою жизнь и жизнь всей своей семьи, а это, в свою очередь, порождает спокойствие и уверенность в завтрашнем дне.

— Но стабильность — это же отсутствие перемен! Развития нет!

— Правильно. Поэтому стабильность, возведенная в ранг абсолютной ценности, приводит к застою, как в болоте. Что, собственно, и произошло с нашей страной при советской власти. А отсутствие стабильности приводит к хаосу и депрессиям. Вот и выбирайте. Талант человека, возглавляющего любую страну, состоит в первую очередь в том, чтобы нащупать ту золотую середину, при которой жить будет не скучно, но спокойно. Это я, собственно, к тому, что людей, которые могли бы сегодня пустить вас в архив Мособлсуда и показать дело, я уже не знаю, они все пришли на свои должности после того, как я вышла в отставку. И те чиновники, которые могли бы им приказать или попросить их об одолжении, многократно сменились.

— А эта ваша сотрудница? Кажется, Зоя? — с робкой надеждой спросил Петр. — Она не могла бы помочь? Разумеется, не бесплатно.

— Взломать архив суда?

Каменская расхохоталась так искренне, что он и сам невольно заулыбался.

— Я глупость сморозил, да?

— Наша Зоя может все, но смысла нет.

— Почему?

— Дело шестьдесят шестого года наверняка не оцифровано, слишком давно это было. Так и лежит в бумажном виде, пылится на полке. Как фамилия того подсудимого? Лаврушенков?

— Ага.

— У него должна быть копия приговора на руках.

— Так он умер давно.

— А члены семьи? Дети, внуки, племянники? Вы с ними разговаривали? Возможно, они сохранили документ, не выбросили. Конечно, приговор — это не совсем то, что вам нужно, и даже совсем не то, но хоть что-то.

Петр вздохнул. Ничего нового. Разумеется, о приговоре он подумал в первую очередь, попытался разыскать членов семьи Лаврушенковых, но результата не добился. Дом в Успенском давно снесли, участок продали застройщику, теперь на месте бывшего дачного поселка место элитных коттеджей и роскошных домов. Зинаида Лаврушенкова умерла в начале двухтысячных, ее сын Вячеслав — даже раньше, еще в девяностые, не дожив до сорока лет. Женат не был, потомства не оставил, и хранить старый документ было некому.

— Жаль, — удрученно сказала Анастасия Павловна. — В приговоре есть фамилии народных заседателей, представителя гособвинения, секретаря судебного заседания, следователя, который вел дело. Если нельзя посмотреть само дело, то можно было бы их найти и порасспрашивать.

— Следователями были Дергунов, Полынцев и Садков, только никого из них уже нет в живых. Думаю, что и остальных искать бессмысленно, все-таки пятьдесят пять лет прошло, вряд ли все эти люди, которые указаны в приговоре, были двадцатилетними.

— Вот тут вы правы, Петя. Прокурору точно было не меньше сорока, судье должно было быть около пятидесяти, нарзасам как минимум тридцатник, но это с большим допущением. Областной суд — организация серьезная, и дела там слушались не рядовые. В городской районный суд могли отправить народным заседателем какого-нибудь комсомольца, там дела попроще, и в районный суд области тоже, но в облсуде заседали, как правило, люди с жизненным опытом. Секретарь судебного заседания могла быть, конечно, помоложе, но не сильно, и крайне маловероятно, что она вспомнит детали конкретного дела. У нее этих дел за годы работы была чертова уйма. Даже если кто-то из них еще жив, вряд ли можно рассчитывать, что они все правильно помнят и могут рассказать.

Каменская говорила медленно и задумчиво, словно рассуждала вслух, и лицо ее постепенно становилось грустным и даже будто бы обиженным.

— Расстроили вы меня, Петя. В такие минуты особенно остро начинаешь понимать, как долго живешь, и чувствовать себя старухой. Я отлично помню себя шестилеткой, как раз в шестьдесят шестом году. Ходила в детский сад, играла с подружками, и каждую могу назвать по имени и фамилии. Воспоминания такие яркие, и кажется, что все это было совсем недавно, буквально в прошлом году, но вдруг выясняется, что прошло больше полувека...

— Не называйте себя старухой, — горячо запротестовал Петр. — И вообще, я хотел вам сказать, что вы отлично выглядите.

— Хотел, но не сказал? — лукаво усмехнулась она. — И что же вас остановило?

— Ждал удобного момента. Это новая квартира на вас так подействовала?

— И новая квартира, и новая работа, и новые мысли.

— Новая работа? — удивленно переспросил Петр. — Это как?

— А я весь прошлый год прогуляла, — весело и даже задорно ответила Каменская. — Взяла в агентстве отпуск на год и пошла в музыкальную школу преподавать детям музлитературу.

Петр оторопел от неожиданности. В музыкальную школу? Она?! Полковник милиции в отставке? Офигеть можно!

— А... зачем?

— Захотелось отпустить вожжи. Делать не то, что нужно и что предусмотрено образованием, а то, что хочется. Ваше поколение именно так и живет, вы свободны и работаете где и кем хотите, не обращая внимания на то, что написано у вас в дипломах, да и на наличие самих дипломов тоже не очень-то смотрите. Легко меняете профессию и род занятий, легко переезжаете не только на другую улицу и в другой дом, а в другие города и даже в другие страны. И это хорошо и правильно. Ваше развитие ничто не сдерживает, было бы желание. Во времена моей службы было не так, вот я и решила на старости лет восполнить то, чего недополучила в молодости. Риск, новизна, свобода.

— Ну, Анастасия Павловна, опять вы про «старость лет»! Ну зачем?

— Кокетничаю. Манипулирую вами, чтобы вынудить вас, Петенька, лишний раз сказать, что я красивая и молодая, — засмеялась она. — Шучу, конечно. Давайте вернемся к нашим баранам. Следователи Дергунов, Полынцев и Садков, я правильно запомнила?

— Правильно, — кивнул он.

— Про Полынцева я кое-что слышала, так, обрывочные отголоски того скандала, но не более. Про Дергунова и Садкова вообще ничего. Что о них известно?

Петр полистал блокнот, куда выписывал те сведения, которые смог собрать.

— Полынцев скончался в восемьдесят восьмом году, Дергунов — в девяносто пятом, Садков погиб в восьмидесятом. Неужели вы ничего не слышали о его убийстве? Все-таки дело громкое, должно было быть много разговоров.

— Петя, вы не перестаете меня удивлять. Какое громкое дело? Какие разговоры? Вы забываете, о каком времени мы с вами говорим. Никто ничего не обсуждал, информация не выходила за пределы узкого круга причастных, да и тех строго предупреждали, чтобы молчали. В восьмидесятом году мне было двадцать лет, я тихо-мирно училась в университете, что я вообще могла знать? Вот папа... он, пожалуй, знал. Могу у него спросить. И у моего бывшего начальника тоже можно поинтересоваться, хотя он в то время работал в Москве, а не в области, но — вдруг. И еще пара человек из числа старой гвардии найдется, может, кто-то из них что-то вспомнит.

Ну да, он все время автоматически переносит нынешнюю ситуацию на прошлую, не беря во внимание и идеологическую, и чисто техническую составляющие. Народ должен знать только то, что дозволено, и источники информации строго ограниченны. Никаких тебе интернетов, никакого доступа к сведениям, помимо официально одобренных каналов.

— Но все-таки... убийство следователя же... Такое не каждый день происходит, — неуверенно проговорил Петр.

— Следователей тысячи по всей стране. А Зоя Федорова была известной актрисой, кинозвездой, ее любили миллионы. И что? О том, что ее убили и убийство осталось нераскрытым, я, например, вообще узнала только из рассказа Юрия Нагибина «Афанасьич», его опубликовали в «Огоньке» уже при Горбачеве, во время перестройки. А ведь само убийство произошло в восемьдесят первом году, то есть примерно тогда же, когда убили вашего Садкова. Думаете, весь советский народ возбудился и обсуждал? Думаете, по радио и телевидению рассказывали, интервью всякие с пресс-службами прокуратуры и МВД были, за ходом следствия следили? Мечтатель вы, Петя. Ничего этого не было. И, кстати, пресс-служб не было тоже. Все шито-крыто, молчком и потихонечку. Ладно, с этим вопросом мы решили, я попробую что-нибудь узнать о людях, с которыми вы могли бы поговорить. Еще какие проблемы у вас?

— Еще я хотел спросить насчет общей криминальной обстановки в те годы. Вы, конечно, были совсем маленькой, но сами же сказали, что хорошо помните. Вот, например, вас отпускали одну гулять, без взрослых?

— Конечно. А какие взрослые могли со мной гулять? Родители на работе до вечера, бабушек-дедушек у нас не было. Все сама. В детский садик, конечно, отводили, потом забирали, а в школу только один раз отвели, в первый класс первого сентября, я дорогу запомнила — и достаточно. Дальше полная самостоятельность.

— И что, не считалось, что это опасно? Родители — не боялись педофилов всяких, хулиганов? Не боялись, что на ребенка нападут и что-нибудь отберут? Или педофилов при советской власти вообще не было?

Каменская снова рассмеялась:

— Да были, конечно, куда ж без них. Только взрослые об этом, как правило, не думали или не догадывались. Рассказывать вроде как стыдно, дети стесняются говорить родителям, что, например, в автобусе дядя лез под юбку и щупал за бедро, а в газетах об этом не напишут. Грабежи? А что у ребенка можно было отобрать? Ранец с учебниками или тетрадками? Деньги? Так у школьника в кармане максимум копеек двадцать-тридцать водилось, обычно даже меньше. Так что грабежами в этом смысле особо не разживешься. Вот алкашня и пьянь — это да, это была проблема, но она по большей части вечерняя, а детей по вечерам гулять не пускали. По пьяни могли и обидеть ребенка, и ударить, и шапку сорвать, пальтишко снять, особенно в темное время. Когда трубы горят, можно даже ношеную детскую одежку за рубль продать, если на бутылку не хватает. Поэтому родители старались своих деток часов в семь-восемь вечера загонять домой.

— То есть криминальная обстановка была намного спокойнее, чем сейчас?

Она вздохнула.

— Я в те годы еще не служила, поэтому ответственно судить не возьмусь. Но из того, что мне известно и что я помню, можно сделать вывод, что — да, обстановка была спокойнее. И дело тут не в людях, люди-то всегда и всюду одинаковы, но какой смысл совершать, к примеру, корыстное преступление против того, у кого в кармане рубль? Для любого преступления должны совпасть два фактора: мотив и возможность. Если в городе сто автовладельцев, то число угонов никак не может быть больше ста, хоть разбейся, понимаете? Невозможно совершить пять квартирных краж на огромную сумму, если на весь город существует только два очень богатых человека, да и те скрывают свое благосостояние, поскольку оно нажито незаконным путем. Невозможно совершить убийство с расстояния в десять метров, если у тебя нет огнестрельного оружия. Опять же невозможно совершить преступление, если соответствующее деяние не предусмотрено Уголовным кодексом. Это все вопросы экономического и социального устройства, а в шестидесятые годы оно было принципиально иным, нежели сегодня. Но если вы считаете, что я необъективна, давайте у Чистякова спросим. Леш! — закричала Каменская. — Плюшки выдают. Не больше двух в одни руки!

Алексей Михайлович, высокий седовласый красавец, через несколько секунд возник на пороге.

— С чего вдруг такие ограничения? Почему только по две в одни руки?

— А это мы с Петей советскую власть вспомнили, времена тотального дефицита. Если по две в одни руки — это была еще удача, а чаще-то по одной штуке или по одному килограмму, помнишь?

Чистяков ухватил песочную корзиночку с фруктовой начинкой, откусил сразу почти половину, сверкнув крупными белоснежными зубами, и с деланым осуждением покачал головой:

— Ася, тебя потянуло на воспоминания о молодости? Это не к добру. Ты решила вернуться в те времена, когда тебе было столько, сколько сейчас Петру?

— Ну... — Она улыбнулась. — Примерно так, да. Плюс-минус пара лет. Леша, ты свое детство хорошо помнишь?

— Какое именно? Школьное?

— Дошкольное и начальные классы.

— Более или менее. До встречи с тобой, дорогая, я, можно считать, вообще не жил, так, прозябал. Так что до пятнадцати лет мое существование было пустым и размытым. А в чем вопрос?

— Тебя отпускали одного гулять, без взрослых?

— В детсадовском возрасте — нет, конечно, но меня из садика приводили домой где-то в семь — в начале восьмого, никаких гулянок. Ужин, мультики по телику, книжка с картинками, а в девять укладывали спать. В выходные родители куда-нибудь водили иногда, в парк, например, на аттракционы или еще куда-то. Эту часть своего бытия я помню не очень отчетливо. А как только началась школа — тут и свобода началась. Уроки заканчивались рано, родителей дома нет, так что футбол с пацанами, казаки-разбойники, войнушки — в полный рост.

В целом муж Каменской рассказал примерно то же, что и она сама. Единственным исключением оказались мальчишки постарше, которые задирали младшеклассников, отвешивали им тумаки, а порой и отбирали мелочь, нужную им для всяких денежных игр вроде «пристеночка» или для покупки самых дешевых сигарет. Девочек не трогали, и эта неприглядная сторона детской жизни проходила мимо них.

«По две в одни руки» профессора Чистякова отчего-то не устроило. Он расположился на диване, налил себе чаю в огромную полулитровую чашку с ярким рисунком и принялся поедать пирожные одно за другим, попутно предаваясь воспоминаниям о годах, когда им с Каменской было по семь-восемь лет. Петр слушал, как Анастасия Павловна и ее муж рассказывали о соседях, постоянно ходивших друг к другу в гости, о застольях на Восьмое марта, Первое мая и Седьмое ноября, не говоря уж о днях рождения и, разумеется, встрече Нового года. О том, как собирали макулатуру и металлолом и соревновались сначала между «звездочками», а позже — между пионерскими отрядами. О том, что очень любили ходить с родителями на первомайские демонстрации, потому что в эти дни на улицах продавали «раскидайчики», воздушные шарики и яркие бумажные цветы и жизнь становилась разноцветной и праздничной, все улыбались и готовились к обильному многолюдному застолью с тостами, песнями и шумными разговорами.

Петр слушал и приходил к выводу, что те годы были веселыми и беспроблемными, радостными и легкими. Дружба большими компаниями, теплота в отношениях, доверие и взаимная поддержка. Чувство локтя и точное знание, что рядом всегда находятся люди, которые помогут в случае нужды. Уверенность в завтрашнем дне, возможность с большой долей определенности планировать свое будущее. Хотя по рассказам Губанова этого не скажешь. Наверное, дело в том, что для Каменской и ее мужа это было детство, а какие в детстве проблемы и тяготы? Живешь на всем готовом, трудных решений не принимаешь, о будущем не беспокоишься. Для Губанова вторая половина шестидесятых выглядит совсем иначе, ведь ему было уже за тридцать. Служба, карьера, семья, подрастающий сын, стареющая мать... Сложности на работе, кадровые перестановки, смена руководства, новая ведомственная политика, неясные перспективы...

* * *

Поздно вечером от Каменской пришло сообщение: «Будет минутка — позвоните, я не сплю до 24. Или завтра утром до 8:30». Петр посмотрел на часы — без четверти двенадцать ночи. Хорошо, что успеет! Ждать до утра не хватило бы терпения.

— По Садкову я расставила сети, будем надеяться, что завтра-послезавтра будет какой-нибудь результат. Зато мы нашли вам судью, который вел процесс по делу Лаврушенкова. Он был председателем Мособлсуда и сам слушал дело.

Петр ушам своим не поверил. Если Каменская права и судье в 1966 году было не меньше пятидесяти лет, то сколько же ему сейчас? Больше ста? Невероятно!

— Неужели жив?!

— Петя, чудес не бывает. Разумеется, он давно умер. Но удалось выяснить, что в середине девяностых он давал большое интервью; в те годы стали очень модными всяческие разоблачения, и люди с удовольствием читали и слушали о том, какие злоупотребления и прочие пакости совершались при советской власти. Судья Екамасов Василий Сергеевич тоже внес свою лепту. Текста интервью в Сети нет, название газеты или журнала и фамилию журналиста установить пока тоже не удалось, но зато наша гениальная Зоя кое-где покопалась и нашла для вас внучку судьи. Дамочка проживает в той же квартире, где в середине девяностых жил сам Екамасов, а это означает, что там вполне могло сохраниться само издание, в котором опубликовано интервью. Если вы найдете текст, то прочитаете что-нибудь интересное про следователя Полынцева и про дело Астахова. Во всяком случае, именно так мне сказали те, кто в свое время читал это интервью.

— Странно, почему в Сети нет текста, — озадаченно проговорил Петр.

— Ничего странного. Это была доинтернетная эпоха. После девяносто восьмого года в Сеть стали заливать по возможности все, а то, что было раньше, — только выборочно. Ну так как, интересуетесь внучкой?

— Вы думаете, дед ей рассказывал про Астахова и Лаврушенкова? — с сомнением спросил он.

— Уверена, что нет. Этой внучке в середине девяностых было лет четырнадцать-пятнадцать, подобные истории вряд ли ее интересовали, а в девяносто седьмом Екамасов скончался. Но, во-первых, у внучки есть родители, а во-вторых, еще раз повторю, судья — человек из советской власти, и если где-то было опубликовано интервью с ним, то он наверняка приобрел не меньше десяти экземпляров издания и бережно хранил.

— Куда так много-то?

— Ой, Петенька, ничего вы не понимаете в менталитете советских людей, — засмеялась Каменская. — Если твое имя хотя бы мельком упомянули в газете, это уже огромный повод для гордости, постоянная тема для разговоров и память на всю оставшуюся жизнь. Разумеется, если это не фельетон и не разгромная статья, где тебя ругают и поносят. А уж если это интервью, да еще и с фотографией, то тем паче. Это сейчас к бумажным носителям относятся безразлично, потому что любой текст можно нагуглить и распечатать. А тогда все было иначе. Вы не поверите, но когда мне было лет шестнадцать-семнадцать, умер наш сосед, какой-то начальник в своем ведомстве, и в «Вечерке» напечатали некролог. Маленький такой, безо всяких пафосных слов, без перечисления заслуг, только информация о том, что скончался, три строчки в черной рамочке. Так его вдова скупила в киоске штук двадцать этих газет. Ну как же, про человека написали, есть чем гордиться. Вам, наверное, это кажется диким?

— Ну... в общем, да.

— Привыкайте. Если вы полезли в такие дебри полувековой давности, то не раз столкнетесь с тем, что сегодня кажется странным и невероятным. Короче, я сейчас пришлю вам данные внучки Екамасова, а дальше вы уж сами решайте.

Через пару минут Петр получил по вотсапу несколько ссылок и отдельное сообщение с полным именем и адресом, а также с пояснением, что фактический адрес проживания совпадает с адресом из реестра регистрации собственников недвижимости, в доказательство чего прилагались фотографии дома и придомовой территории: первые две с сайтов двух различных риелторских фирм, предлагающих квартиры в указанном доме, третья и четвертая — любительские, на которых некая симпатичная женщина с тремя детками демонстрировала приверженность к физкультуре, спорту и здоровому образу жизни. Все четверо, от стройной мамы до карапуза лет пяти, одеты в красивые спортивные костюмы и занимаются гимнастикой на травке. Чуть сбоку виднеется хорошо оборудованная детская площадка, та самая или точно такая же, как на рекламных снимках риелторов. Попавший в кадры вид фасада дома тоже совпадал на всех фотографиях.

Пройдя по ссылкам, Петр убедился, что внучка судьи Екамасова невероятно активна во всех соцсетях, какие только существуют на доступном пространстве, и постоянно постит фотографии своего счастливого семейства: ухоженные дети с довольными веселыми мордашками, полезные, красиво сервированные завтраки и ужины, пляжи, занятия спортом, кружки и секции, представительного вида отец семейства, одетый не в самые дорогие бренды, но элегантно и со вкусом. Одним словом, образцовая семья, стремящаяся выставить свою образцовость на всеобщее обозрение и ждущая восторженных похвал. Таких по всей стране тысячи, особенно в столице.

В одной из сетей, где Петр рассматривал фотографии и читал посты, мигал кружочек: дама в данный момент здесь. Первый час ночи, но если она не спит, то вполне можно попытаться вступить с ней в контакт. Страница не закрыта от посетителей, так почему бы не написать сообщение прямо сейчас? А вдруг ответит? И если повезет, удастся уже завтра нанести ей визит.

«А ну как волшебная гениальная Зоя ошиблась и это окажется совсем не та женщина? — мелькнула тревожная мысль. — Фамилия-то у нее не Екамасова. Ее мать была дочерью судьи, значит, сначала мать сменила фамилию, когда выходила замуж, потом и внучка. С тремя разными фамилиями вполне можно было ошибиться и запутаться».

Но он все-таки написал предполагаемой внучке по имени Юлия Холодкова и стал ждать. Карина, забравшись с ногами в широкое кресло, что-то задумчиво чертила, подложив толстую книгу под листок бумаги.

— Что, никак не выходит? — сочувственно спросил Петр.

Она покачала головой:

— Не-а. Все мозги сломала, а внятной истории не получается. Четыре захоронения сегодня отработала, по трем такие складненькие сюжеты придумались — просто конфетки, а с четвертым какой-то непротык. Но все равно я довольна, потому что у меня эти шесть человек с разными фамилиями из головы не идут и я полностью отключилась от романа. Это значит, что завтра я смогу посмотреть на него совершенно свежими глазами. Так что все на пользу. А у тебя какие успехи?

Петр успел поделиться с ней последними новостями и своими сомнениями и даже сделать им с Кариной по бутерброду с сыром, когда пришел ответ от Холодковой. Очень вежливый и доброжелательный, но в то же время сдержанный. Приободрившись, Петр изложил суть своей просьбы, встретил сперва удивление, затем понимание, после чего последовало предложение переговорить по видеозвонку, чтобы условиться о дальнейших контактах. «Хочет посмотреть, с кем переписывается, — понял он. — Вполне обоснованное сомнение, учитывая количество интернетных мошенников, которые расплодились за последние годы. И Каменская об этом говорила.

Хорошо, что Холодкова не доверчивая дурочка, это внушает оптимизм».

На экране телефона внучка судьи выглядела вовсе не так привлекательно, как на фотографиях. Она просто держала телефон перед лицом, нимало не озаботившись правильным положением камеры, и под таким углом лицо ее казалось одутловатым и непропорциональным.

— Я вас не знаю, — без обиняков заявила Юлия, — поэтому вы должны отнестись с пониманием к тому, что я не приглашаю вас к себе домой. Вы для меня незнакомец, совершенно посторонний человек. У меня нет оснований вам доверять.

О как! Ну, это ситуация привычная, по крайней мере для журналиста. Одно дело, когда тебя представляют и рекомендуют общие знакомые, и совсем другое — невесть кто из табакерки.

— Понимаю. Чтобы вас убедить, скажу, что я уже написал и опубликовал одну работу про уголовное дело конца девяностых, сейчас покажу.

Он поднес телефон к заранее приготовленной книге, где на обложке красовалось его имя, а на обратной стороне — фотография.

— Выглядит солидно, — хмыкнула Холодкова. — Фотография подтверждает, что автор именно вы. Но тем не менее домой я вас не приглашу пока.

— Конечно, — тут же согласился Петр. — Я буду признателен, если вы назовете мне время в течение завтрашнего дня, когда вам удобно будет поговорить со мной онлайн в любом удобном вам мессенджере. Меня интересует все, что вы можете рассказать о вашем дедушке.

Голова на экране телефона изобразила кивок.

— Да, вы объяснили уже.

Юлия опустила глаза, послышался шорох переворачиваемых страниц: очевидно, дама листала ежедневник.

— Так... утро — нет, до десяти все плотно... так... двенадцать двадцать плюс сорок пять минут... вот, с половины второго до половины третьего я смогу. Вас устроит?

Да уж, современная работающая женщина с мужем и тремя детьми — это вам не старичок-пенсионер, которому с утра до вечера нечем заняться, только байки травить. Час, разумеется, мало, но лучше, чем ничего.

* * *

Николай Губанов

Разбередил ему душу молодой журналист, растревожил уснувшие воспоминания. Николай Андреевич был не настолько словоохотлив и открыт, чтобы рассказывать этому мальчишке все, что всплывало из глубин памяти. Говорил о многом, но о еще большем умалчивал.

Ему хотелось остаться одному. Но племянница Светка все не уходила, то и дело доставала тонометр, мерила Губанову давление, считала пульс, щупала лоб и недовольно хмурилась.

— Не нравишься ты мне, дядя Коля. Давай я останусь на ночь, все равно мне рано утром нужно везти тебя в клинику.

— Не выдумывай, — сердито отозвался Николай Андреевич. — Я прекрасно себя чувствую. Уматывай домой, ты и так семью почти не видишь.

Не смог он удержаться, чтобы не съехидничать! «Вот ведь поганый у меня язык, — мысленно обругал себя Губанов. — Светка оттого и возится со мной целыми днями, что дома ей невыносимо». Светлана жила с мужем и выжившей из ума свекровью, которая и в прежние-то годы, пока еще была в здравом рассудке, терпеть не могла невестку, а теперь и вовсе превратила ее жизнь в непрекращающийся ад. Муж, подкаблучник и маменькин сынок, никогда жену от матери не защищал, искренне полагая, что мама всегда и во всем права и Света просто обязана считаться с ее возрастом и полагаться на ее несомненную мудрость. О том, что Светлана зарабатывает куда больше и фактически содержит всю семью, благоразумно умалчивалось. Ее сын, которому исполнилось уже двадцать два, свалил на съемную хату, как только зарплата стала позволять: не вынес бесконечных бабкиных скандалов. Николай Андреевич не понимал, почему племянница не разведется и не бросит всю эту многолетнюю канитель, зачем продолжает тянуть на себе воз, в котором, на его взгляд, не было ничего ценного. Но задавать вопросы и уж тем более давать советы не считал возможным.

— Сто лет бы эту семью не видеть, — проворчала Светлана, натягивая ботинки. — Дядя Коля, не забудь: завтра нужно ехать натощак, будут кровь брать и делать УЗИ брюшной полости. Не вздумай с утра съесть что-нибудь.

— Да иди уже, — махнул рукой Губанов.

Оставшись один, он достал толстые альбомы с фотографиями и начал листать плотные картонные страницы. Давненько он их не пересматривал, не было у него тяги к запечатленным на снимках лицам и сценам. То, что хотел, Николай Андреевич и так помнил, безо всяких фотографий. Вот Лариса, жена, совсем молоденькая, с трехмесячным Юркой на руках. Красивая. Просто удивительно, как природа создает такую красоту! Вот мама, нарядная, торжественная, с Юркой на коленях: мальчику исполнилось три годика, в семье праздновали, кучу гостей позвали, мама связала себе и Ларисе по новой кофточке, в обновке и фотографировалась с внуком-именинником. Какого же цвета была кофточка у мамы? Губанов помнил затейливо вывязанный узор на горловине и рукавах, а вот цвет... У Ларки была ярко-красная, это точно, а у мамы? Он не помнил. Но был уверен, что серая, блекло-синяя или еще какая-нибудь неброская: Татьяна Степановна считала, что яркое можно носить только в молодости, а в солидные годы нужно выглядеть солидно, опрятно, аккуратно, но ни в коем случае не крикливо.

Вот Миша с Ниной, сидят на диване, оба улыбаются. Если не знать — ни за что не поверишь, что брат и сестра. Сколько им здесь? У Нины короткая стрижка, значит, год примерно семидесятый, когда она после неудачного бурного романа пошла в парикмахерскую и с горя отрезала длинные локоны. Получается, ей двадцать четыре, стало быть, Мишке уже тридцать. А по виду и не скажешь, сидит такой хмырь-хмыреныш с детским личиком, узенькими плечиками, да еще и сутулится. Они с Нинкой выглядят практически ровесниками, ярко накрашенные глаза и губы добавляют сестре лет.

Юрка, ему семь, в руках огромный букет гладиолусов, идет в первый класс. А здесь ему уже десять, фотография сделана на даче, это то самое лето, когда случилась беда с Астаховым.

Юрке четырнадцать, стоит рядом со Славиком Лаврушенковым, парни обхватили друг друга за плечи, смотрят в камеру серьезно и напряженно. У их ног послушно и терпеливо сидит, позируя, крупный лохматый пес, одно ухо белое, другое — черное. Славик, молодец, занимался с псом как следует, выдрессировал на пять с плюсом. Но и Юрка внес свой вклад, ходил в библиотеку, брал специальные книги, читал и выписывал в тетрадку советы умных людей, кинологов и дрессировщиков. Даже одно время боялся, что опоздали с обучением собаки, ведь все твердят, что начинать нужно как можно раньше, а псу уже два года. Николай Андреевич как-то посоветовал сыну не ограничиваться книгами, а выходить по вечерам и знакомиться с местными собачниками, выгуливающими своих питомцев. Каждый мог подсказать что-нибудь дельное, такое, чего ни в одной книге не прочитаешь. Юра рос парнем серьезным, вдумчивым, в свои двенадцать лет уже все делал основательно, поэтому к рекомендации отца прислушался и целый месяц ходил по вечерам общаться с владельцами собак. Заветная тетрадка постоянно пополнялась все новыми и новыми сведениями, и каждые выходные парнишка ездил на электричке в Успенское повидаться с другом и вместе с ним позаниматься с псом, добродушным и покладистым «дворянином», которого Славик нарек звучным именем Гром. На фотографии Грому уже четыре года, он знает и безупречно выполняет десятка два разных команд, беспрекословно слушается хозяина и его друга Юру, на чужих не бросается и ведет себя во всех смыслах чрезвычайно достойно.

А вот Юра в милицейской форме со знаками отличия слушателя Высшей школы милиции. Семьдесят третий год, первый курс, Омская школа. В московскую «вышку» поступать можно было только после армии, а в омскую разрешали принимать некоторое количество ребят сразу после десятого класса. Сын готовился к поступлению очень ответственно, выбор сделал еще в восьмом классе и за все три последних школьных года ни разу не выказал сомнений или колебаний.

На следующей странице фотография сына в парадной форме с лейтенантскими погонами. Выпуск. Лицо повзрослевшее, глаза счастливые. Красный диплом. Прекрасное будущее. Сбывшаяся мечта.

А вот они вместе, сын-лейтенант и отец-подполковник, оба в форме, стоят на крыльце Дома культуры МВД после торжественного собрания по случаю Дня милиции, ноябрь 1979 года. Еще ничего не случилось, небо было ясным, душа спокойной...

Николай Андреевич резко захлопнул альбом. Он хорошо знал, какие фотографии находятся на последней странице, и открывать ее не собирался. Ни за что. Никогда.

* * *

Петр Кравченко

— Я поищу. Один экземпляр точно есть, с ним мама работает, она все бумаги деда забрала, но, кажется, на антресолях должны быть еще журналы. Во всяком случае, до последнего ремонта они там точно были.

Сегодня Юлия Холодкова вышла на связь со стационарного компьютера и на экране выглядела так же симпатично, как на фотографиях. Судя по тому, что Петру удалось разглядеть за ее спиной, находилась его собеседница в каком-то офисе. Слова о том, что «мама работает с бумагами деда», сильно озадачивали.

— Видите ли, в девяносто четвертом был большой спрос на такую информацию, которую дед давал в интервью. Мы даже не ожидали, что оно наделает столько шуму. А у нас в семье в те годы было совсем плохо с деньгами, зарплаты не платили, научные институты закрывались, производства вставали. Учреждение, в котором работал мой отец, ликвидировали полностью, он никак не мог найти работу по специальности, устроился водителем, мама подрабатывала всюду, где могла, дед — глубокий пенсионер с копеечной пенсией. То есть пенсия-то была хорошая, большая по тем временам, когда ее назначали, но к девяносто четвертому цены стали уже совсем другими. И вот после того интервью родители стали уговаривать деда быстренько написать мемуары и рассказать про всякие сомнительные ситуации, про злоупотребления, телефонное право, ну, короче, вы понимаете. Дед, как я помню, долго упирался, он был уже старенький, но признавал, что ему есть что рассказать про советскую власть. В общем, мама с папой его уговорили, и он начал потихонечку записывать свои воспоминания. Родители его торопили, предлагали любую помощь. Помню, отец говорил, мол, надо написать как можно скорее, любое издательство сейчас с руками оторвет, на такую литературу огромный спрос, выпустят большим тиражом и заплатят очень хорошие деньги. Дед старался, но не успел. Умер, так и не дописав. Это было в девяносто седьмом, а через год грянул дефолт, деньги сгорели, в общем, стало не до того, нужно было крутиться, искать способы заработать, что-то придумывать. Родителям повезло, у них оказались удачливые и оборотистые знакомые, которые помогли им встать на ноги и открыть собственный бизнес, так что про дедовы бумаги вообще позабыли. А пару лет назад мама вдруг с чего-то взяла, что у народа проснулся интерес к советской власти, и решила вернуться к тем материалам и все-таки написать книгу на основе дедушкиных воспоминаний. Наверное, ей просто стало скучно, от бизнеса она отошла, заняться нечем... В общем, она собрала все бумаги, увезла к себе и что-то там кропает. Но журнал я поищу, их было несколько штук, вряд ли мы все выбросили. В любом случае один-то точно есть, тот, который у мамы. Если не найду у себя дома экземпляр, сделаю у мамы скан и вышлю вам.

— А... другие записи вашего деда? — робко спросил Петр.

Не только интервью, но и более полные воспоминания участника и очевидца событий — это же Клондайк! Неслыханная удача, на которую и рассчитывать-то не приходилось.

— Мама ничего не даст, — категорично и не раздумывая ответила Холодкова. — Я с ней разговаривала сегодня утром, рассказала о вашем интересе. Она сказала, что интервью покажет, потому что оно и так было в открытом доступе, пусть и много лет назад, но больше ничего.

— Мне бы только найти что-нибудь по делу Лаврушенкова, — взмолился Петр. — Я понимаю опасения вашей матушки, воровство текстов процветает во всех видах, но, может быть, хоть страничка, хоть полстранички о конкретном деле...

Юлия отрицательно покачала головой:

— Мама сказала твердое «нет». Ни одного слова, кроме того, что уже было опубликовано.

— Ну пожалуйста, Юлия! Можно я сам поговорю с вашей мамой? Мне кажется, я смогу ее убедить. Дело старое совсем, шестьдесят шестого года. Прошу вас, позвоните ей, спросите, можно ли дать мне ее контакты.

Он потратил еще минут пять на уговоры, и Холодкова сдалась. Петр видел, как она взяла в руки телефон, и приготовился слушать и подсказывать аргументы при необходимости, но Юлия предусмотрительно отключила микрофон на компьютере. «Вот зараза!» — беззлобно выругался про себя Петр. Он пристально всматривался в лицо женщины, стараясь хотя бы по губам угадать произносимые слова. Ему удалось разобрать «очень просит» и «шестьдесят шестой год», потом последовала долгая пауза, лицо Юлии стало слегка удивленным, потом расслабилось, и на нем расцвела улыбка. «Хорошо, спасибо, целую» — в этих трех словах Петр не сомневался.

Микрофон снова включился.

— Вам повезло, — сказала Холодкова. — Оказывается, маму интересует в основном период семидесятых годов, которые считаются глубоким застоем, про шестидесятые она не пишет. Говорит, что при Щелокове было намного больше разных интересных кейсов, чем при Тикунове. Это кто вообще такие? Вы в курсе?

— Министры внутренних дел, — радостно отрапортовал Петр. — Сначала был Тикунов, а с шестьдесят шестого года и до конца брежневского периода — Щелоков.

— Я смотрю, вы и в самом деле в теме, — усмехнулась Юлия. — Короче, мама не возражает, она подберет вам дедовы записки по тому делу, сделает сканы и пришлет на «мыло». Адрес только скиньте.

Петр рассыпался в цветистых благодарностях и немедленно отправил Холодковой адрес своей электронной почты.

Первая половина дня прошла на ура!

* * *

«...После заседания бюро обкома первый секретарь Логунов попросил меня зайти к нему в кабинет. Я думал, что он приглашает не только меня, но и начальника УВД области, и областного прокурора (коммунисты, занимавшие эти должности, в обязательном порядке являлись членами бюро), потому что в том году тема усиления борьбы с преступностью была на одном из первых мест, но оказалось, что он позвал только меня. Я очень удивился. Никто из судей областного суда вроде бы ни в чем не проштрафился, во всяком случае мне ничего такого в тот момент известно не было.

Когда мы вошли в кабинет, Логунов велел секретарше принести нам чаю. Было видно, что он собирается завести какой-то серьезный разговор, и я даже немного заволновался.

— Василий Сергеевич, на днях к тебе в суд поступит дело. Нужно отнестись со всей партийной ответственностью, — начал он.

— Разумеется, — ответил я, еще не понимая, о каком деле идет речь. — Мы всегда рассматриваем дела объективно и беспристрастно, руководствуясь партийной совестью и внутренним убеждением.

— Не сомневаюсь, Василий Сергеевич, не сомневаюсь.

Он пожевал губами, отхлебнул чаю из стакана в мельхиоровом подстаканнике. Потом продолжил:

— Слушание дела придется закрыть. Никого из посторонних быть не должно. Никаких родственников, соседей, друзей и знакомых. Только участники процесса.

Это мне сразу не понравилось. Со слов Логунова выходило, что дело в моем суде будет слушаться по первой инстанции, хотя для этого существуют районные народные суды, а в областном рассматриваются кассации или надзорные дела. Для того чтобы дело слушалось сразу на уровне области, оно должно быть повышенной важности: особо тяжким, имеющим политическую окраску либо расстрельным. Правда, статья 40 Уголовно-процессуального кодекса позволяла вышестоящему суду принять к своему производству в качестве суда первой инстанции любое дело, подсудное нижестоящему суду, но для этого должны существовать хотя бы минимальные основания. Проводить закрытые процессы можно только по делам, где фигурирует государственная тайна, а также по половым преступлениям или если подсудимым является несовершеннолетний. Но гостайна в областном суде — это крайне маловероятно. Значит, либо малолетка, либо изнасилование или развратные действия. Еще мог быть, конечно, гомосексуализм, но, опять же, областной суд такому извращению не по рангу, 121-ю статью слушают по первой инстанции в районных судах, и случается такое раз в сто лет, а до второй инстанции дело вообще никогда не доходит. Разве что в подобном безобразии виновен член партии, занимающий высокий пост... Тогда понятно, что дело во избежание огласки лучше забрать из района наверх.

— Слушаю вас внимательно, товарищ первый секретарь, — осторожно сказал я.

— Речь идет об обвинении некоего Виктора Лаврушенкова в убийстве певца Астахова.

Ах вот в чем дело! Я с облегчением выдохнул. От прокурора области я уже слышал, что дело было на особом контроле на самом верху, потому что

Брежневу очень нравился этот певец. Честно сказать, я не знаток и оперу не люблю, но моя супруга была от него в восторге и часто просила достать билеты в Большой театр, ходила с подругами, такими же поклонницами Астахова. Следствие вел Полынцев Аркадий Иванович, лучший следователь в прокуратуре области, и я по опыту знал, что если уголовное дело пришло от него, то в нем не будет ни сучка ни задоринки. Прокурор говорил, что обвинение предъявлено человеку с явными признаками тяжелого психического заболевания, что и подтвердила стационарная судебно-психиатрическая экспертиза, которую проводили не где-нибудь, а в институте судебной психиатрии имени Сербского, в компетентности которого ни у кого не может быть ни малейших сомнений. Никакими гостайнами, высокопоставленными подсудимыми, изнасилованными девицами и несовершеннолетними преступниками тут даже и не пахло.

Я совершенно успокоился.

— Такое уголовное дело вовсе не требует закрытого судебного заседания. Насколько я понял, расследование убийства Астахова вызывало пристальное внимание руководства, и будет только лучше, если вся общественность узнает, что преступление в отношении известного певца успешно раскрыто и виновный понес заслуженное наказание, — уверенно сказал я. — Не вижу оснований закрывать процесс.

Логунов снова помолчал, окунул в чай кусок рафинада, подождал, пока он размокнет, сунул в рот и рассосал.

— Ты не понимаешь, Василий Сергеевич. Ты дело видел? Читал?

— Разумеется, нет. Оно еще не поступало в суд.

— Так вот, слушай, что я тебе скажу. Все дело в мотиве и в личности убитого певца. Астахов много чего себе позволял, именно поэтому тот сумасшедший, Лаврушенков, его и убил. Там и девицы всякого пошиба без счета, и замужние женщины, и девчонки несовершеннолетние, практически школьницы. — Голос Логунова понизился до едва слышного шепота. — И даже вроде бы мальчики.

Он залпом допил чай и заговорил уже обычным голосом, но все равно негромко, хотя и очень веско.

— Сумасшедший, который его убил, был помешан на моральной чистоте. Так хуже того: у них там какая-то секта таких же блюстителей нравственности. Нравственность и моральная чистота — это, конечно, правильно и хорошо, я сам обеими руками за это, как и вся линия партии. Но самосуд — это уже выходит за всякие рамки. А теперь представь, Василий Сергеевич, что будет, если на суде все это предадут огласке? Любимый певец Леонида Ильича Брежнева — б... первостатейный, педофил и это...с мужиками! Это как, по-твоему?

Я не мог не согласиться, что это плохо.

— А то, что в нашей советской стране секты какие-то? — продолжал Логунов. — Это же совершенно недопустимо! Полынцев — умный человек, он все понимает правильно и про секту в протоколы не писал, в списке свидетелей нет тех, кто мог бы про нее рассказать на суде, но сам-то Лаврушенков... Он же больной на всю голову! Мало ли чего он начнет вываливать. А люди в зале суда будут слушать и про секту эту, будь она неладна, и про амурные похождения певца, и про школьниц, которых к нему водили. Послушают и разнесут повсюду. И что выйдет? Что руководитель нашей партии высоко ценил и уважал такого омерзительного человека? Что такое чудовище выходило на сцену Большого театра, лучшего театра страны, да еще и на зарубежных гастролях представляло СССР? Куда смотрела парторганизация театра? Почему партком ничего не знал и не прореагировал вовремя, не принял меры? Видишь, какая картина вырисовывается? Это прямой удар по репутации партии в целом и всех коммунистов.

— Я вас понял, товарищ Логунов. Не беспокойтесь, все будет организовано как надо. Кстати, о Полынцеве: я слышал, у него инфаркт?

— Да, было дело. Но ничего, обошлось, поправляется, сейчас в санатории долечивается. Ты меня хорошо понял, Василий Сергеевич?

— Думаю, что хорошо. Как только дело поступит, сам ознакомлюсь и подберу судью.

— Ни хрена ты не понял! — взорвался Логунов. — Никого ты подбирать не будешь! Сам будешь дело слушать. И кандидатуры народных заседателей в обкоме согласуешь, лично со мной. Убийцу этого признаешь невменяемым и запрешь в психушку, чтобы ни один нормальный человек не мог выслушивать его бредни. Если он попадет на зону и там начнет поливать грязью Астахова, то слушателей у него окажется во сто крат больше, чем в зале суда.

— Но я пока не знаю, что написано в заключении судебно-психиатрической экспертизы, — пытался возражать я. — Какой там диагноз стоит? Может быть, обвиняемый осознавал противоправность своих действий и мог руководить ими...

Логунов не дал мне договорить, он был в ярости.

— Мне наплевать, что там написано. Я, знаешь ли, тоже не вчера родился. В Сербского написали правильно, они, в отличие от тебя, все понимают. И тебе пора начинать понимать правильно. Ты судья, ты решаешь, вменяемый он или нет. Ясно?

— Ясно...

Сейчас, с расстояния в тридцать лет, этот разговор в кабинете первого секретаря Московского обкома кажется не просто удивительным. Он выглядит недопустимым, противозаконным. Сейчас наша страна строит правовое государство, в котором независимость судей — важнейший элемент правопорядка, гарантирующий справедливость правоприменения. Давление на суд — вещь немыслимая и безусловно порицаемая. Но тогда, в шестидесятые, а потом и в семидесятые партийный контроль над всеми сферами жизни был совершенно нормальным явлением, и никому даже в голову не приходило, что может быть иначе. Партия считала возможным вмешиваться во все без исключения, более того, она не просто вмешивалась, она руководила всей жизнью страны во всех сферах, и такое положение было предусмотрено Конституцией. Любое решение принималось «партией и правительством», но никогда не «правительством и партией», то есть КПСС всегда, я подчеркиваю — всегда! — шла на первом месте, и ее мнения и желания были главными и определяющими в жизни Советского государства.

Разумеется, мне как судье, более того, председателю Московского областного суда, было чрезвычайно неприятно, что мне указывают, как выполнять свои профессиональные обязанности, и навязывают конкретные судебные решения. С точки зрения уголовно-процессуального законодательства это было грубейшим нарушением закона. Но в те годы партия считала, что ей можно все и законы писаны не для нее. Любое пожелание обкома, высказанное в форме пусть даже мягкой рекомендации, расценивалось как приказ, обязательный к исполнению. Не выполнишь — получишь неприятности. Могут перекрыть дальнейшее продвижение по карьерной лестнице, а могут и с нынешней должности снять. Одним словом, идти поперек партии — себе дороже. И что удивительно: почти никто не возмущался таким положением вещей, привыкли, ведь подобный порядок существовал к тому времени лет 40, если не больше, и многие из нас жили при нем с самого рождения, даже не догадываясь, что можно и нужно жить иначе...»

* * *

Вот и ответ на вопрос, почему дело по обвинению Виктора Лаврушенкова слушалось в закрытом судебном заседании. Интересно, Губанов догадывался об истинной причине? Петру казалось, что Николаю Андреевичу это вообще не было интересно. Старик сказал, конечно, что сходил бы послушал, если бы была возможность, но голос его звучал при этом как-то безразлично.

Но каким же наивным выглядел Василий Сергеевич Екамасов в своих писаниях! Думал, что в девяностые годы в России строили правовое государство, порицал прежние порядки. Сейчас, в 2021 году, даже смешно читать. Как там говорилось в советском мультике про Чебурашку? «Мы строили, строили и наконец построили!» Построили, ага.

Петру стало грустно. Он хотел было поговорить с Кариной, зачитать ей отдельные пассажи, обсудить, но девушка сосредоточенно работала, и он не решился ее отвлекать. Молча походил взад-вперед из комнаты в кухню и обратно, помахал руками, сделал приседания, чтобы разогнать кровь, а вместе с ней и тоскливые мысли о неоправдавшихся надеждах стариков. Достал из холодильника банку «Ред Булл», выпил залпом, закусил сочной сладкой грушей и вернулся к запискам Екамасова.

* * *

«...Распространенным заблуждением является представление о том, что судебные психиатры могут признать или не признать подэкспертного невменяемым. Это абсолютно не так. Судебно-психиатрическая экспертиза проводится для того, чтобы выявить наличие психопатологии и при необходимости поставить диагноз. Решение о том, является ли подсудимый невменяемым, принимает суд и только суд, больше никто. Суд изучает материалы экспертизы наравне со всеми материалами уголовного дела и делает вывод о том, подлежит ли конкретный подсудимый уголовной ответственности или нуждается в применении принудительных мер медицинского характера. В заключении экспертов может содержаться крайне тяжелый диагноз, а суд все равно признаёт человека вменяемым и отправляет в колонию отбывать лишение свободы. Или наоборот: диагноз не особенно серьезный, но подсудимого тем не менее определяют в специальное медицинское учреждение закрытого типа. Все зависит от усмотрения суда, от его внутреннего убеждения. И нередко от указаний соответствующего партийного органа. Замечу к слову, что давили не только на суд, но и на судебных психиатров, высказывая «пожелания» о смягчении диагноза или, напротив, о постановке диагноза психически здоровым лицам. Известны случаи, когда обвиняемые с тяжелой формой психического расстройства признавались вменяемыми, чтобы успокоить общественное мнение и показать, что нашумевшее преступление, особенно если это серия убийств, повлекло за собой заслуженное суровое наказание. Но точно так же известны и другие случаи, которых было намного больше: совершенно здоровых людей эксперты признавали больными, чтобы суд имел возможность вынести решение о невменяемости и упрятать таких подсудимых подальше от людских глаз. Подобная практика широко применялась в отношении диссидентов, чтобы можно было сказать: «Конечно, он сумасшедший. Разве нормальный, психически здоровый человек может быть недоволен жизнью в прекрасной Стране Советов?» Кроме того, диссидентов нельзя было отправлять в колонию по тем же самым причинам, по каким нельзя было отправлять туда и Лаврушенкова. Нечего мутить людям головы своей болтовней.

После возвращения с бюро обкома настроение у меня было по понятным причинам испорчено. На следующий день уголовное дело по обвинению Лаврушенкова по ст. 102 п. «б» УК РСФСР («умышленное убийство из хулиганских побуждений») поступило в мой суд, и я сразу затребовал его для ознакомления. Меня смущала квалификация содеянного. Из того, что говорил Логунов, выходило, что речь идет об обычном убийстве, предусмотренном статьей 103 Уголовного кодекса, а такие дела, согласно закону, не могут слушаться по первой инстанции в областном суде без специального решения, оформленного по всем правилам. Но первый секретарь говорил только о требовании проводить закрытое судебное заседание, а о том, что нужно вынести решение о передаче дела в вышестоящий суд, не произнес ни слова. Логунову я этого объяснять не стал, потому что он не юрист и таких тонкостей не поймет, а дело в любом случае прошло через руки прокурора по надзору за предварительным следствием, и я еще во время разговора в обкоме заподозрил, что с квалификацией что-то нахимичили, чтобы подвести под ст. 102 («умышленное убийство с отягчающими обстоятельствами»), дела по которой, согласно

УПК, слушаются не в районном народном суде, а в городском, областном и выше.

Просмотрев первые несколько страниц, я вздохнул с облегчением: все-таки не зря Аркадий Иванович Полынцев считался асом в своем деле. Мне не было известно ни одного случая, когда законченные им уголовные дела отправлялись бы на доследование или имело место кассационное либо надзорное производство в связи с недочетами предварительного следствия. Судебное следствие по делам, расследованным Полынцевым, всегда шло как по маслу.

И в данном случае никаких сбоев не предвиделось. Каждый документ идеально составлен, доказательства безупречны и соответствуют всем четырем критериям: относимости, допустимости, достоверности и достаточности. И чистосердечное признание обвиняемого имеется. Многостраничный акт судебно-психиатрической экспертизы, в заключении — диагноз, позволяющий суду с полным основанием признать подсудимого невменяемым. Никаких «узких» мест, требующих особого внимания и осторожности во время слушания. Под «узкими» местами я в данном случае имею в виду заметные недоработки следствия, нарушения процессуального закона при проведении следственных действий, явные несостыковки в показаниях и прочие огрехи.

Даже мои сомнения по поводу квалификации содеянного, а значит, и по поводу определения подсудности растворились полностью. Действительно, мотив, которым руководствовался Виктор

Лаврушенков, можно назвать только хулиганским. Не корысть, не кровная месть, не внезапно возникшее сильное душевное волнение, вызванное противоправными действиями потерпевшего, нет цели сокрытия другого преступления. Под хулиганским мотивом как раз и подразумевается все то, что не перечислено в законе отдельной строкой. Непонятное, неформулируемое, глупое и бессмысленное. Обычная месть (то есть не кровная) или, например, ревность, пьяная драка — это статья 103, подсудность райнарсуда, а хулиганство — будьте любезны перейти в более тяжкий состав и предстать перед областным судом.

Обвинительное заключение было составлено и подписано следователем Садковым, которому передали дело после того, как Полынцева прямо из служебного кабинета увезли на «Скорой» с инфарктом. К этому документу у меня тоже не было особых претензий, да и что там могло быть не так, если Садков опирался на безупречные материалы Полынцева?

В целом два толстых тома уголовного дела не вызвали у меня ни малейших сомнений. О том, насколько добросовестно проведена экспертиза в институте имени Сербского, я вообще старался не думать: это не моя епархия, я юрист, а не психиатр, моя обязанность — исследовать и оценить представленные доказательства, к числу которых относятся и экспертные заключения. Не доверять квалификации сертифицированных экспертов у меня оснований не было. Моя профессиональная совесть почти не страдала. Почти — потому что после ознакомления с материалами дела я был совершенно уверен в виновности преданного суду гражданина Лаврушенкова, но не уверен был в том, что он действительно должен быть признан невменяемым. Однако резоны, высказанные первым секретарем обкома, были мне понятны, и я с ними соглашался. Здоров Лаврушенков на самом деле или болен, но в исправительно-трудовом учреждении усиленного режима ему точно не место.

Я собрался было уже поставить в график заседание по этому делу, но вспомнил указания Логунова насчет народных заседателей. Пришлось связываться с обкомом и ждать, пока дадут отмашку. Ждать пришлось недолго, и я догадался, что кандидатуры заседателей уже были подобраны и проверены заранее, все предварительные беседы с ними провели и инструкции раздали, строго наказав держать рот на замке и ни в коем случае не разглашать то, что они услышат в судебном заседании. Наверное, пообещали что-нибудь очень существенное за молчание. А может, и пригрозили, если было чем.

Заседатели явились ко мне в кабинет за час до начала слушания, и я сразу увидел, что проблем с ними не будет. Кряжистый мужчина лет сорока пяти, член партии с двадцатилетним стажем, фронтовик, отец четверых детей, старший мастер на крупнейшем в области заводе. Я подумал, что, пожалуй, он совершенно точно не станет сочувствовать ни потерпевшему Астахову, ни его убийце Лаврушенкову, не будет задавать вопросов и все, что написано в уголовном деле и озвучивается в судебном заседании, воспримет как истину в последней инстанции. Вторым заседателем оказалась милейшая старушонка, завкафедрой истории КПСС из какого-то вуза, про таких говорят: «Она еще Ленина знала». Пропитанная до мозга костей партийной идеологией, она была еще и глуховата, но тщательно скрывала этот дефект. Половину сказанного на суде, если не больше, она и вовсе не услышит. А то, что услышит, истолкует в правильном ключе.

Я кое-как накорябал постановление о слушании дела в закрытом судебном заседании, обтекаемо ссылаясь на норму закона, но не особенно старался. Коль подключился обком, значит, никто не станет придираться. Главное, чтобы постановление было в деле. На том, как вели себя представитель государственного обвинения и защитник, явно ощущалась тяжелая рука обкомовских указаний и инструкций.

Дело мы прослушали за два дня, а если точнее, то за полтора. Первый день заседали до вечера, во второй я к обеденному перерыву ушел на приговор. Опасения Логунова отчасти оправдались, подсудимый Лаврушенков готов был бесконечно распространяться на тему морального облика и недопустимости внебрачных связей, хотя про секту вообще не упомянул. Несовершеннолетних девочек и мальчиков он тоже не затрагивал, чему я был только рад, хотя про совсем молоденьких девушек все-таки сказал. Почувствовав, что подсудимый вступает на опасную тропу, я прервал его, не давая договорить, и задал другой вопрос, отвлекая его внимание. Что же касается самого преступления, то он ничего не помнит, поскольку страдает провалами в памяти, особенно когда выпьет, искренне раскаивается и сожалеет о содеянном, но признает, что Владилен Семенович Астахов был человеком глубоко аморальным и заслуживал всяческого порицания. Общий смысл его слов сводился к следующему: «Я не помню, как я убивал Астахова, но вполне допускаю, что мог это сделать, потому что такие, как он, не должны жить среди нас. Раз доказательства против меня, значит, я и вправду виноват и готов понести наказание».

А доказательства и в самом деле были крепкими. Следы пальцев Лаврушенкова в доме Астахова, свидетельские показания о том, что подсудимый часто высказывал возмущение поведением певца и его образом жизни. Более того, Лаврушенкова видели в ночь смерти Астахова рядом с его дачей. А сам он не скрывал, что знал о сильнодействующих таблетках и видел, где Астахов их хранит. Как зовут девушку, запечатленную на фотографии, подсудимый не знает, на следствии ему сказали, что ее фамилия — Бельская, она балерина. Однако эту девушку Лаврушенков видел ранее неоднократно вместе с потерпевшим на даче, у них были любовные отношения, которые они даже не скрывали. Потом девушка перестала приезжать. Но Лаврушенков однажды видел, как Владилен Семенович небрежно засовывал фотографию Бельской в книжный шкаф, между толстыми томами, и тогда же сделал вывод, что для знаменитого певца честь и достоинство женщины ничего не значат и ценности не представляют. В дачном доме Астахова подсудимый бывал часто, выполнял различные работы по просьбе хозяина, так что его осведомленность о местах хранения таблеток и фотографии никого не удивила.

Все было одно к одному, ни подсудимый, ни его защитник не пытались оспорить ни одного факта, положенного в основу обвинения. Поэтому управились мы быстро, и в совещательную комнату я уходил в компании заседателей и с полной уверенностью в том, что без затруднений приму решение о признании Виктора Лаврушенкова не подлежащим уголовной ответственности в связи с психическим заболеванием, вследствие которого он не осознавал противоправность своих действий и не мог руководить ими, и о применении к нему принудительных мер медицинского характера.

Обком был доволен, и довольно скоро я выбросил дело Лаврушенкова из головы. Кто же мог знать, что в восьмидесятом году разразится скандал...»

* * *

— Чего ты сопишь, как простуженный носорог? — раздался голос Карины. — Чем-то недоволен?

Петр с надеждой посмотрел на нее.

— Ты закончила на сегодня с работой? Или я тебе помешал?

— Закончила. Ф-фух! — Она резко выдохнула и закрыла файл. — Я молодец! Вполне довольна собой.

Это означало, что день перерыва действительно пошел на пользу, замыленность восприятия ушла и при втором чтении ей удалось отыскать в тексте еще какие-то косяки. Если же при перечитывании ничего нового не вылавливалось, Карина начинала нервничать и подозревать, что сработала плохо, невнимательно. «С одного раза никто и никогда не может увидеть все ошибки, — уверенно говорила она. — Знаешь, как раньше работали настоящие корректоры? Читали текст как минимум три раза. Первый раз проверяли на орфографию, второй раз — на синтаксис, а в третий раз вообще читали каждое предложение с конца в начало, от точки до заглавной буквы, потому что когда читаешь как положено, то можешь незаметно отвлечься на смысл и чего-то не заметить, а когда читаешь от конца до начала, то на смысл точно не отвлечешься. И добросовестный редактор тоже должен читать хотя бы два раза».

— Много наловила? — спросил Петр.

— Чуть-чуть. Как раз столько, сколько допустимо для второй читки. Но это только треть романа, посмотрим, что будет дальше. Так чего ты сопел-то?

Она встала из-за стола, плюхнулась рядом с Петром на диван и заглянула в текст на экране ноутбука. Начала было читать, но тут же заморгала, потом крепко зажмурилась.

— Не могу, уже глаза ломит. Читай вслух.

Достав из кармана толстовки флакон с каплями, Карина закапала в глаза, растянулась на полу и приготовилась слушать.

— О господи, ну и обороты, — недовольно пробормотала она, когда Петр добрался наконец до конца одной особенно длинной фразы. — Сразу видно, что чиновник писал.

— Почему именно чиновник?

— У них так было принято. Чем длиннее предложение в официальной бумаге, тем лучше. При царизме вообще было высшим шиком весь документ на полторы-две страницы изложить одной фразой. Ты вспомни, у тебя в книге про Сокольникова приведены выдержки из приговора, так там с ума сойдешь, пока до точки доберешься. А когда доберешься, уже забываешь, где было подлежащее. С царизмом уж сто лет как покончили, а чиновничьи замашки остались.

— Так Екамасов и был судьей, отсюда такой стиль.

— Ну ясное дело. Давай дальше.

Через несколько минут Карина снова поморщилась:

— Фу-у, какая канцелярщина. После художественной прозы ужасно режет слух.

— Мне заткнуться? Или будешь терпеть? — насмешливо поддел ее Петр.

Она засмеялась:

— Буду терпеть. Интересно же!

Дослушав до конца, девушка поднялась и села по-турецки.

— Кажется, я понимаю, что тебя смущает.

— Значит, все-таки врет наш судья?

— Конечно, врет. В мемуарах всегда врут, особенно если при новом режиме пишут о старом. Я парочку мемуарных творений редактировала, так что представление имею. Воспоминания вообще штука коварная, никогда не знаешь, какую подлянку они подкинут. Человек может не иметь намерения солгать, уверен, что излагает все в точности так, как было, но помнит все равно неправильно. Все искажается со временем.

Петр не мог с этим не согласиться.

— Это верно, — кивнул он. — Кроме того, есть еще один нюанс: Екамасов писал мемуары, чтобы заработать денег, то есть старался соответствовать конъюнктуре читательского рынка, а в то время было модно всячески очернять советскую власть, чтобы подчеркнуть, как хорошо стало при демократии. Так что привирали в мемуарах — будьте-нате. Сравним ощущения?

Карина с готовностью кивнула, глаза ее загорелись: сравнение ощущений было ее любимой игрой.

— Только давай сегодня ты будешь писать, а я — говорить, а то вставать неохота, — попросила она.

Петр открыл блокнот, набросал несколько слов, вырвал листок и спрятал в карман.

— Говори.

Девушка уставилась в одной ей видимую точку в районе колена Петра, мысленно воспроизводя только что услышанное.

— Насчет секретаря обкома Логунова... мне кажется, судья изрядно сместил акценты. Ну да, при совке пaртия всем рулила, но чтобы с председателем областного суда вели себя так нагло... что-то не особо верится. Я думаю, Логунов обрисовал ситуацию и высказал просьбу, а Екамасов уже сам предложил варианты. И насчет народных заседателей тоже его идея была. Наверняка сам попросил, чтобы людей отобрали и проверили со всех сторон.

— Что еще? Или это все?

— Еще там, где он описывает судебный процесс. Там концы с концами не сходятся, — задумчиво проговорила Карина. — Я, конечно, не юрист и вообще не при делах, но вычитала кучу детективов за время работы. Вот смотри: Екамасов пишет, что подсудимый многократно бывал в доме Астахова, выполнял разные ремонтные работы. Разве при таких обстоятельствах его отпечатки пальцев могут быть доказательством? Да их по всему дому должно быть немерено. Или экспертиза смогла установить, что конкретные отпечатки появились именно в ночь убийства? Если так, то почему Екамасов об этом не написал?

— Насколько я понимаю, подобных экспертиз еще не придумали в шестьдесят шестом году, — усмехнулся Петр. — Я даже не уверен, что они и сейчас есть. Бинго, подруга!

С этими словами он вытащил из кармана и протянул ей листок, на котором всего несколько минут назад накорябал карандашом: «Е. все понимал с самого начала и прогнулся. В записках делает вид, что он белый и пушистый и ни о чем не догадывался». Карина быстро прочитала и удовлетворенно кивнула.

— Совпало. А жаль, можно было бы поспорить, если бы мы с тобой разошлись во мнениях. Знаешь, мне кажется, на самом деле все было проще и короче. Логунов вызвал судью и сказал: Лаврушенкова надо посадить без шума и пыли, а судья взял под козырек. Единственное место в записках, которое кажется мне достоверным, это то, где Екамасов приводит аргументы насчет репутации коммунистов и всей партии в целом. Вот в эту часть разговора я почему-то верю.

— А насчет того, что с прокурором и адвокатом предварительно поработали?

— Ну, в это тоже верю, само собой. Если судья проглядел несостыковку с отпечатками, то уж адвокат-то всяко должен был обратить внимание. Но Екамасов так скупо описывает сам процесс, что мы с тобой не можем судить, как именно вела себя защита. Может, адвокат и делал все как надо, а в записках об этом деликатно умалчивается. Судье же нужно было в мемуарах делать вид, что он все сделал строго по закону и не имел оснований для сомнений.

— Ты, небось, уже и картинку сконструировала? — спросил Петр. — Рассказывай, не томи.

— Да там все просто, как по мне. Вот смотри: Логунов вызывает к себе судью и говорит, дескать, грядет судебный процесс, обвиняемый — полный псих, может начать рассказывать про жертву всякое нелицеприятное, а жертва у нас такая, что ее порочить никак нельзя, потому как этого человека сильно уважал сам дорогой товарищ Леонид Ильич. Можешь как-то помочь, Василий

Сергеевич? И Василий Сергеевич с готовностью отвечает что-то типа: «Никаких проблем, товарищ первый секретарь обкома, все сделаем в лучшем виде, дело из районного суда заберем к себе в область, заседание сделаем закрытым, чтобы ни одна шавка ни ухом ни рылом не просунулась в щель, народных заседателей подберем, только нужно, чтобы вы по партийной линии эту часть организационно поддержали. Пусть компетентные органы прошерстят весь список нарзасов, которые избраны на текущий период от предприятий и организаций, и дадут свои рекомендации. Ну и с прокурором и защитой вы уж по своей линии предварительно проведите работу. Все остальное я беру на себя, сам буду дело слушать». Думаю, что примерно так.

Петр с восхищением слушал.

— Откуда у тебя в голове такие формулировки, скажи на милость? Такое впечатление, что ты долго жила при советской власти. Может, ты меня обманываешь и тебе не двадцать восемь лет, а восемьдесят два?

— Петенька, ты забываешь, что фактчекинг требует постоянно выискивать самую разную информацию, которая оседает у меня в мозгах, а в нужное время вылезает на поверхность. На самом деле я необразованная глупая девчонка, просто у меня голова набита фиг знает чем. Я же с какими только текстами не работала! И про Римскую империю, и про Французскую революцию, и про Первую мировую войну, и про советский период, и про современность. И художка, и нон-фикшен, и мемуаристика. А что за скандал там образовался? О чем это судья пишет?

— В записках больше ничего нет, скандал относится к тому периоду, который интересует мать Холодковой, и она зажала материалы, не показывает. Есть только чуть-чуть, буквально пара фраз из опубликованного интервью.

— Так читай, чего ты таинственность разводишь.

Петр послушно зачитал отрывок из интервью Василия Сергеевича Екамасова.

— Однако... — озадаченно протянула Карина. — Больше ста пятидесяти человек... Уму непостижимо!

Март 1967 года

Михаил Губанов

Сегодня день рождения племянника Юрки. Середина недели, поэтому отмечать будут узким семейным кругом, просто праздничный ужин, а в воскресенье Николай и Лариса поведут сына с несколькими друзьями в кафе-мороженое. Договорились собраться в восемь, но не у Николая, а у матери: Татьяне Степановне нездоровилось. Михаил с привычным раздражением снова подумал, что даже в квартирном вопросе брат его обошел. Квартира, в которой жили Николай с женой и сыном, именовалась Колиной, а та, где проживали Михаил с сестрой и матерью, — маминой. Почему маминой, а не Мишиной или даже Нинкиной?

Если уж совсем строго подходить к делу, то и Колькина квартира тоже мамина, ведь давали ее не брату, а Татьяне Степановне как ветерану труда и очереднику. В общем, всегда и всюду сплошная несправедливость.

Подходя к дому, он взглянул на окна обеих квартир. Их окна горят, все три, за тонкими шторами мелькают тени. Наверное, накрывают на стол. У Кольки окна темные, значит, семейство брата уже у матери, ждут только его, Михаила. Вот и хорошо, пусть ждут, пусть лишний раз напомнят себе, какая трудная и ответственная у него служба при ненормированном рабочем дне.

Он остановился на противоположной стороне улицы, достал пачку сигарет, закурил. И тут увидел Ларису, торопливо идущую к своему подъезду. «Вот и ладно, — подумал он. — Она быстренько переоденется и выйдет, я ее дождусь, вместе и пойдем».

Михаил курил и посматривал на темные окна квартиры брата. Сейчас зажжется свет, а когда он снова погаснет, можно будет переходить дорогу и идти к подъезду, как раз Ларка спустится. Прошла минута, другая. Три минуты. Пять. Сигарета закончилась, а свет у Кольки так и не загорелся. Чего там Лариса? Куда пропала? Зашла к соседке за какой-нибудь надобностью и застряла? Вот ведь халда! День рождения единственного сына, ее ждут к торжественному ужину, а она лясы точит.

Он решительно двинулся к дому и зашел в подъезд. Из-за дверей квартир на первом этаже доносятся приглушенные звуки телевизоров, радиоприемников и людских разговоров. Не похоже, чтобы

Лариса с кем-то общалась, стоя на лестничной площадке, никаких голосов не слышно. Его кольнуло недоброе предчувствие: что-то случилось? Упала и лежит на лестнице? Или стала жертвой нападения? Хотя кто мог на нее напасть? Из подъезда никто не выбегал и даже не выходил.

Михаил как на крыльях пролетел несколько пролетов вверх, Ларису не обнаружил, остановился перед дверью, прислушался. Из квартиры доносились тихие невнятные звуки, больше похожие на стоны. Дверь прикрыта неплотно, значит, не заперта. Он потянул за ручку и вошел. В прихожей темно, но странные звуки стали слышнее. Он включил свет и увидел Ларису, сидящую прямо в пальто на полу на пороге комнаты. Уткнулась лицом в колени, плечи вздрагивают, с коротких зимних сапожек стекает вода, смешанная с комьями грязного снега.

— Что случилось? — встревоженно спросил Михаил. — На тебя напали? Кто? Что он сделал?

Лариса приподняла голову, лицо залито слезами, тушь для ресниц растеклась по щекам, нос покраснел и распух, губы дрожат.

— Не-ет, — простонала она сквозь слезы. — Никто ничего...

И снова расплакалась.

Михаил подошел ближе, присел на корточки, погладил ее по плечам. Все понятно. Лев Ильич Разумовский. Ну что ж, милые бранятся — только тешатся. Пройдет.

— Что, Ларочка? — ласково заговорил он. — На работе неприятности? Тебя кто-то обидел?

Она помотала головой и всхлипнула.

— Грустные мысли одолели? Это бывает, ничего, они пройдут. Не хочешь говорить — не говори, только перестань плакать. Ты же помнишь, что у Юрки день рождения и нас ждут, правда? Там уже стол накрыли, все такое вкусное, я вчера чуть слюной не истек, пока вы с Нинкой салатики резали и пирог пекли. Мама сегодня тоже встала на пару часов и сделала «хворост» и трубочки со сгущенкой. Давай я помогу тебе встать, ты снимешь пальтишко, умоешься, переоденешься, и пойдем, — ворковал Михаил, поглаживая Ларису по голове.

Самое главное — не дать понять, что он в курсе насчет ее романа с Разумовским. Миша терпеть не мог плачущих женщин, испытывая рядом с ними отвращение и брезгливость, и сейчас ему требовалось изрядное усилие воли, чтобы вести себя как и положено заботливому и неравнодушному родственнику. Ларису надо во что бы то ни стало привести в приемлемый вид, чтобы никто ничего не заподозрил и праздничный семейный ужин не оказался испорчен.

— Я сейчас, — пробормотала Лариса, не поднимая головы. — Ты иди, Миш... Иди. Я приведу себя в порядок и скоро приду.

От слез у нее заложило нос, и голос, всегда приятный и мелодичный, стал гундосым и каким-то грубым.

— Ну уж нет, — возразил он. — Придем вместе. Я тебя одну не оставлю в таком состоянии. Давай, моя хорошая, встряхнись. Как бы ни было погано на душе, но перед семьей нужно держать фасон. Если захочешь поделиться, я всегда тебя выслушаю, выйдем после чая на лестницу покурить и поговорим. Но сейчас нужно собраться, умыться и идти. Хорошо?

Лариса послушно дала себя поднять и снять пальто, скинула сапожки и побрела в ванную в одних чулках, даже не надев тапочки. Михаил стоял в тесной прихожей и терпеливо ждал, пока она умоется, переоденется в нарядное платье и заново накрасится. Можно было, конечно, посидеть на кухне, но это же нужно снимать шинель, ботинки, потом снова надевать... Ему было лень. Столько телодвижений ради десяти минут — оно того не стоит.

Зазвонил телефон.

— Миш, возьми трубку! — крикнула Лариса из ванной, где наводила красоту.

Голос ее звучал уже почти нормально.

Звонила Нина. Перед самым Новым годом им наконец выделили телефонный номер, и теперь сестра никак не могла наиграться, словно специально выискивая поводы, чтобы кому-нибудь позвонить.

— Мишка, ты чего там торчишь? — затараторила Нина. — Почему не идешь? Где Ларка? Вас все ждут, уже девятый час.

— Лара переодевается, мы сейчас придем, буквально через пять минут. Я с ней столкнулся у самого дома, решил подождать, чтобы вместе прийти.

— Дурь какая-то, — презрительно фыркнула Нина. — Какая разница, вместе приходить или по отдельности? Вечно ты...

— Мы скоро придем, — спокойно и твердо перебил ее Михаил и положил трубку.

Лариса появилась в красивом изумрудно-зеленом платье с золотистыми пуговицами на груди. Черные, как вороново крыло, волосы уложены, кончики загнуты наружу, на темени перехвачены эластичной лентой в цвет платья. Улыбка вымученная, но лицо в целом вполне обычное, даже нос обрел нормальный вид. Глаза пока еще слегка припухшие, но это ничего, пока дойдут по мартовскому морозцу до нужного подъезда, отек почти сойдет, никто ничего не заметит. Вроде и весна наступила, если по календарю, а холод стоит, как будто все еще февраль. Не зря в народе говорят: «Пришел марток — надевай семеро порток». И под ногами снег и слякоть.

Они вышли на улицу, и Михаил притормозил.

— Давай постоим пару минут, — предложил он. — Ты продышишься на свежем воздухе, порозовеешь.

Лариса молча кивнула и остановилась. Потом негромко проговорила:

— Коле не рассказывай, ладно? Все это пустое, бабское... Просто настроение.

— Конечно, я понимаю. Не волнуйся, ничего не скажу.

— Спасибо тебе, Миш.

— Да не за что — улыбнулся он. — Дело житейское.

— Все равно спасибо.

«Пора, — подумал Михаил. — Вот теперь, кажется, пришло время действовать».

* * *

Ах, как ему нравился этот сталинский дом на Ленинском проспекте! Основательный, восьмиэтажный, из категории так называемых «директорских», с толстыми стенами и высокими потолками. В «номенклатурных» домах все еще шикарнее, но и «директорский» для Михаила Губанова выглядел пределом мечтаний. По сравнению с таким домом их хрущевка смотрится собачьей конурой. Но если вспомнить жизнь в бараке, то теперь они живут просто-таки в хоромах. Мать всегда говорит, что нужно уметь довольствоваться малым и быть благодарным за все бесплатное, что дает государство: «Если лучше, чем было раньше, — то и слава богу». А вот он так не считает. Не хочет довольствоваться малым. Он хочет больше. Намного больше.

Михаил толкнул тяжелую дверь и вошел в подъезд. Дом построили еще до войны, и в самый разгар сталинских репрессий многие квартиры опустели. Здесь жили директора крупных предприятий и важные начальники, и когда такого человека арестовывали, члены семьи далеко не всегда могли оставаться в своем роскошном жилье. Жен и детей «врагов народа» выселяли в дома-общежития, а бывало, что и жену сажали, а детей отправляли в детские дома. Часть квартир, хозяева которых не провинились перед властью, так и остались отдельными, другая же часть была превращена в коммуналки. Именно в такую коммунальную квартиру и зашел Михаил Губанов, открыв дверь своим ключом.

Ну, насчет того, что ключ «свой», это, конечно, сильное преувеличение, но самому Михаилу нравилось так думать. Ключи от квартиры и комнаты передал ему друг детства, который жил здесь с матерью. Мать давно и тяжело болела, и друг Витя получил отсрочку от службы в армии как единственный кормилец матери-инвалида. А в прошлом году мать умерла, и Витька получил повестку, поскольку из призывного возраста еще не вышел. Уходя в армию, он передал Мише ключи с просьбой периодически «проведывать нору», как он сам выразился. Поливать цветы, которые любовно разводила покойная мама и избавиться от которых у Вити рука не поднималась, проверять, не потекли ли батареи. В такой версии история звучала вполне благопристойно, и Миша быстро и без труда забыл, что ни о чем таком его Витька вообще-то не просил. Наоборот, Миша сам предложил присматривать за комнатой, поливать цветы и контролировать водоснабжение и электрику.

— Да зачем? — удивился тогда Витя. — У меня отличные соседи, я им ключ от комнаты оставлю, они все сделают. И цветочки обиходят, и протечку устранят, если что.

— Вить, ну ты не мужик, что ли? — застенчиво промямлил Миша, и друг понимающе усмехнулся:

— Барышень водить собрался? Ну-ну.

— А куда еще мне их водить? — сердито огрызнулся Михаил. — У меня мать постоянно дома, еще сестра там же, а моя комната — запроходная, нужно мимо них ходить.

— Ну, святое дело, — ухмыльнулся Витя. — Води сколько влезет, лишь бы впрок пошло. Соседей предупрежу. Да ты их всех знаешь, ты же много раз ко мне приходил.

И вот уже без малого год, как Михаил регулярно приходил в квартиру на Ленинском проспекте. Он не стал пичкать жильцов байками о том, что якобы следит за порядком в комнате друга. Зачем оскорблять недоверием соседей, которые могут обидеться на то, что им не оставили ключи и, стало быть, считают нечистыми на руку или недобросовестными? Но и всю правду рассказывать не собирался.

— Если честно, мне просто нужно место, чтобы побыть одному, в тишине и покое, — сказал он, стараясь выглядеть искренним и слегка виноватым. — У меня служба ответственная и нервная, а дома я совершенно не могу полноценно отдохнуть. У нас мама очень пожилая и плохо слышит, у нее телевизор и радио всегда на полную громкость включены, какой уж тут отдых, сами понимаете. А попросить маму сделать звук потише у меня язык не поворачивается. Это же мама, она на нас всю жизнь положила. Книг она не читает, для нее радио и телевизор — единственное развлечение, окно в мир, так сказать.

Он врал, что называется, щедрой рукой, большим половником. Татьяна Степановна, конечно, достигла пенсионного возраста, но никто не назвал бы ее очень пожилой, и слышала она превосходно, и книги читала, особенно любила повести Веры Пановой и перечитывала их по многу раз. Но почему бы не солгать, если все равно никто не узнает и не уличит?

— Так приятно слышать, что вы, Мишенька, любите и цените свою маму. У современной молодежи подобное качество встречается крайне редко, — доверчиво ответила старушка Кларисса Вениаминовна.

— На ответственной работе очень важно иметь возможность как следует отдохнуть, — поддакнула ее сестра, такая же старенькая Софья Вениаминовна. — Приходите, когда нужно, мы всегда напоим вас чаем и чем-нибудь угостим. А уж тишину и покой мы вам гарантируем, в нашем доме такие толстые стены, что вы ничего не услышите, даже если будут кричать.

Михаил про себя называл сестер Старшая и Младшая, потому что даже мысленно произносить их длинные имена-отчества ему было лень. Разница в возрасте у старушек была совсем небольшой, года два-три, и в их весьма преклонном возрасте невозможно было определить на глазок, кто на самом деле старше, а кто моложе, обеим было около восьмидесяти. Когда-то, еще до революции, обе были замужем, у одной муж погиб в Первую мировую, у второй — в Гражданскую: был офицером царской армии, вышел в отставку, когда женился (так полагалось), но всей душой принял идеи большевиков и революцию, перешел на сторону Красной армии, стал красным командиром и совершил немало подвигов, за которые его вдове и ее сестре простили дворянское происхождение. Обе сестры Вениаминовны получили в свое время прекрасное образование, знали несколько иностранных языков, в совершенстве владели стенографией и печатной машинкой, поэтому их взяли на работу в Министерство иностранных дел на секретарско-делопроизводительские должности, а потом, уже в конце тридцатых годов, выделили им комнату в этой самой коммуналке.

С обитателями двух других комнат Михаил почти не сталкивался, знал только, что в одной комнате, самой маленькой, живет какая-то одинокая чиновница городского уровня, в другой — врач-стоматолог с семьей. Миша приходил сюда, как правило, по воскресеньям днем, чиновница и стоматолог в выходные дни дома не сидели, а вот Вениаминовны всегда были на месте.

Сегодня, едва открыв дверь в большую квадратную прихожую, Михаил уловил восхитительный запах сладких булочек с изюмом, к которому примешивался другой аромат, незнакомый и показавшийся странным.

— Мишенька!

Из кухни выглянула Младшая Вениаминовна в фартуке, держа на весу перепачканные чем-то руки.

— Как хорошо, что вы сегодня пришли! А мы как чувствовали: затеяли новый эксперимент по старой книге.

Она радостно и дробно рассмеялась.

— Проходите сразу в кухню, мы вам нальем чайку, булочки только-только из духовки. А если останетесь к обеду, то у нас сегодня фрикандо по-славянски. Мы с Клариссой никогда прежде не пробовали его готовить, но сегодня удалось достать кусочек хорошей телятины, и мы решили рискнуть. Правда, мускатного ореха нигде не нашли.

Против свежеиспеченных булочек Михаил устоять не смог, да и против загадочного фрикандо возражений у него не нашлось. Он всегда с удовольствием принимал угощение от стареньких сестер «из бывших», особенно в те дни, когда они готовили еду по рецептам из старинной книги, изданной еще в начале века, задолго до Октябрьской революции. Ему нравилось их общество, их вежливое обращение на «вы», изысканные фразы, порой слетающие со сморщенных губ, иностранные слова, которыми Вениаминовны то и дело пересыпали свою оживленную речь. В такие минуты у него возникало странное ощущение нездешности, словно он находился не в центре столицы Страны Советов, а в царской дореволюционной России или даже за границей.

На кухне Старшая Вениаминовна, нацепив очки, стояла, склонившись над лежащей на столе раскрытой книгой, толстой и большого формата. Над этой книгой обе старушки тряслись как над бесценным сокровищем, каковым она, в сущности, и являлась, поскольку была, видимо, одним из немногих осколков «прошлой» жизни, которые им удалось сохранить за долгие десятилетия, полные жизненных перипетий, перемен и переездов. Обложка книги обернута газеткой, вдоль открытой страницы лежит яркая полоска ленточки-закладки, прочно приделанной к корешку и носящей название «ляссе». Это заморское слово Миша впервые узнал только здесь, от старушек, и оно радовало слух и создавало ощущение причастности к «не этой» жизни.

Он пил чай с вкусными горячими булочками, слушал быстрый четкий стук ножа, которым Младшая рубила маргарин для слоеного теста, и было ему уютно и спокойно, словно он, Михаил Губанов, молодой, подающий надежды чиновник какого-нибудь уважаемого учреждения, вернулся домой после проведенного на государевой службе дня, наполненного важными делами и серьезными документами, ответственными решениями и трудными совещаниями, а две старенькие родственницы, например мать и тетушка, к его приходу готовят что-нибудь необыкновенное, чтобы порадовать своего ненаглядного и повкуснее накормить за нарядно накрытым столом. Фрикандо... Надо же, какое красивое название! Младшая Вениаминовна сказала про телятину, значит, блюдо мясное. Зачем же тогда тесто? Наверное, к мясу полагаются какие-нибудь маленькие пампушки, вроде тех, которые Вениаминовны подают с борщом.

Старшая ловко раскатала готовое тесто, вынула из холодильника миску с куском телятины, нашпигованной свиным шпеком и пряностями, уложила на тесто, завернула края, аккуратно защипнула.

— Вот и все, Мишенька. Сейчас в духовку — и через два часа будет готово. Соня, ты подумала над рецептом для пикантного соуса? Что мы можем соорудить из имеющихся ингредиентов?

— Крепкий бульон я сварила уже, сметана и уксус есть, осталось сделать пассеровку. Какую будем делать, Клара? Белую или темную?

— С темной возни больше, — задумчиво проговорила Старшая. — Но белая к мясу не подойдет. Вот ведь парадокс, Мишенька: чем проще набор продуктов для блюда, тем больше времени требуется для приготовления. Для фрикандо нужны самые обычные продукты, которые есть в продаже, но чтобы подать его к обеду, приходится начинать готовить с самого утра. Сначала нашпиговать мясо и дать ему выстояться в холодном месте несколько часов, потом выпекать в духовке полтора-два часа.

Михаил уже давно не удивлялся тому, что старушки Вениаминовны тратят столько времени и сил на приготовление блюд по старинным рецептам. Первое время он никак не мог понять, зачем столько суеты и активности ради того, чтобы сляпать жратву для двух старушонок, отнюдь не страдающих избыточным аппетитом. Купил в гастрономе кусок мяса, любой, какой дадут, порезал крупными кусками, бросил на скороводку с маслом, отварил картошки или макарон — и готово дело. И только потом ощутил непередаваемую атмосферу, возникавшую в кухне, когда две старые дамы, обе с седыми, затейливо уложенными буклями, в длинных, почти до пола, юбках и красиво вышитых фартуках, склонялись над раскрытой книгой и затем приступали к готовке. Их выверенные, словно годами отточенные движения напоминали изящный танец, незнакомые слова «фюме», «демигляс», «беф-дюшес», «сювэ» звучали неземной музыкой, а морщинистые, покрытые пигментными пятнами руки придавали всей картине какую-то особую гармонию и прелесть.

— Мама учила, что демигляс должен быть меньше высажен, чем фюме.

— Клара, не экономь на дрожжах! Ты помнишь, нас всегда бранили, если мы ставили опару накануне, потому что она может перекиснуть от нахождения в тепле. Конечно, при таком способе требуется меньше дрожжей, но лучше все-таки заводить опару за несколько часов до подачи, пусть даже расход дрожжей будет больше.

Надо же! А мама, Татьяна Степановна, всегда, сколько Миша себя помнил, ставила опару для теста именно с вечера. Он думал, что так и положено, а оказывается, это делалось из экономии, чтобы тратить меньше дрожжей.

Михаил предположил, что Вениаминовны таким нехитрым способом пытаются хотя бы ненадолго вернуться в юность, когда были еще живы родители и будущее казалось счастливым и предсказуемым. Он перестал удивляться, а после случая с винегретом для него все изменилось.

В тот воскресный день он пришел в квартиру на Ленинском с самого утра и в дверях столкнулся с Младшей Вениаминовной, собиравшейся на рынок и в магазины за продуктами.

— Соня, если будет судак — возьми на винегрет! — крикнула ей вслед Старшая.

Как обычно, Михаила тут же усадили пить чай с домашним печеньем.

— А что такое «судак на винегрет»? — спросил он у Клариссы Вениаминовны.

Та удивленно и слегка укоризненно взглянула на него:

— Судак это просто судак. Рыба.

— А винегрет при чем?

Старшая рассмеялась:

— Ах вот вы о чем! Настоящий винегрет, Мишенька, делается обязательно с рыбой. И вообще это очень сложное блюдо, требующее разных продуктов и немалого труда. Вы не знали?

Да прям-таки! «Чего тут знать-то? — недоверчиво подумал Миша. — Картошка, свекла, морковь, лук, соленый огурец. Порезал, налил подсолнечного масла, посолил, перемешал — вот и весь винегрет. Делов на двадцать минут».

Вероятно, эта мысль очень явно читалась на его лице, потому что Старшая Вениаминовна вздохнула, принесла из комнаты заветную книгу, обернутую газетой, раскрыла на нужной странице и положила перед Михаилом.

— Прочтите, не поленитесь.

Читалось ему с трудом. Миша Губанов и так-то с печатным словом не особо дружил, книги казались ему скучными, а тут еще старинное правописание с «ятями», «ижицами» и «фитами». Но уже после первых же двух строчек стало интересно.

«Взяв нужное количество рыбы: судака, сига, лососины — снять филей сначала с костей, а потом с кожи, и вынуть, по возможности, кости. Затем каждый филей нарезать небольшими ломтиками наискось, от головы к хвосту, т.е. начинать резать с широкой части филея...»

Ничего себе! Лососину — на винегрет? Это неслыханно! Лосось — благородная рыба, ее в магазинах наищешься, если только в виде консервов из банки, а тут — на винегрет. Да еще и резать как-то по-особенному. Можно подумать, от того, как ее порезать, вкус изменится. Нет, правильно большевики революцию устроили, с такими барскими причудами жить нельзя.

Дальше с рыбой нужно было произвести множество манипуляций, чем-то посыпать и поливать, укладывать определенным образом на какой-то медный плафон, ставить на край плиты или в духовку «припускаться до мягкости», потом выносить на холод и остужать. Вот мороки-то!

С овощами тоже не все было так, как Миша привык. Свекла, картофель и огурцы — да, а вот ни моркови, ни репчатого лука в рецепте не упоминалось, зато были маринованные грибы и оливки. Ну, грибы — еще ладно, не проблема, а оливки-то где найдешь? «...Нарезать ровными, одинаковой толщины ломтиками и из каждого ломтика вырезать зубчатой выемкой звездочки или просто кружочки». С огурцами тоже, как выяснилось, не все просто: срезав кожу, каждый нужно разрезать на четыре части в продольном направлении и срезать зерна, оставив только одну мякоть. Господи, а это-то зачем?! Нормальные люди едят огурцы целиком, кожуру не срезают, если нужно — под краном водичкой сполоснут, и достаточно. Оказывается, обрезки, которые останутся после того, как из свеклы и картофеля вырежут звездочки, нужно смешать с обрезками огурцов, мелко порубить, добавить зелень, заправить острым соусом, перемешать и выложить на блюдо. Это будет как бы фундамент, на котором еще предстоит возвести здание настоящего винегрета. Собственно же здание состоит из уложенных слоями (горкой и покрасивее, как указано в книге) ломтиков рыбы, свеклы, картофеля, огурцов и маринадов (тех самых грибочков или оливок). Уложил каждый слой — смазать соусом провансаль и начать укладывать по второму разу. Сверху замазать этим провансалем так, «чтобы винегрета не было совсем видно». Это что ж за провансаль такой? Обычный майонез, что ли, который продается в баночках, тридцать шесть копеек стоит? Так бы и написали: майонез, всем было бы понятно. А то провансаль какой-то... «Сверху посыпать рубленой зеленью петрушки или рубленым трюфелем. Но можно, конечно, и не посыпать совсем. Готовый, уложенный винегрет вынести на холод и застудить хорошенько. Если есть дома вареные раковые шейки, то убрать ими винегрет сверху. Это придает блюду более красивый вид. Можно также сделать сверху сетку из ланспика. Кроме раков, можно положить на гарнир крутоны из ланспика...»

Некоторое время Михаил сидел в оцепенении, переваривая прочитанное. Рубленый трюфель — это как? Конфеты, что ли, порубить в винегрет? Кроме шоколадных конфет, посыпанных пудрой какао, он никаких других трюфелей не видал и не знал. «Раковые шейки» тоже ел исключительно в виде карамелек и представить себе вкус настоящих шеек никак не мог. А что такое ланспик и крутоны из него? И зачем выносить всю эту немыслимо сложную конструкцию на холод и хорошенько застужать?

Ну и порядки были в царские времена! Не то что сейчас: все легко и быстро.

Он собрался было поделиться своим нелицеприятным мнением со Старшей Вениаминовной, но почувствовал, что его грызет какая-то мысль. Неясная, несформированная, больше похожая на смутное ощущение. Фундамент из обрезков. Картошка, свекла и огурцы, заправленные соусом. Вот это и есть тот самый винегрет, который все советские люди готовят у себя дома. После основного рецепта шли примечания и разъяснения по каждому продукту и этапу приготовления, и в разделе «Обрезки от гарниров» написано: «Этот рубленый винегрет очень вкусен, особенно если заправлен острым соусом. Таким образом, и обрезки от различных продуктов не пропадают напрасно, а могут быть употреблены в пищу». Вот что его задело, вот что царапает. Обрезки не пропадают, могут быть употреблены в пищу. Хочешь — сделай из него фундамент, а не хочешь — отдай в людскую, прислуга съест. Выходит, то, что считается у них сейчас достойным блюдом даже для праздничного стола, на самом деле является объедками для прислуги. Ему тут же вспомнился «винегрет с сельдью», который можно было съесть в обычной столовке: кучка овощей и рядом, на краю тарелки, два жалких кусочка немыслимо соленой селедки.

Дешево и просто, винегрет с рыбой. А настоящая еда — она совсем другая.

И жизнь, в которой существовала та настоящая еда, тоже была совсем другой. Красивой, изысканной, далекой от спешки и суеты, наполненной иностранными словами. Элегантной и дорогой. Аристократической и богатой. Но ведь советская власть — это государство рабочих и крестьян, а не дворян и помещиков, так что, наверное, все правильно, так и должно быть: в СССР люди должны питаться, как прислуга, а не как хозяева. С другой стороны, в песне же поется, что «человек проходит как хозяин необъятной родины своей...» Значит, все-таки они — хозяева?

Михаил открыл книгу на первой странице, прочел название: «Практическiя основы кулинарнаго искусства. Руководство для кулинарныхъ школъ и для самообучения съ 108 рисунками. С.-Петербургъ, 1909». Мысленно прикинул: Вениаминовнам в 1909 году должно было быть лет по 18–20 приблизительно. По этой книге и учились, наверное.

Перевернул книгу, посмотрел оглавление и почувствовал странное радостное возбуждение, увидев незнакомые слова, от которых веяло прекрасной яркой жизнью, которую можно было увидеть только в кино. Биск де кревиз, суп ошпо, крем Аспази, жиго де мутон...

С того дня он каждый раз, придя на Ленинский, просил книгу и уносил в Витькину комнату.

— Там есть такие простые рецепты, хочу для мамы переписать, — говорил он.

Вениаминовны одобрительно кивали и многозначительно переглядывались, дескать, какой хороший сын, так маму любит...

Сегодня он, покончив с чаем и булочками, тоже попросил книгу.

— Конечно, Мишенька, берите. — Младшая протянула ему толстый тяжелый том. — Вы гренки из гречневой каши уже переписывали?

— Еще нет.

— Я так и подумала. Я вам там закладочку положила, вашей маме должен понравиться этот рецепт, непременно перекопируйте его. Чрезвычайно простое приготовление, и никаких особенных продуктов не требуется, только гречка, сливочное масло и тертые сухарики из черствого хлеба. Но такие гренки оттеняют любой суп, даже пустой бульон делают сытным.

— Спасибо.

— Отдыхайте, — тепло улыбнулась Старшая. — Через два часа ждем вас к столу.

Он ушел в комнату и запер дверь изнутри на ключ. Первым делом — обязательное: сев за накрытый красной плюшевой скатертью круглый стол, стоящий посреди комнаты, полистал книгу, нашел закладку, старательно переписал рецепт, сунул листок в карман. Если Вениаминовны спросят — есть что предъявить. Да и для матери лишним не будет, приготовление действительно простое, даже ребенок справится.

Теперь — главное. Именно то, для чего он регулярно приходит сюда. Пусть доверчивый дурачок Витька думает, что Мише нужна пустая хата для интимных свиданий, пусть доброжелательные старорежимные старушонки верят, что измученному опасной службой советскому следователю необходимо тихое место для отдыха. На самом деле все не так.

Михаил выдвинул ящик комода, достал картонную папку с ленточками-завязками. Папка пока еще совсем тоненькая, но ведь он начал только недавно. Пройдет время, и листков, перехваченных железными канцелярскими скрепками, станет куда больше.

Его папочка. Его сокровище. Его тайное знание.

Выдвинув другой ящик, пониже, вытащил из кучи Витькиных маек и трусов, носков и носовых платков низкий широкий стакан с толстым дном и бутылку необычной формы с заграничной этикеткой. Из другой части этого же ящика извлек пачку сигарет «Кэмел» и серебристую зажигалку. Пододвинул к дивану стул, на котором расположил пепельницу, сигареты с зажигалкой, бутылку и стакан, уселся поудобнее. Налил виски ровно на два пальца, как в кино показывают, сделал крохотный глоточек — только губы и язык смочил, закурил и раскрыл папку.

Он чувствовал себя резидентом иностранной разведки. Шпионом международного класса. Гражданином мира, которому доступно проживание в любой стране и в любой части света. Он пил настоящий виски и курил настоящие американские сигареты. И разве имеет значение, что все это он либо приобрел у спекулянтов, либо получил в подарок от тех, у кого есть доступ к импортным товарам?

Это те мелочи, которые портят его картину мира и о которых не только можно, но и нужно забывать. Мир обязан быть только таким, какой нравится Михаилу Губанову, и никаким иным. Все, что этому противоречит, должно быть исключено, вычеркнуто, уничтожено, предано забвению или изменено.

А Леха Потапов хорошо постарался, не пожалел трудов, чтобы отблагодарить следователя Губанова за помощь. Михаил внимательно перечитал записи на листках, лежащих в папочке. Что ж, Лев Ильич Разумовский, вот и пришло время нам познакомиться. Ты, кажется, собираешься через месяц ехать в Чехословакию на какой-то международный симпозиум?

И, как водится, сладкое на третье. Сегодня он будет наслаждаться обедом номер три из раздела «Обеды французской кухни». Что там у нас? Суп озейль с гренками, котлеты д'артуа, беф-пайль, крем баваруаз. Миша придумал для себя такое сладостное развлечение еще в тот день, когда впервые взял в руки старую книгу. Находил по оглавлению особенно затейливое меню обеда, внимательно читал способ приготовления, стараясь представить себе, как будет выглядеть готовое и сервированное блюдо, и воображал, что сидит за накрытым столом, а вежливые вышколенные официанты подают еду... Он не был гурманом, к еде как таковой и ее вкусу относился безразлично, но его до дрожи в коленках волновал сам факт того, что он — хозяин, а вокруг — обслуга. У него власть. А они предназначены для того, чтобы исполнять его желания, даже самые прихотливые.

Два часа пролетели незаметно, и вот уже раздается деликатный стук в дверь и слышится голос Старшей:

— Мишенька, просим пожаловать к обеду!

Михаил лениво поднялся, сполоснул стакан, из которого пил виски, водой из стоящей на подоконнике лейки, вылил воду в цветочный горшок, аккуратно убрал папку и «предметы роскоши» в комод. Оторвал кусок старой газеты, скрутил кулечек, высыпал в него окурки и пепел. Кулечек он выбросит в мусорное ведро, когда выйдет из комнаты. С удовольствием подумал о предстоящей трапезе: Вениаминовны так нарядно накрывали стол! Большие, средние и маленькие тарелки, блюда, на которых подавалась еда, соусник и даже солонка с перечницей — с одинаковым рисунком, а не разномастные, как у подавляющего большинства людей. И у каждого едока накрахмаленная салфетка с вышитым в уголке затейливым вензелем. Красота!

* * *

Спасибо партии и правительству: в середине марта приняли указ о переходе на пятидневную рабочую неделю. Теперь у каждого советского труженика имеется целых два выходных дня! Конечно, для тех, кто служит в милиции, это новшество мало что значит, ведь раскрывать преступления и следить за общественным порядком нужно каждый день, так что закон о пятидневке их не коснулся, но все-таки приятно. Брат Николай, правда, сказал, что в министерстве рассматривают вопрос о том, чтобы распространить новшество и на сотрудников, но не на всех, а только на личный состав аппаратных подразделений. Получается, тем, кто по кабинетам рассиживается, бумажки перебирает и делает вид, что всем управляет, нужны два выходных дня, а то лопнут от натуги на своей непосильной работе. Тем же, кто своими руками борется с преступностью, никакой отдых не полагается.

Согласно отчетам Лехи Потапова и собственным предварительным наблюдениям Михаила Губанова, Лев Ильич Разумовский по вечерам выходил гулять с собакой, рыжей колли по кличке Рада. По будням, если хозяин поздно возвращался с работы, с Радой гуляла жена Разумовского или их дочка, школьница-старшеклассница, но по воскресеньям всегда выходил он сам и подолгу, часа по полтора, бродил по окрестным улицам и скверам, задумчиво глядя себе под ноги. Иногда заходил в телефонную будку и кому-то звонил. Разговаривал подолгу. Прикинув по датам, Михаил понял, что эти звонки приходились на те дни, когда брата Николая вечером не было дома. Последние полгода были очень напряженными и сложными для всей кадровой службы, разрабатывалась новая структура сначала союзно-республиканского министерства с учетом наличия республиканского, потом все поменяли и республиканское ликвидировали, все пришлось переиначивать, а затем новый министр решил проводить более кардинальные структурные изменения. Николай, которого неожиданно стали поддерживать и перевели на более высокую должность, часто задерживался на службе, кадровики допоздна засиживались на долгих совещаниях и постоянно выезжали в командировки в регионы. Стало быть, Николай Губанов изо всех сил, не щадя живота своего, строил новое штатное расписание Министерства охраны общественного порядка, а его жена тем временем ворковала по телефону со своим любовничком. Ну-ну.

Заняв удобную позицию для наблюдения за подъездом дома, в котором жил Разумовский, Михаил терпеливо ждал. Вот и Лев Ильич появился. Среднего роста, худощавый, в пальто и шляпе. На носу очки в массивной оправе. Рядом горделиво вышагивает крупная лохматая длинношерстая собака с длинной узкой мордой. Михаил пристроился метрах в пяти позади, шел следом несколько минут и приблизился, когда Рада остановилась, чтобы обнюхать фонарный столб.

— Добрый вечер, Лев Ильич, — сказал он негромко и вполне дружелюбно.

Тот вздрогнул и уставился на Михаила, напряженно щуря глаза:

— Добрый вечер... Простите, не узнаю. Мы соседи по дому?

Голос у Разумовского оказался глубоким и красивым, чего Губанов никак не ожидал от человека с такой заурядной внешностью. Лицо самое обычное, а под модного фасона шляпой скрывалась выразительная лысина, которую Михаил долго рассматривал на раздобытой Потаповым фотографии. И что красавица Ларка нашла в этом типчике?

— Мы не соседи, Лев Ильич, — ответил Миша и многозначительно умолк.

Пауза заставит собеседника помучиться и поволноваться, а это полезно. Но Разумовский отчего-то не собирался ни мучиться, ни волноваться. Он с добродушным любопытством взирал на незнакомца и спокойно ждал дальнейших разъяснений. Это Михаилу не понравилось, ибо не соответствовало заранее составленному плану беседы.

— Я — брат Николая Андреевича Губанова, мужа Ларисы, вашей лаборантки. Меня зовут Михаил.

В глазах Разумовского запылал не просто страх — ужас. Ну, во всяком случае, Мише хотелось так думать. Потому что как было на самом деле и что происходило с глазами Льва Ильича, сказать было трудно: мартовский вечер, давно стемнело, а свет от уличного фонаря, под которым они стояли, не давал возможности детально разглядеть все мелочи. Но у Михаила уже была в голове определенная картинка, и он по привычке подгонял под нее все, что оказывалось более или менее подходящим, а неподходящее отбрасывал. Разумовский вздрогнул? Вздрогнул. Плечи напряглись? Да. Чуть-чуть отшатнулся? Тоже да. Значит, и в глазах был ужас. А что же еще в них может быть при таких-то обстоятельствах?

— Приятно познакомиться, — проговорил Разумовский дрогнувшим голосом. — Я внимательно вас слушаю, Михаил Андреевич.

— Разве я назвал свое отчество?

— А разве вы не сказали, что вашего брата зовут Николаем Андреевичем? — парировал Разумовский, и Михаил с неудовольствием отметил, что голос звучал уже спокойнее и увереннее.

Черт! Этот ученый-бумагомарака умеет держать себя в руках, чего Губанов никак не ожидал. В его представлении все ученые были трусливыми, слабыми, рассеянными и совершенно не приспособленными к решению обычных житейских проблем.

— Но я и не говорил, что Николай — мой родной брат. У двоюродных отчества разные, — сердито сказал он.

— Вы правы. Но Лариса неоднократно упоминала, что у ее супруга есть родной брат Михаил. Кажется, следователь. Я не ошибся?

— Не ошиблись.

— И еще она рассказывала, что вы самостоятельно, без посторонней помощи недавно раскрыли какое-то громкое убийство, чем оказали огромную помощь следствию. Но с вами обошлись несправедливо, не повысили, не наградили и вообще нигде и никак не отметили.

Теперь в голосе Разумовского слышалась откровенная насмешка. «Да нет, не может такого быть, — сказал себе Михаил. — Он говорит с уважением, даже с благоговением. Какие у него основания насмехаться надо мной? Нет-нет, мне показалось. Все идет нормально: он знает, что я отличный следователь и сам раскрыл преступление, о которое обломал зубы один из опытнейших сотрудников, Дергунов, а потом еще более знаменитый Полынцев тоже ничего не смог сделать, пока я не преподнес им убийцу на блюдечке с голубой каемочкой».

— Значит, у вас с Ларисой настолько близкие отношения, что она рассказывает вам даже такие подробности о своей семье? — спросил Михаил, стараясь, чтобы голос звучал в меру иронично и в меру угрожающе.

Разумовский пожал плечами:

— Михаил Андреевич, давайте опустим этап подготовки стекол и подстройки микроскопа и перейдем сразу к этапу выводов из эмпирического материала. Что вам угодно? Чем я могу быть вам полезен?

Вот это уж совсем никуда не годится! Да что он о себе вообразил, этот докторишка каких-то там наук? Ничего, сейчас Миша так с ним поговорит, что он в ногах будет валяться и истекать благодарностью, как спелый фрукт — соком. Когда его раздавишь тяжелым ботинком.

— Видите ли, Лев Ильич, я очень люблю всех членов своей семьи. И для меня принципиально важно, чтобы мои близкие были спокойны и счастливы. А вы этому мешаете.

— Каким же, позвольте спросить, образом?

— Вы заставляете Ларису переживать и плакать. Это плохо уже само по себе, но будет еще хуже, если ее муж, мой брат, обо всем догадается. Я знаю, что вы с Ларисой любовники, знаю, где и когда вы встречаетесь, так что не надо делать невинное лицо.

Вообще-то ничего такого Разумовский со своим лицом не делал, но Михаил шел четко по продуманному плану и произносил слова, многократно отрепетированные мысленно.

Колли Рада завершила ознакомление со столбом, оставила собственное послание на доске объявлений и требовательно потянула за поводок. Разумовский не спеша двинулся за собакой, Михаил зашагал рядом.

Лев Ильич молчал, и это противоречило заранее продуманному сценарию. Он должен был начать отнекиваться, возмущаться, клясться, что ничего подобного не было и они с Ларисой не более чем сотрудники одной лаборатории, после чего Миша собирался с торжествующим видом выложить пару-тройку фактов об их совместном времяпрепровождении и тем самым полностью сломить попытки солгать или оправдаться. Далее, по замыслу, следовало вежливое, но твердое запугивание перспективами огласки, разбирательства в парткоме и отмены командировки за границу. И на третьем этапе Михаил Губанов видел себя отцом-благодетелем, добрым, умным, все понимающим и снисходительным, в ответ на что Разумовский, конечно же, выразит готовность быть полезным во всем и оставаться верным слугой до конца жизни.

Но так отчего-то не получалось. «Не может быть, — снова сказал себе Михаил. — Я не мог ошибиться. Он молчит, потому что сильно испугался и не знает, что ответить. Язык отнялся от страха. Я рассчитывал, что он начнет лепетать и блеять, а он испугался даже сильнее, чем я предполагал, буквально онемел от ужаса. Поэтому можно не ждать ответной реплики, а продолжать гнуть свою линию».

— Я не собираюсь лезть в личную жизнь Ларисы и тем более в вашу жизнь, — произнес он миролюбиво. — Вы оба взрослые люди и хорошо понимаете, что делаете. Но я хочу, чтобы в моей семье царили мир и покой. Это понятно?

— Вполне, — коротко отозвался Лев Ильич.

— Я хочу, чтобы моя невестка не переживала и не плакала. И чтобы мой брат не расстраивался, глядя на жену, которая не лучится счастьем. Я уж не говорю об их сыне, моем племяннике. Ему только недавно исполнилось одиннадцать, он вступает в переходный возраст, и конфликты между родителями могут плохо повлиять на мальчика. А уж о том, что будет, если Николай обо всем узнает, мне даже подумать страшно.

— Понимаю. У вас есть конкретные предложения?

Голос Разумовского звучал спокойно и деловито, словно они обсуждали не ситуацию, грозящую его карьере, а чью-то научную статью, которую следовало подправить. Предложения? Вот уж нет! С предложениями, согласно плану, должен выступить сам Лев Ильич, инициатива должна исходить от него. А у Миши Губанова никаких предложений нет и быть не может, у него всего лишь просьба.

— Я только прошу вас быть осмотрительнее, Лев Ильич. Не давайте никому повода подозревать неладное. Будьте осторожны. И берегите Ларису, не заставляйте ее проливать слезы и целыми днями пребывать в мрачном настроении, когда она ни с того ни с сего срывается на мужа и ребенка. Это нехорошо. Если у вас с ней действительно любовь, то она должна быть светлым чувством и приносить радость, а не вызывать проблемы в ваших семьях. Вот, собственно, и все, что я хотел вам сказать.

— Благодарю вас, Михаил Андреевич, приму к сведению. Я что-то должен вам?

Вот скотина очкастая! Сам ничего не предлагает, а вместо этого вынуждает Михаила огласить условия сделки. Он должен был сам начать предлагать, перебирать множество вариантов, а Миша благосклонно выслушал бы и — так уж и быть — согласился. Например, достать что-нибудь дефицитное, или привезти из-за границы какую-нибудь нужную вещь, или посодействовать в продвижении по службе, или... Ну фиг его знает, какие там у Разумовского есть возможности в смысле блата, какие полезные знакомства. Он сам должен все перечислить. А он молчит, гадина, и ждет, когда Михаил сам назовет цену своего молчания.

— Ничего вы мне не должны, — буркнул Михаил. — Мы не на базаре, и я с вами не торгуюсь. Я всего лишь забочусь о своей семье. И еще одно: Лариса не должна знать, что я с вами разговаривал и что мне все известно.

— Этого вы могли бы и не говорить, — чуть насмешливо ответил Лев Ильич. — Если речь идет о душевном покое Ларисы, то подобная информация на пользу явно не пойдет. Через месяц я еду в Чехословакию на международную конференцию. Что вы хотели бы получить от меня в качестве знака внимания?

— Я не нуждаюсь в вашем внимании! — с деланым негодованием воскликнул Михаил. — Я забочусь...

— Ну-ну, Михаил Андреевич, — невозмутимо перебил его Разумовский, — не надо пафоса. Вы проявили благородство по отношению к Ларисе и ко мне, вы взяли на себя обязательство хранить покой и вашей семьи, и моей тоже. Соответственно, я должен вас чем-то отблагодарить. Это совершенно естественно. И поскольку ваше обязательство носит долговременный характер, а не разовый, то вы наверняка рассчитываете, что моя благодарность не окажется однократной и не ограничится одним знаком внимания. Так чем я могу быть вам полезен?

Ах, как хотел Михаил, чтобы его собеседник кинулся обрисовывать сферу своих возможностей! Я, дескать, могу то, могу это, у меня есть знакомые там, и вот там, и еще вот здесь... Тогда получалось бы, что он предлагает и даже навязывает, а Миша милостиво соглашается принять. А в том виде, в каком вопрос поставил Ларкин хахаль, выходит, что Губанов не то что выпрашивает — просто-таки вымогает. И что ответить?

Он не нашел ничего лучшего, нежели скупо бросить:

— На ваше усмотрение. Если вы сможете оказаться мне полезным, буду только рад.

Собака снова нашла интересное для длительного обнюхивания место, и Разумовский остановился. Если бы они продолжали идти, Миша мог бы делать вид, что ему тоже нужно именно в ту сторону и он просто идет рядом. Стоять вместе со Львом

Ильичом и молчать — как-то глупо выглядит, словно Губанов — жалкий проситель, который униженно ждет, когда же высокий покровитель изволит слово молвить.

Михаил потоптался несколько секунд и понял, что нужно уходить. И не забыть вежливо попрощаться. Он нащупал в кармане заранее заготовленную бумажку со своим номером телефона, вытащил ее, протянул Разумовскому.

— До свидания, Лев Ильич, мне пора, дел много. Буду нужен — звоните.

— Всего доброго, Михаил Андреевич.

Октябрь 2021 года

Петр Кравченко

Проснувшись утром, Петр подумал, что день, наверное, пройдет впустую. Жаль. Уже завтра Николай Андреевич будет ждать продолжения разговора, и хотелось бы собрать побольше информации, чтобы сформулировать новые вопросы. Конечно, теперь есть записки и интервью судьи Екамасова, но это не то поле, на котором можно разгуляться, ведь Губанов не был на суде и вряд ли сможет что-то новое добавить или как-то прокомментировать мемуары.

Он не успел расстроиться по-настоящему, потому что пришло сообщение от Каменской: «Нашли сына Садкова. Интересно?» Петр тут же перезвонил.

— Вы еще спрашиваете! Конечно, интересно, — возбужденно заговорил он и тут же спохватился. — А сколько ему лет?

— Зрите в корень, Петя, — засмеялась Каменская. — Ему чуть за пятьдесят, то есть в восьмидесятом году он был вполне сознательным и должен помнить своего отца. Все данные сейчас пришлю. Не бог весть как много, но если взять ноги в руки, то разыскать вполне можно.

Данных было и впрямь небогато, не в пример меньше, чем по внучке судьи, но Петр последовал совету Каменской и с ногами в руках нашел Валентина Евгеньевича Садкова во время обеденного перерыва, который тот, будучи начальником отдела в небольшой логистической компании, проводил в ресторане рядом с офисом. Садков-младший, крупный вальяжный мужчина, был не очень доволен тем, что ему помешали насладиться обедом в обществе коллег. Это было слышно по его кислому голосу, когда Петр договаривался о встрече по телефону.

— Закажите что-нибудь, — с начальственным великодушием разрешил Садков, когда Петр уселся за столик напротив него. — Цены здесь кусаются, но будем считать, что вы мой гость.

«Ну просто-таки аттракцион невиданной щедрости», — вспомнил Петр цитату из старого фильма и заказал чашку кофе.

Услышав первый же вопрос, Валентин Евгеньевич недовольно процедил:

— Чего это вы про моего отца вспомнили? Столько лет прошло...

Пришлось объяснять про материалы для книги. Петру казалось, что Садков слушал не очень внимательно, его куда больше интересовало содержимое большой красивой тарелки, которое он поедал маленькими порциями, тщательно пережевывая и с наслаждением глотая.

— Героем хотите его сделать? — Садков недобро усмехнулся.

— Он погиб в связи с исполнением служебного долга...

— Ну да, конечно. Только об этом очень быстро забыли. Похоронили с почестями, пенсию по потере кормильца платили. А больше никакой помощи семье героя мы с матерью и сестрой не видели. Даже поступлению в институт не посодействовали, я на вступительных провалился и пошел в армию. А после армии уж тем более не поступил никуда, за два года забыл все, что в школе выучил. Хотя я и в школе-то не особо надрывался, если честно. Только перестройка и спасла, время было хорошее, богатое на возможности. Так что вы хотели у меня узнать?

— Каким был ваш отец? Вы же наверняка хорошо его помните. И мама, наверное, много о нем рассказывала.

— Каким был? Да гнидой он был, — сказал, как выплюнул, Валентин Евгеньевич. — Он с нами и не жил последние полгода перед смертью, разводиться хотел, ждал, когда сестренке год исполнится.

— Почему год? — не понял Петр.

— Такой закон был. Если нет несовершеннолетних детей и имущественного спора, то разводиться можно через ЗАГС, если есть несовершеннолетние дети — то через суд, а если есть ребенок в возрасте до одного года, то разводиться вообще нельзя. Мне было двенадцать лет, а сестра родилась за восемь месяцев до того, как папаню грохнули. И правильно сделали, между прочим. Хоть какая-то польза от него в виде пенсии. Алиментами, конечно, вышло бы больше, если бы родители развелись, но мы стали бы детьми матери-брошенки, а так — дети геройски погибшего следователя, почет и уважение.

От такого циничного жлобства Петру стало не по себе.

— Вы назвали отца гнидой из-за того, что он собирался бросить семью? Или было что-то еще? — осторожно спросил он.

— Если и было, то ни мне, ни матери об этом известно не было. А разве мало того, что он завел шашни с секретаршей, потом заделал матери ребенка, а когда сестра родилась — заявил, что уходит? К этой самой секретарше и собрался валить. То есть он и с ней трахался, и с мамой жил. Рассчитывал потянуть еще немножко, пока я подрасту, и через пару лет разводиться, а тут мама забеременела, собралась рожать, и он понял, что двумя годами дело не обойдется, второго ребенка придется тянуть еще лет пятнадцать. Ну и решил порвать все разом. Что, не гнида, по-вашему?

Да уж, красивого мало.

Петр подумал, что такие интервьюируемые поистине на вес золота. Садков так откровенно вываливает грязное семейное белье перед журналистом, которого видит впервые в жизни! Что это? Глупость? Недальновидность? Или огромная самоуверенность, убежденность в том, что никакая правда о собственном прошлом не может причинить вреда сегодня? А может, полное неумение лгать? Такие люди попадались Петру крайне редко, и он так и не смог понять, что движет их готовностью сразу же рассказывать все как было. Подобные персонажи оставались для него загадкой, и он просто благодарил судьбу за то, что они есть. Но коль уж Валентин Евгеньевич счел возможным быть откровенным, имеет смысл попытаться выудить из него информацию по максимуму.

— А мама ваша... она жива?

— Умерла от ковида полгода назад, — коротко ответил Садков и помрачнел. — Я тоже чуть ласты не склеил, очень тяжело переболел, но выкарабкался. Мы с мамой одновременно заразились, я ее в поликлинику повез кардиограмму снимать, а там... Ну сами, наверное, знаете: толпа, все чихают, кашляют, с температурой. Мы с мамой эту пакость в дом притащили, у меня вся семья слегла: жена, дети. Но они, слава богу, в легкой форме перенесли.

— Вы говорили, у вас сестра есть. Как ее жизнь сложилась?

— Да отлично сложилась! Осталась в Псковской области, жирует на своем фермерском хозяйстве, я ее на попечении своих братанов оставил, они в обиду не дадут, так что у сестренки все тип-топчик.

— В Псковской области? — удивленно переспросил Петр.

— Ну да.

Садков сложил нож и вилку на опустевшую тарелку и поискал глазами официанта, который немедленно возник рядом со столиком, убрал посуду и пообещал, что кофе и десерт будут через минуту.

— И еще один кофе моему гостю! — крикнул Садков ему вслед.

Он деловито проверил сообщения на телефоне, досадливо поморщился, покачал головой и вернулся к рассказу о своей жизни.

— Мама у нас родом из Псковской области. Вот туда она нас и увезла сразу после похорон.

— Неужели не захотела оставаться в столице? Мне говорили, что в те времена все, наоборот, стремились осесть в Москве.

— Ты не понимаешь ни хрена. — Садков внезапно перешел на «ты», видимо, утомившись от собственной напускной вежливости. — Думаешь, мать поверила в эти байки про то, что папаня погиб при исполнении служебного долга? Да ни фига! Его же Галькин бывший любовник грохнул из ревности. Ну, тот, которого она бросила ради нашего папани.

— Чей любовник? — недоуменно переспросил Петр.

— Галька — это та секретарша, с которой отец замутил. Мать отлично знала об этом и мне сказала, и бабушке, а когда сестренка подросла — так и ей тоже. Но в прокуратуре же не могли во всеуслышание признать, что их следователь принял приговор из-за бабы, вот и выдумали для всех красивую сказку, мол, служил делу правопорядка и пал от рук злодеев. Мама и людям так говорила: соседям, подружкам, сослуживцам на работе. Все должны были считать, что она вдова героя, а мы — дети героя. Но в семье-то правду знали. Так что для твоей книги папаня не подходит. Его убийство — чистая бытовуха, никакого героизма. Про него не скажешь, что пал на боевом посту.

— Все равно я не понял, почему вы переехали из Москвы в Псковскую область.

Принесли десерт и кофе. Валентин Евгеньевич немедленно отхватил ложечкой огромный кусок шоколадного торта с шапкой взбитых сливок. Петр наблюдал за ним и с удивлением замечал, как из-под хорошо сшитого темно-серого костюма начинает вылезать малиновый пиджак. Точно так же, как из-под облика вальяжного и успешного бизнесмена выползал хамоватый бандюк разлива 1990-х годов. «Никакой ты не начальник отдела, — думал Петр, глядя на Садкова. — Ты на самом деле хозяин фирмы-отмывашки, через которую прогоняются криминальные деньги и которую записали на кого-то совершенно левого. Может, даже на твою жену или сестру. Мол, я не владелец, я всего лишь наемный управляющий, с меня спроса нет, ничего такого не знаю, не ведаю. Корчишь из себя крутого и делового, носишь дорогой костюмчик, обедаешь в навороченном ресторане, а как был пацаном из подворотни — так им и остался».

Судя по тому, что и как рассказывал Садков, прошлого своего он нимало не стеснялся. Напротив, казалось, даже хотел похвастаться, вот, мол, я какой, из грязи самостоятельно выбился в князи.

— В Москве все материны знакомые знали, что папаня с нами не живет. И соседи знали. Как такое скроешь-то? А в поселке под Псковом легко можно было всем втереть, что у нас была идеальная семья. Ну и насчет героической гибели тоже, само собой. Здесь, в Москве, кто не знал, так в любой момент мог узнать, кто на самом деле папаню убил, в прокуратуре и в милиции тоже люди работают, языками мелют направо и налево. Но до Пскова точно не дошло бы. Вот потому и уехали. В поселке с нами носились как с писаной торбой, маму сразу завучем в местную школу взяли, меня жалели. В общем, житуха была хорошая. — Садков мечтательно улыбнулся. — Лет в четырнадцать у меня приводы начались, я ж нормальный пацан был, не ботан какой-нибудь, так в милиции ко мне с сочувствием относились, в школу не сообщали и мать не дергали попусту.

Он помолчал, и на лице проступила искренняя печаль.

— Мама у нас хорошая. Была... Гордая очень. Когда этот козел, папаня в смысле, перестал приходить домой и прочно засел у своей Гальки, мама сказала, что, дескать, у папы опасная и ответственная служба и ему придется какое-то время пожить в другом месте, потому что дома новорожденная малышка и нет покоя. Но папа, конечно же, будет приходить, навещать, приносить подарки. Бабушка из-под Пскова приехала помогать. Я-то мелкий был, всему поверил, да мне и отлично было: мать с бабкой целыми днями вокруг сестренки крутятся, до меня дела нет, можно было на уроки забить и с ребятами тусоваться до позднего вечера. Потом уже, когда немного подрос, стал думать: почему мама к партийному начальству в прокуратуру не пошла? Обратилась бы в партком, потребовала вернуть мужа в семью, разлучницу наказать примерно. А что? Так многие делали. Не от большого ума, конечно, но эффект почти всегда был. За скандальный развод можно было и из партии вылететь, а без партбилета путь ко многим должностям закрыт намертво. Но мама была выше этого, она до последнего надеялась, что отец одумается и вернется. Каждый день ждала, что он зайдет, старалась, чтобы дома была чистота, порядок. Чтобы на плите вкусная еда стояла. И сама делала все, чтобы хорошо выглядеть. Для того и бабку высвистала, как я потом понял: одной-то ей точно было бы не справиться, когда на руках грудной младенец. Все мечтала, как он войдет, увидит жену-красавицу, малышку-куколку, кругом полный ажур, на столе всякая вкуснятина, — обомлеет и поймет, от какого счастья отказывается. Ну и останется навсегда. А он приходил, оставлял деньги, разворачивался и уходил, даже пальто не снимал. За все полгода я его только один раз и видел, он же приходил, пока я еще с пацанами на улице гужевался, так он меня ни разу не подождал. Я страшно обижался на него, а мама всегда этого придурка выгораживала, говорила мне, что надо было дома сидеть, а не шляться где попало, потому что папе ждать некогда, у него — ну и всякое бла-бла-бла про опасную и трудную службу.

Он залпом допил кофе, взглянул на часы и сделал официанту знак, чтобы принес счет.

— Так что, будешь про папаню в книжку писать? Или передумал? — ехидно спросил Садков. — Не годится он в герои-то?

Петр деликатно подождал, пока Валентин Евгеньевич расплатится по счету и положит в книжечку чаевые наличными.

— Скажите, вы точно уверены, что вашего отца убили из ревности?

— Ну а из чего ж еще? — удивился Садков. — Не из мести же. Ты молодой еще, понятий не знаешь. Нормальный криминал никогда ментам и следакам не мстит. У каждого своя работа и свое место в этой жизни. Мама врать не стала бы, для нее же лучше было, если б муж героически погиб, но она не кормила нас сказками. Как все случилось — так сразу и мне, и бабке всю правду выложила. Не веришь?

— Не то чтобы не верю, но привык все перепроверять, — уклончиво ответил Петр. — Очень не хочется налететь на иск о диффамации или клевете, сами понимаете.

— Понимаю, понимаю, — закивал Валентин Евгеньевич. — С судами связываться — дохлое дело. Хочешь перепроверить — поговори с Галькой, уж она-то наверняка на суд притащилась и все своими ушами слышала. Мама с бабушкой на суд принципиально не ходили и вообще конца следствия не дожидались, как разрешение на захоронение получили — так в землю закопали и уехали сразу.

— Не подскажете, как мне найти эту Галину?

— Как найти — не подскажу, ты журналист — ты и ищи, она ж тебе нужна, а не мне. Фамилию только знаю: Перевозник. Галина Перевозник.

* * *

— Этот старый пень развел меня, как лоха последнего! — бушевал Петр. — Сразу заявил, что про убийство Садкова нужно рассказывать начиная с дела Астахова, а я, идиот, уши развесил и потратил на его россказни кучу времени. Там всей связи-то с гулькин нос: Садков составил обвинительное заключение по делу, а через четырнадцать лет разразился скандал, который к убийству следователя не имел никакого отношения. Губанову скучно целыми днями сидеть дома, вот ему подвернулись свободные уши — и он понесся травить байки из прошлой жизни. А я, дурак, слушаю, записываю и все жду, когда интересное начнется. Старик меня тупо использовал для собственного развлечения, потому что на истории с Астаховым можно и про свою молодость потрындеть, и про семью, и про изменения в милиции.

— Да ладно тебе. Ну что ты разошелся, — успокаивающе сказала Карина и взяла его под руку. — Ты же сам говоришь: старики — особенные люди, к их причудам нужно относиться с пониманием. Не жалей ты этого потерянного времени, думай о том, что сделал хорошее дело, развлек старого человека, развеял его одиночество и скуку.

Они медленно гуляли по Камергерскому переулку, где условились встретиться с Каменской и ее мужем. Анастасия Павловна с супругом собрались в Большой театр, и когда Петр после встречи с сыном убитого следователя позвонил ей, чтобы доложиться и узнать, нет ли каких новых наводок на возможные источники информации, как-то спонтанно возникла идея вместе прогуляться перед театром, посидеть в каком-нибудь кафе. Петр был так зол, что отказаться даже в голову не пришло: все его мысли крутились вокруг Николая Андреевича Губанова, который так подло обманул молодого журналиста. Он вызвонил Карину, и девушка с удовольствием примчалась на каршеринговой машинке на Большую Дмитровку.

Петр все никак не мог остановиться и продолжал сердиться вслух. Как будто Карина была в чем-то виновата! Чувствовать себя обманутым было неприятно, и он инстинктивно искал возможность выплеснуть вовне весь негатив вместе с собственной версией событий, ведь куда проще перевалить вину на кого-то другого, чем признать, что сам совершил ошибку.

Внезапно Карина бесцеремонно прервала бурный поток высказываемых вслух эмоций:

— Посмотри: это не они? Ты говорил, муж высокий и седой, а она курит. Вон там, за столиком итальянского кафе.

Камергерский переулок давно стал пешеходной зоной, вдоль которой все заведения выставили столы. Погода стояла не такая уж теплая, но солнечная, на спинках стульев висели пледы, и, судя по всему, удовольствие поесть на свежем воздухе можно будет получать чуть ли не до самых морозов.

Петр бросил взгляд туда, куда показывала Карина. Так и есть, это Каменская и ее роскошный муж. Алексей Михайлович вежливо встал, знакомясь с девушкой, а Каменская просто протянула руку и улыбнулась.

Перспектива съесть большой зеленый салат и равиоли с рикоттой несколько успокоила Петра, и о своей встрече с сыном Садкова он рассказывал уже вполне миролюбиво и даже шутил.

— Так забавно было его слушать, — говорил он. — «Мама», «бабушка», «сестренка», то есть лексика спокойного интеллигентного человека. А про отца — «папаня» и «этот козел», про друзей юности — «братаны». Сразу понятно, кого он любит, кого уважает, а кого ненавидит. И биография просматривается, как мне кажется.

— Насчет биографии, кстати, мы легко можем проверить, — заметила Каменская. — Заодно и узнаем, насколько вы проницательны.

— Я не проницателен ни разу, это Карина меня натренировала, — признался Петр. — Ее ужасно бесит, когда в тексте лексика персонажей не соответствует их заявленному социальному, образовательному или эмоциональному статусу. Всегда зачитывает мне вслух пассажи и комментирует, а я слушаю и мотаю на ус.

Анастасия Павловна взяла телефон, встала и отошла на несколько метров в сторону от столиков.

— Чем вы занимаетесь, Карина? — спросил Чистяков. — Вы тоже журналистка?

— Куда мне! — рассмеялась девушка. — У меня нет склонности к творчеству, я обычная канцелярская крыса, работаю с чужими текстами. Никакой креативности не требуется, только хорошая память и высокая степень концентрации внимания.

— Уже немало, — одобрительно кивнул он. — К слову замечу, что у моей любимой супруги тоже прекрасная память и высокая концентрация при минимуме креативности, а она в своей профессии достигла больших высот, так что у вас, Карина, весь карьерный рост впереди. Здесь тоже работаете или позволили себе отпуск?

— Работаю, конечно. Как раз вчера закончила очередной заказ, отослала в издательство, три денечка отдохну, до понедельника, и снова к станку. Только нужно выбрать новый заказ, а я все никак не определюсь. Знаете, как бывает: работа близится к завершению, и с ужасом думаешь, что больше ты никому не будешь нужна, новых заказов нет, следовательно, не будет и заработка, а больше ничего не умеешь... В общем, начинает одолевать тревога. И в самый последний день вдруг начинают сыпаться письма одно за другим. Первому запросу радуешься, как спасательному кругу, а к пятому уже начинаешь просить: «Горшочек, не вари!»

— И что вам горшочек наварил на этот раз? Хотите, обсудим ваши заказы и вместе подумаем, за какой лучше взяться?

Петр почувствовал болезненный укол. Почему ему ни разу не пришло в голову поучаствовать вместе с Кариной в принятии решений? Она так живо, так искренне интересуется его работой, расспрашивает обо всем, всегда готова поговорить, обсудить, а он... Да, он спрашивает, много ли косяков удалось найти, и она с удовольствием рассказывает и зачитывает вслух, Петр удивляется и смеется вместе с ней, но для него это чистое развлечение, вроде анекдота, а не попытка вникнуть в то, чем занимается подруга. Ее внимание принимает как должное, а к рабочим проблемам Карины проявляет полную безучастность. Типа «сама разберется».

Карина с готовностью принялась перечислять, какие рукописи ей предлагают проработать, а Петр обиженно замолчал и занялся своей едой, то и дело поглядывая на Каменскую, которая то разговаривала по телефону, то читала и писала сообщения. Наконец Анастасия Павловна вернулась за столик, вид у нее был довольный.

— Вы оказались правы, Петя, ваш Садков — именно то, что вы и предположили. Его логистическая компания зарегистрирована на мать, в настоящее время идет процедура перерегистрации на сестру. И это действительно отмывашка, работающая на одну крупную криминальную группировку, которая занимается нелегальным импортом. Ваша журналистская работа скоро сделает из вас настоящего сыщика!

Петр приободрился.

— Вы сами меня учили, что настоящие сыщики все перепроверяют из разных источников информации.

Каменская вопросительно приподняла брови:

— И?

— Как проверить слова Садкова? Он назвал мне имя любовницы отца, но я ума не приложу, как ее искать. Сам точно не справлюсь. Ни отчества, ни года и места рождения... Даже примерного описания внешности нет. Не говоря уж о том, что за сорок лет она могла несколько раз выходить замуж и менять фамилию.

— Я так понимаю, что вы деликатно намекаете на что-то? — усмехнулась она.

— Да какая уж тут деликатность, Анастасия Павловна! Не намекаю, а прошу. Считайте, что в ногах валяюсь. Ваша волшебная Зоя не поможет?

Каменская покачала головой:

— Не получится. Если есть конкретный, четко определенный человек, то Зоя накопает на него все, что есть в доступе, как в открытом, так и в закрытом. С судьей Екамасовым получилось, потому что было полное имя и точное место работы в точно определенный год, а там уже Зоя размотала все ниточки. Да и то: не забывайте, что речь о председателе Мособлсуда, это все-таки фигура, его имя появлялось во множестве документов, и из доинтернетной эры кое-что просочилось в современность. А секретарша из областной прокуратуры — персона совершенно иного ранга. Хотя время, конечно, поближе, все-таки не шестьдесят шестой год, а восьмидесятый, но найти концы в Сети только с именем и фамилией — шансы нулевые.

— Жаль, — расстроенно проговорил Петр. — А я надеялся...

Каменская от души расхохоталась.

— Вы — истинное дитя интернета, Петенька. Вы убеждены, что интернет может все, даже то, чего не может человек. А это глубокое заблуждение. То, чего не может сделать интернет, почти всегда могут сделать люди, особенно старшего поколения. Ну что, продолжаете валяться в ногах?

— Продолжаю!

— Ладно.

Она снова разблокировала телефон, положила его на стол и, когда абонент ответил, заговорила, включив громкую связь:

— Привет, Владик. Ты помнишь, что ты мне должен?

— Здрасьте! — пророкотал из трубки низкий голос. — Ну ты даешь, Аська! Да я тебе по сотне поводов по гроб жизни должен. Ты хоть обозначь, о каком именно долге идет речь. А то, может, я его уже давно отработал.

— Нет, этот так и висит неотработанным. Помнишь журналиста из Тюмени, которого ты мне поручил, потому что вы с Таней собрались во Францию к сыну?

— Ну... помню. — Голос собеседника зазвучал настороженно. — Так это сто лет назад было.

— И тем не менее. Он снова в Москве, и ему снова нужна помощь. Я, конечно, могу попросить и других людей, но прошу именно тебя, потому что ты в долгу.

— Шантажистка.

— Всего лишь вымогательница, это более легкий состав, — засмеялась Каменская. — Владик, нужно найти женщину, которая в восьмидесятом году работала в областной прокуратуре, в секретариате или просто секретарем у кого-то из руководства или в отделах. Имя — Галина, фамилия — Перевозник, отчества нет. Возраст на тот период от двадцати до примерно тридцати пяти, вряд ли старше.

— А ты уверена, что она еще жива? С этим ковидом, не к ночи будь помянут, всякое бывает. Кинешься искать какого-нибудь молодого, всех на уши поставишь, а потом выясняется, что он уже... того...

— Владик, я понятия не имею, жива эта Перевозник или нет. Но если жива, то нам нужно ее найти. У тебя наверняка остались контакты с теми, кто работал по области, они в восьмидесятом году были молодыми сыщиками и должны помнить всех красивых девушек из облпрокуратуры. Сделаешь?

— Куда ж я денусь, — вздохнул голос. — Долги надо отдавать.

— Стасов, ты списочек составь, чего ты там моей жене должен, — вмешался Алексей Михайлович. — А я проконтролирую, чтобы она не мошенничала и не заставляла тебя платить дважды за одно и то же. Nemo debet bis puniri pro uno delicto. Так, кажется, у вас, ученых юристов, принято говорить?

Мужчина на другом конце радостно захохотал:

— Михалыч, приветствую! Ты там построже со своей благоверной, а то она меня как липку обдерет, у нее же аппетиты неуемные. Что у вас там за шум? Музычка какая-то слышится, голосов много. Гостей, что ли, назвали в дом?

— Мы на улице, в кафе сидим.

— О как! В рабочее время? Я твою жену на дистант перевел для чего? Для того, чтобы она по ресторанам шаталась? Уволю без зарплаты!

Петр сообразил, что разговор ведется с Владиславом Стасовым, владельцем частного детективного агентства, в котором работает Каменская. Именно жена Стасова, следователь с многолетним опытом, должна была консультировать тюменского журналиста по делу Сокольникова, но супруги собрались в отпуск за границу, и консультирование тогда перепоручили Каменской.

Анастасия Павловна, ее муж и невидимый Стасов весело перебрасывались шутками и хохотали, и Петр, глядя на супругов, с удивлением вспоминал, как злился когда-то на Каменскую, порой даже ненавидел ее, считал скучной, нудной и сухой, называл «воблой». Вспомнил и свое изумление, когда впервые увидел Чистякова по скайпу, на мониторе ноутбука Каменской. Он же был уверен, что у такой «сушеной воблы» просто по определению не может быть нормального мужа: если кто и польстился на нее, то наверняка какой-нибудь захудалый неудачник. И вдруг выяснилось, что Алексей Михайлович — красавец, к тому же успешный ученый. Да и Анастасия Павловна выглядела сейчас совсем не так, как когда-то: легкий макияж, очки в модной изящной оправе, ярко-синий плащ, по контрасту с которым ее короткие светлые волосы казались ослепительно сияющими, в ушах — маленькие, затейливого рисунка, сережки.

— Какие же они красивые оба, — пробормотал Петр, даже не заметив, что говорит вслух.

Но Карина, конечно же, услышала. Она всегда так внимательна к тому, что он говорит и что думает.

— И счастливые, — с легкой улыбкой тихонько добавила она, наклонившись к Петру и придвинув губы к самому его уху. — Интересно, сколько лет они женаты? Ты не знаешь, случайно?

— По-моему, до фигища. Анастасия Павловна что-то такое говорила, что вроде бы у них серебряная свадьба и у каждого шестидесятилетие в прошлом году было, они планировали отмечать с друзьями где-то за городом, но грянул карантин, и все накрылось медным тазом.

— Обидно...

Каменская и ее муж распрощались со Стасовым, закончили разговор, и Чистяков строго посмотрел на молодых людей.

— Я все слышу. У моей жены хорошая память, а у меня отличный слух. Нечего обсуждать нашу личную жизнь за нашими спинами. Хотите что-то узнать — просто задайте вопрос.

Петр мгновенно залился краской смущения, но глаза у Алексея Михайловича были все-таки веселыми, а строгость — напускной. Карина, напротив, ничуть не смутилась и спокойно заявила:

— Мы увидели, что вы выглядите счастливой парой, и задались вопросом: как давно вы женаты?

— Какая разница, сколько времени мы женаты? Важно, сколько времени мы вместе. Отвечаю: сорок шесть лет. Иными словами, дольше, чем вы на свете живете.

— Сорок шесть? — переспросила Карина, не веря своим ушам.

— Да, сорок шесть. Мы познакомились, когда нам было по пятнадцать, и уже не расставались.

— Удивительно, как вы не поубивали друг друга... Мы с Петей вместе всего три года, но вы не представляете, сколько раз ему хотелось меня прибить.

— Ему — вас? — уточнила Каменская. — То есть у вас такого желания не возникало?

— Еще как возникало! — чистосердечно призналась Карина. — Даже чаще, чем у него.

Каменская что-то искала в своей сумочке и вдруг подняла на мужа виноватые глаза:

— Леш, я маски забыла... Вот же я курица! Ведь специально положила на столик в прихожей, чтобы были на виду, и в последний момент все-таки забыла.

— Ну как же ты так оплошала? — огорченно протянул Чистяков. — А без масок никак не проскочим?

— Да нет, — вздохнула она. — Ты же помнишь, как в прошлый раз всех на входе мариновали: маски, паспорта и кью-ар коды требовали.

— И паспорта? — изумился Петр. — А это-то зачем?

— Наверное, сличали данные из паспорта с данными кью-ар кода, чтобы люди с чужими телефонами не проходили, делая вид, что у них есть сертификат о прививке. Ну и вообще, у Большого театра свои заморочки. Леш, тут есть поблизости аптека?

— Не знаю, — пожал плечами Алексей Михайлович. — Мы люди простые, лекарства покупаем там, где живем, а в центре Москвы как-то не доводилось.

— Есть, я видела, когда на машине проезжала, — неожиданно вмешалась Карина.

— Объясните, как дойти? — спросила Каменская.

— Да я сама сбегаю.

— Ну что вы, это неудобно...

— Удобно-удобно! — Карина вскочила и застегнула куртку. — Я с удовольствием пробегусь, у меня же работа в основном сидячая, а я люблю двигаться. Вам какие маски взять?

— Лучше с фильтром, если будут, а если их нет, то обычные, они всегда есть.

Карина умчалась, и Петр поймал задумчивый взгляд Каменской, устремленный в быстро удаляющуюся спину девушки.

— Надо же, человек любит движение, а выбирает такую работу, которую можно выполнять только сидя... И почему все так устроено?

Чистяков ласково похлопал жену по руке.

— Тебе не понять, Асенька, ты же можешь сидеть за работой круглые сутки, а в туалет отойти лень. Будешь мучиться, терпеть, но из-за стола лишний раз не встанешь.

— Леш, с нами молодой мужчина, — наигранно возмутилась она.

Все рассмеялись, и Петру внезапно стало тепло и легко.

Минут через пятнадцать Карина вернулась с масками, все вместе дошли до Большого театра, и Петр увидел длинную очередь на вход. Да, похоже, пропускной режим и впрямь соблюдался со всей серьезностью.

— Как только что-то появится — напишу, — пообещала Каменская на прощание. — Наш Стасов столько лет прослужил в розыске, что теория пяти рукопожатий на него не распространяется, обычно он обходится двумя-тремя. Будем надеяться, он очень быстро разыщет вашу прокурорскую девушку.

Петр и Карина еще долго гуляли по улицам и бульварам, наслаждаясь перерывом в работе.

— Если любовницу Садкова найдут, поедешь со мной? — спросил он.

— Зачем?

— Ну, тема разговора такая... интимная. Эта дама должна быть уже в возрасте, а я молодой мужик, вряд ли она захочет обсуждать это со мной. Вот представь, что тебе лет шестьдесят пять. Стала бы ты рассказывать незнакомому парню о своих амурных делах? И вообще, впустила бы его в дом?

Карина пожала плечами:

— Да фиг знает... Не могу представить себя в таком возрасте. Но, наверное, ты прав. А когда ты к ней поедешь?

— Не знаю. Зависит от того, когда ее найдут, если вообще найдут. Может, она не в Москве, а где-нибудь далеко, даже за границей.

— Или на кладбище, — понимающе хмыкнула Карина. — На завтра я запланировала генеральную уборку, нужно привести квартиру в порядок, прежде чем начинать новый заказ. Ты же вроде к своему старику завтра с утра собирался?

— Ну да, — кивнул Петр. — К одиннадцати часам.

— Может, тебе не ездить больше к нему? Какой смысл тратить время, если Садков для твоих целей не годится? Начни отрабатывать другой кейс, у тебя же еще два московских в плане.

И снова Петр почувствовал угрызения совести. Карина знает его план работы, помнит, какие случаи он выбрал для будущей книги, сколько уже отработал и сколько осталось, а он? Даже не спросил, какой заказ она выбрала, хотя обсуждение шло в его присутствии. Но он предпочел наблюдать за Каменской и думать о своей работе, а не о работе Карины. Он вообще не слушал, о чем говорили его подруга и муж Каменской, и остался в неведении: какой же заказ все-таки выбран? Или решение пока так и не принято?

— Знаешь, о чем я подумал?

— Скажешь — узнаю, — ответила Карина в своей обычной манере.

— Наверное, Каменская с мужем так счастливо прожили чертову уйму лет потому, что не додумывают друг за друга, а просто спрашивают. Задают вопросы и получают внятные ответы.

Карина остановилась и внимательно посмотрела на него.

— Ты это к чему, Петя? Хочешь что-то спросить у меня? Или ждешь, что я о чем-то спрошу?

— Хочу спросить: ты не обижаешься на меня за то, что я почти не интересуюсь твоей работой?

— А должна обижаться? — ответила она вопросом на вопрос. — С чего бы?

— Не знаю. Просто спросил. Ты с Алексеем Михайловичем обсуждала, какой заказ выбрать, и я вдруг подумал, что я сам никогда у тебя об этом не спрашивал. Мне даже в голову не приходило спросить, я считал, что ты сама решаешь.

— Конечно, сама, — согласилась Карина. — Но для принятия решения неплохо бы выслушать и аргументы со стороны, это полезно. Ты приревновал, что ли?

— Ну... есть немного, — признался он. — Даже не приревновал, а вдруг ощутил себя самовлюбленным и невнимательным дураком. И испугался, что ты тоже меня считаешь таким.

Карина тихонько засмеялась и прижала голову к его плечу.

— Не бойся, не считаю. Для меня нормально, если мужчина не интересуется работой своей женщины. У меня в семье так и было. Но если ты проявишь интерес — мне будет приятно, не скрою.

Они гуляли допоздна, потом нашли заведение, где продавали еду навынос, купили плов на ужин и творожную запеканку на завтрак и успели добежать до найденной через приложение машины даже до истечения бесплатного времени бронирования.

* * *

После трехдневного оздоровительного пребывания в клинике Николай Андреевич Губанов выглядел намного бодрее.

— Как ваши успехи, юноша? — с неожиданным энтузиазмом спросил он Петра. — Много успели наработать за три дня, пока меня ремонтировали?

— Кое-что успел, — уклончиво ответил Петр.

Все утро он старался выбрать линию поведения с Губановым. Как лучше поступить? Сразу уличить его в том, что водил за нос и валял дурака, или сделать вид, что ни о чем не догадываешься, и продолжать выслушивать многословные рассказы «ни о чем»? Карина, правда, предложила третий вариант: сегодня все-таки еще послушать, не выдавая своих истинных мыслей, посидеть со стариком примерно до обеда, потом вежливо поблагодарить за потраченные усилия и бесценную информацию и распрощаться с ним навсегда.

Окончательного решения Петр так и не принял. «Ладно, как пойдет — так и пойдет», — сказал он себе.

— Я встречался с сыном Евгения Петровича Садкова.

— Да ну? И что он? Ввел вас в курс дела?

— Он говорит, что его отца убили из ревности, а не в связи с исполнением служебного долга, так что убийство Садкова для моей книги не подходит. Собственно, я и пришел сегодня, чтобы поблагодарить вас за потраченное время. Я узнал от вас много интересного и полезного...

Но эту заготовку Губанов даже не стал выслушивать до конца.

— Из ревности? — язвительно переспросил он. — И вы сразу поверили, да?

Петр пожал плечами:

— А какой у меня выбор? Других источников информации у меня нет.

О своем желании найти любовницу Садкова он решил умолчать, дабы не провоцировать Николая Андреевича еще на какие-нибудь длинные сказки, не имеющие отношения к делу. В рассказе Садкова-младшего Петр ни минуты не сомневался. Если бы получилось наоборот и смерть в результате бытового преступления выдавали за героическую гибель — тогда да, можно было бы засомневаться, ведь, как сказал и сам Валентин Евгеньевич, быть вдовой и детьми героя куда выгоднее. В этих случаях велик соблазн солгать. А какой смысл скрывать, что твой муж или отец пал на боевом посту, и выдавать его гибель за банальное убийство из ревности, к тому же открыто признавая, что покойный был крайне нечистоплотен в личной жизни? Никакого смысла в такой лжи нет.

— Нет источников? Так ищите! — неожиданно рассердился Губанов. — Вы пришли сказать мне спасибо, значит, больше не собираетесь задавать вопросы. Считаете, что выжали меня досуха и ничего интересного я уже не расскажу. Так?

Петр молчал. А что тут скажешь?

— Так или не так? — грозно повторил старик.

— Но если убийство следователя Садкова не подходит...

— А если подходит?

Петр окончательно растерялся. Губанов долго молчал. Его манера держать мхатовскую паузу изрядно раздражала, но Петр решил набраться терпения и с достоинством выдержать и надвигающуюся бурю, и свой позор. Секунды сливались в минуты. Одна. Две...

— Сын Садкова хотя бы назвал вам имя того, кто убил его отца? — неожиданно спросил Николай Андреевич вполне мирным тоном.

— Нет. Он, кажется, и не знает. Или забыл.

— Что же, ему не интересно было?

— Николай Андреевич, он был ребенком двенадцати лет. Вполне естественно, что ему и в голову не пришло поинтересоваться именем и фамилией преступника. Он только знал, что это бывший любовник женщины, к которой ушел его отец. Мать этого не скрывала, сразу рассказала ему. Разве этого недостаточно?

— А вдова Садкова? Вы с ней говорили?

— Она умерла, к сожалению.

— А женщина, к которой ушел Садков?

Петр не знал, что ответить. К такому повороту он не подготовился.

— О ней ничего не известно, — попытался вывернуться он.

— Вот что получается, когда людей не допускают к архивам, — сердито проворчал Губанов. — Рождаются сплетни и черт знает какие мифы. Ладно, юноша, доставайте свои причиндалы, блокнотики, диктофончики или что там у вас припасено. И приготовьтесь слушать: история будет длинная. Рано вы меня со счетов списали, рано.

Продолжение следует

Содержание

Июнь 1966 года
Место преступления. 5
Октябрь 2021 года
Петр Кравченко 7
Июнь 1966 года
Михаил Губанов 24
Нина Губанова 31
Лариса Губанова 38
Михаил Губанов 44
Николай Губанов 47
Октябрь 2021 года, Москва
Петр Кравченко 62
Июль 1966 года
Николай Губанов 69
Александр Абрамян 83
Николай Губанов 94
Михаил Губанов 104
Октябрь 2021 года
Петр Кравченко 110
Август 1966 года
Николай Губанов 128
Михаил Губанов 140
Николай Губанов 145

Сентябрь 1966 года
Николай Губанов 157
Октябрь 2021 года
Петр Кравченко 181
Николай Губанов 225
Петр Кравченко 230
Март 1967 года
Михаил Губанов 256
Октябрь 2021 года
Петр Кравченко 289

Литературно-художественное издание

А. Маринина. Больше чем детектив

Маринина Александра

ДЕБЮТНАЯ ПОСТАНОВКА

Том 1

Ответственный редактор *О. Дышева*
Художественный редактор *Р. Фахрутдинов*
Технический редактор *Г. Этманова*
Компьютерная верстка *Е. Фабианская*
Корректор *А. Будаева*

Страна происхождения: Российская Федерация
Шығарылған елі: Ресей Федерациясы

ООО «Издательство «Эксмо»
123308, Россия, город Москва, улица Зорге, дом 1, строение 1, этаж 20, каб. 2013.
Тел.: 8 (495) 411-68-86.
Home page: www.eksmo.ru E-mail: info@eksmo.ru
Өндіруші: «Издательство «Эксмо» ЖШҚ
123308, Ресей, Мәскеу қаласы, Зорге көшесі, 1-үй, 1-құрылыс, 20 қабат, 2013-каб.
Тел.: 8 (495) 411-68-86.
Home page: www.eksmo.ru E-mail: info@eksmo.ru.
Тауар белгісі: «Эксмо»

Интернет-магазин : www.book24.ru

Интернет-магазин : www.book24.kz
Интернет-дүкен : www.book24.kz
Импортёр в Республику Казахстан ТОО «РДЦ-Алматы».
Қазақстан Республикасына импорттаушы «РДЦ-Алматы» ЖШС.

16+

Дистрибьютор и представитель по приему претензий на продукцию,
в Республике Казахстан: ТОО «РДЦ-Алматы»
Дистрибьютор және Қазақстан Республикасында өнімге шағымдар
қабылдау жөніндегі өкіл: «РДЦ-Алматы» ЖШС.
Алматы қ., Домбровский көш., 3«а», литер Б, офис 1.
Тел.: 8 (727) 251-59-90/91/92; E-mail: RDC-Almaty@eksmo.kz

Сведения о подтверждении соответствия издания согласно законодательству РФ
о техническом регулировании можно получить на сайте Издательства «Эксмо»:
www.eksmo.ru/certification
Техникалық реттеу туралы РФ заңнамасына сай басылымның сәйкестігін растау туралы
мәліметтерді мына адрес бойынша алуға болады: http://eksmo.ru/certification/ .

Произведено в Российской Федерации
Ресей Федерациясында өндірілген
Сертификаттауға жатпайды

Дата изготовления / Подписано в печать 21.05.2024. Формат 70x90 1/32.
Гарнитура Newton. Печать офсетная. Усл. печ. л. 11,67.
Тираж 10 000 экз. Заказ 2375/24.

Отпечатано в Публичном акционерном обществе
«Можайский полиграфический комбинат»
143200, Россия, г. Можайск, ул. Мира, 93.
www.oaompk.ru, тел.: (49638) 20-685

Москва. ООО «Торговый Дом «Эксмо»
Адрес: 123308, г. Москва, ул. Зорге, д.1, строение 1.
Телефон: +7 (495) 411-50-74. **E-mail:** reception@eksmo-sale.ru

По вопросам приобретения книг «Эксмо» зарубежными оптовыми покупателями обращаться в отдел зарубежных продаж ТД «Эксмо»
E-mail: **international@eksmo-sale.ru**

International Sales: International wholesale customers should contact Foreign Sales Department of Trading House «Eksmo» for their orders.
international@eksmo-sale.ru

По вопросам заказа книг корпоративным клиентам, в том числе в специальном оформлении, обращаться по тел.: +7 (495) 411-68-59, доб. 2151.
E-mail: **borodkin.da@eksmo.ru**

Оптовая торговля бумажно-беловыми и канцелярскими товарами для школы и офиса «Канц-Эксмо»:
Компания «Канц-Эксмо»: 142702, Московская обл., Ленинский р-н, г. Видное-2, Белокаменное ш., д. 1, а/я 5. Тел./факс: +7 (495) 745-28-87 (многоканальный).
e-mail: **kanc@eksmo-sale.ru**, сайт: www.**kanc-eksmo.ru**

Филиал «Торгового Дома «Эксмо» в Нижнем Новгороде
Адрес: 603094, г. Нижний Новгород, улица Карпинского, д. 29, бизнес-парк «Грин Плаза»
Телефон: +7 (831) 216-15-91 (92, 93, 94). **E-mail**: reception@eksmonn.ru

Филиал ООО «Издательство «Эксмо» в г. Санкт-Петербурге
Адрес: 192029, г. Санкт-Петербург, пр. Обуховской обороны, д. 84, лит. «Е»
Телефон: +7 (812) 365-46-03 / 04. **E-mail**: server@szko.ru

Филиал ООО «Издательство «Эксмо» в г. Екатеринбурге
Адрес: 620024, г. Екатеринбург, ул. Новинская, д. 2щ
Телефон: +7 (343) 272-72-01 (02/03/04/05/06/08)

Филиал ООО «Издательство «Эксмо» в г. Самаре
Адрес: 443052, г. Самара, пр-т Кирова, д. 75/1, лит. «Е»
Телефон: +7 (846) 207-55-50. **E-mail**: RDC-samara@mail.ru

Филиал ООО «Издательство «Эксмо» в г. Ростове-на-Дону
Адрес: 344023, г. Ростов-на-Дону, ул. Страны Советов, 44А
Телефон: +7(863) 303-62-10. **E-mail**: info@rnd.eksmo.ru

Филиал ООО «Издательство «Эксмо» в г. Новосибирске
Адрес: 630015, г. Новосибирск, Комбинатский пер., д. 3
Телефон: +7(383) 289-91-42. E-mail: eksmo-nsk@yandex.ru

Обособленное подразделение в г. Хабаровске
Фактический адрес: 680000, г. Хабаровск, ул. Фрунзе, 22, оф. 703
Почтовый адрес: 680020, г. Хабаровск, А/Я 1006
Телефон: (4212) 910-120, 910-211. **E-mail**: eksmo-khv@mail.ru

Республика Беларусь: ООО «ЭКСМО АСТ Си энд Си»
Центр оптово-розничных продаж Cash&Carry в г. Минске
Адрес: 220014, Республика Беларусь, г. Минск, проспект Жукова, 44, пом. 1-17, ТЦ «Outleto»
Телефон: +375 17 251-40-23; +375 44 581-81-92
Режим работы: с 10.00 до 22.00. **E-mail:** exmoast@yandex.by

Казахстан: «РДЦ Алматы»
Адрес: 050039, г. Алматы, ул. Домбровского, 3А
Телефон: +7 (727) 251-58-12, 251-59-90 (91,92,99). E-mail: RDC-Almaty@eksmo.kz

Полный ассортимент продукции ООО «Издательство «Эксмо» можно приобрести в книжных магазинах «Читай-город» и заказать в интернет-магазине: www.chitai-gorod.ru.
Телефон единой справочной службы: 8 (800) 444-8-444. Звонок по России бесплатный.

Интернет-магазин ООО «Издательство «Эксмо»
www.eksmo.ru
Розничная продажа книг с доставкой по всему миру.
Тел.: +7 (495) 745-89-14. E-mail: **imarket@eksmo-sale.ru**

ISBN 978-5-04-201993-7

9 785042 019937 >